绿 宝 石
Fall into your light

盈盈满

樱胡奈朱 著

江苏凤凰文艺出版社

小满不必最喜欢我，
但要一直一直喜欢我，好不好？

金风盈山渐

织娇笼

番外一 121

番外二 257

番外三 265

番外四 278

番外五 287

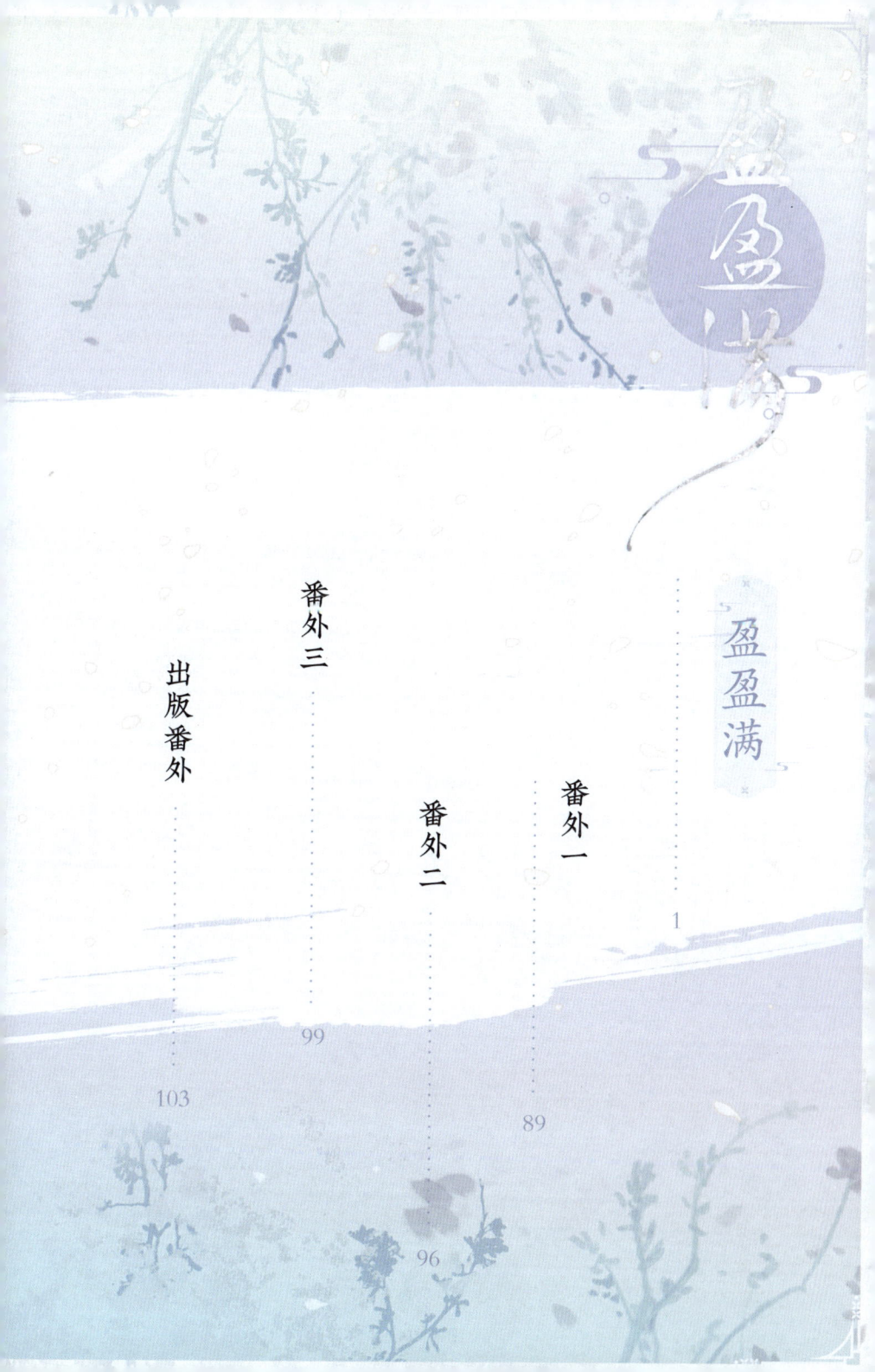

盈盈满

番外一 1

番外二 89

番外三 96

出版番外 103

盈盈满

我进宫那年,只有十四岁。

庶伯父问我,想不想成为新帝的妃子。

"新帝是谁?"

我看着他,有些好奇。

庶伯父笑得很和蔼,他说:"新帝,自然是曾经的太子。"

"太子?"我睁大眼睛,点了点头,"那就做吧。"

于是我住进了白鹿台,成了淑妃。

一

我是一个不受宠的妃子。

这也没什么，反正宫里的妃子都不受宠。

听说，皇上有隐疾。这倒不是什么大事，就是，他单纯地不喜欢女人，以及单纯地不喜欢男人。皇上从不召人侍寝，皇上只爱看奏疏，但是皇上长得好，人也好。

我有些喜欢皇上。

细细算来，我入宫都已有两年整了。从十四岁到十六岁，这么多个日日夜夜，我却只见过皇上三次。第一次是入宫选秀，第二次是宫宴，还有一次是在御花园，我远远地看见他在亭子里与大臣谈事情。他只是露出了一方柔和的侧脸，我就觉得，好看得紧。

皇上性格仁厚，除了不近女色，别的地方都无可指摘。这样接近完美的人要是喜欢我就好了，可他大概都不知道我的名字，更不会记起我。

有些苦恼呢。

该怎样叫皇上知道我呢？正寻思着，肚子咕咕叫了，我摸了摸肚子，该吃晚饭。吃饱喝足后，再三思量，我觉得我要主动一些。虽说宫里妃子不多，数来数去也就四个，还都没有被召幸过，但万一皇上性情大变喜欢上了别人怎么办？

抢皇上要趁早。

我坚定地捏紧手里的毽子，给自己打气，可我太笨了——

大概真的像四妹妹所说的那样，小时候跌的那一跤把我脑子摔出了毛病，所以如今的我才会笨得实在想不出什么合适的理由去接近皇上。

摔倒？

不行不行，以前德妃用过，可皇上只是叫小寺人把她扶起来就走了。

送汤水？

也行不通，良妃送去的药膳都被大总管叫人倒了。

且比起这些，最最叫人沮丧的是，皇上不爱来后宫。若是我等着他自己来，不知道要等到猴年马月。想多了脑子疼，我把头埋在臂弯里，叹了口气。要是皇上突然去御花园逛逛就好了。我住的宫殿和那里离得特别近，我每天都要去那里玩儿，只要他去，我就准能碰见，可是……皇上也不爱去御花园。

唉，抢皇上真的好难呀！

二

不知怎的，我的运气突然变得极好。平时想见到皇上总是见不到，可当我拿着毽子带着宫女到处闲逛的时候却碰见了。这次皇上一个人在亭子里，身边没有臣子，也没有小寺人。

我扯了扯毽子上的鹦鹉羽毛，难道这就是所谓的天赐良机？不管怎么样，我都要抓住这个机会才行，谁知道皇上下一次逛花园是什么时候呢。

还是那句话，抢皇上要趁早。

我叫身后的豆蔻不要出声，自己朝皇上走过去。既然德妃和良妃的迂回战术不管用，想来皇上是个耿直之人。

或许我可以像豆蔻教我的那样，大大方方地和他打招呼。

走过去，一行礼，语气温婉、平静："请皇上圣躬安。"

皇上扶起我，问道："你是？"

"臣妾是白鹿台淑妃，请皇上圣躬安。"

完美的相遇、完美的对话，这一切都很完美，可惜——这只是我在脑海中排练过无数次的场景。实际上，我刚走到皇上面前，心里鼓着的那口气就逃得连影儿都没了。皇上看着我，眼睛里全然是陌生和诧异。我只觉得脸皮发烫，但目光又牢牢粘他身上不肯移开。

最后还是皇上先开口："……是住在白鹿台的淑妃？"

我"啊"了一声，顾不得想为什么皇上会知道我，忙不迭地点头："对对对，我是淑妃，哦，不——臣妾，臣妾是淑妃，就是白鹿台那个淑妃——"

这都什么乱七八糟的？我心里一阵懊恼，突然又想起还没给皇上请安，连忙开口："请……请皇上圣躬安……"声音、气息越来越弱，倒不是因为自己忘了行礼，而是因为看见皇上握拳抵口低声笑了出来。

我觉得有些丢脸，又止不住心里得意，皇上对着我笑了呢！

这些年来见他那寥寥几面，虽说他神情温和，脸上却是没有笑容的，像今天这般笑出声，是我第一次见到。

皇上他……好像不讨厌我呢。

这个认知叫我心生欢喜。皇上不讨厌我，就说明，他是有可能喜欢我的。我看着他的笑轻轻敛起，他伸出手掌，极温柔地摸了摸我的头。

有点儿痒，又有点儿舒服。

这种奇妙的经历，于我而言，还是第一次。

三

在我还小的时候，我的爹爹便战死了，我都没有机会被他摸摸头。

爹爹没有嫡亲的兄弟，只有一个庶兄，于是家业便交到了庶伯父手里。我娘身体不好，熬到我七八岁的时候，她病得严重，最后也走了。如今想起她，我记忆里最深刻的印象就只剩下她坐在旧旧的院子里替别人浆洗衣物，而我站在院子里看她。

那应该是刚刚摔了脑袋的时候，三四岁的我控制不住自己的身体，弄脏了裤裙。娘亲很生气，抬起巴掌，狠狠地打了我。我觉得身后好疼好疼，大声哭起来，心里满满的委屈。

可娘打着打着，又一把抱过我，和我一起哭起来。

见她哭了，我就愣住了。虽然我怕她，但是我也亲近她。娘亲哭得实在是太伤心，我心里也闷闷地难受，于是我捏着袖子给她擦眼泪，讷讷地安慰她："娘不哭……小满不痛，不痛了。"

可娘亲却哭得更凶了。

我不知所措地等她哭完，看着她擦干眼泪，又用冰冷红肿、生满冻疮的手拉着我进屋，给我换了一身干净衣裳，然后出来继续做她未完的差事。

我坐在透风的窗前，看着她很用力地浆洗，时不时听到她发出撕心裂肺的咳嗽声。

天气越发寒冷，可我们没有布，破窗永远也补不好，娘亲的病也总是反反复复，不曾好转过。她每日里为生计忙碌，闲不下来，根本没有时间摸摸我的头。那时候的我只会想,庶伯父什么时候才会想起来,替我们修修这扇窗。只要这窗子修好了,娘的病也就能好了。

可窗子仍是破的,娘的病也没好。

四

皇上的手只是摸了一小会儿就放下去了。

其实我想让他继续摸摸我的头,可又怕他拒绝我,于是只好乖乖的,没有出声。我听见皇上问我:"今年多大了?"他的声音和他这个人一样,都好温和,叫我忍不住亲近,却又不敢太亲近。

"十六岁了。"

我规规矩矩地站好,认真地回答他的问题,心里想着,皇上只比我大四岁呢。

皇上轻轻"嗯"了一声,就不再说话了,似乎是在思考什么。我不好出声打扰他,但又觉得见到他的机会实在难得,思量着要不要开口说些什么,可不等我想好,就有人过来了。这个人我认识,是皇上身边的大总管苏中官。良妃的药膳就是他让人倒掉的。他看着确实很凶啊……我把嘴巴紧紧闭住,也不想着和皇上聊天了。

苏中官走过来行礼,仍旧板着脸,对着皇上也没变过表情,但是语气很恭敬:"皇上,于御史已经走了。"然后对着我俯了俯身:"淑妃娘娘。"其实……他也没有宫女们说得那么凶,我可以感受到他对我没有恶意。

皇上点了点头。我心里打鼓,他是要走了吗?

他果然是要走了。

苏中官给皇上披上大氅。

"御花园风大，莫要着凉了，踢完毽子就回去吧。"

皇上看见我手里的毽子，于是走之前叮嘱我快些回白鹿台。我心里热热的，止不住地雀跃："您放心，我的身体可好了，两年都没有生过病呢！"

其实有夸张的成分，小病还是生过几次的。不过这也算不得什么，从前那样艰难的境况，我都顺顺利利地长大了，更别提入宫以来过的都是快活日子。豆蔻将我照顾得十分仔细，这两年我连风寒都没染过一次，此刻我说身体好，可不是说假话哄他开心。

我欢喜他关心我，又觉得时间过得实在是太快了，才和他说了几句话，苏中官就来了。

皇上很忙，不能拦着不让他离开，所以我只能看着他对我笑了笑，就从我身边走过。下一次见到他又不知道是什么时候了，还有好多话，我还没和他说呢。抓住最后的机会，我转过身喊了他一声："皇上！"

他回头，有些不明所以。

"我们还能再见面吗？"我眼巴巴地瞧着他，期待他能点点头。

可是皇上没点头，他只是朝我露出一个温和的笑，便转身离去。这次他没有回头，是真的走了。

说不失落是假的，但我没有伤心太久，毕竟皇上最爱改奏疏，他可忙啦。

我也习惯了好久好久都看不到他。

五

本来都已经做好很多天见不到皇上的准备了，但没想到，不过才三日，我就再次见到了他。彼时我刚吃完午食，正撑得慌，索性在白鹿台的院子里走来走去消消食。

豆蔻扶着我，叹了口气。

"娘娘，您总这样吃撑，对身体也太过损耗了。"

我知道她是为我好，忙不迭地点头。这话她不是第一次说了，我也不是第一次答应了，可我总会吃撑。一来是从前有很多时候吃不饱，所以太明白挨饿的滋味是真的不好受。二来，桌子上的饭食不吃完，我总觉得可惜。不过是攒一攒肚子，又不是吃不下，总比倒掉好。豆蔻说，皇上一直都很勤俭，所以后宫各种份例不会缺，却也不会有太多盈余。我不浪费粮食，皇上知道了一定会夸我的。

正这样想着，就有人来了。

是和庆殿的小寺人抱玉。我认识他，因为豆蔻认识他，他们认识许久了，所以说起话来也没那么多讲究。

"你怎么来了？"

豆蔻有些诧异，抱玉不在皇上身边伺候着，怎么来了白鹿台？

一看抱玉就是紧赶过来的，他擦了擦汗，恭恭敬敬地朝我行了个礼："娘娘受累，随抱玉走一趟，皇上想见见您。"

皇上要见我？

我和豆蔻对视一眼，只觉得不可思议。等反应过来，我心里快活得只想要大声叫出来，皇上要见我呢！

抱玉低了声音:"午时刚过,重就先生就差抱玉来接娘娘,奴思忖着,倒不像是生了不好的事端。"

重就先生就是苏中官,这我是知道的。

豆蔻的表情松快下来,她和抱玉交换了一个眼神。我只顾着开心了,也不懂他们的意思。我猜大抵是皇上现在心情不差,想见见我。这是天大的好事呢。

食也不消了,我急急问抱玉:"现在就去吗?"

"可不是嘛,"抱玉点头,"轿辇已经在白鹿台外边儿候着了,就等娘娘呢。"

那还等什么呢?我拉着豆蔻,欢欢喜喜地坐上轿辇赶去和庆殿,上次没说完的话,这次一定得说完。

可我到了和庆殿,皇上却不在,只见到了苏中官。我有些不解,不是说……皇上要见我吗?

苏中官对我态度很好,虽然只是脸色和缓了些,但已经算是好脾气了。他和别的寺人不一样,是孝宗留给皇上的老人儿,能干得很,学问也不比崇文馆的大学士们差。宫中都唤他一声"重就先生"。

这些都是豆蔻告诉我的。四妹妹说了,除了她,谁说我笨都是不算数的。虽然我是磕到过脑袋,但是又没有痴傻,所以我不笨,我只是不聪明。你看,豆蔻教了我,我不就记住了吗?

我只是想得少,想得慢。

而苏中官好像知道我还理解不了太复杂的话,他和我说话的语气像对待小孩儿似的。

"娘娘先在偏殿这里等一等。"他仍是严肃的脸,只是声音真的算得上和蔼了,"饿了就吃点心,渴了就喝茶水,不必拘束。"

我呆呆地看着他,捏起一块点心:"重就先生……为什么您对我一点儿都不凶呢?"

苏中官似乎没想到我会问这个问题,一时愣住了,不过很快他便反应过来,竟朝我露出了一个极浅的微笑。他说:"因为娘娘是个好孩子。"

哦——

我似懂非懂地点点头,心思全放在手中的点心上。

虽说刚刚已经吃得很撑,可我还是忍不住咬了一口,香香软软,是甜甜的桂花味。我记着豆蔻的话,吃了一块便停了手,不敢再多吃。不知道一会儿离开的时候可不可以带一块走呢……想着想着我便呆住了,盯着脚尖就开始出神。

怔愣间。

"圣驾至——"

啊,皇上回来了。

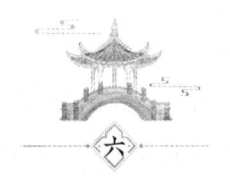

六

皇上一回来,苏中官便离开了,还顺便带走了宫女们。很快,偏殿里只剩我们两个人。

我突然局促起来,不知道要说些什么,索性一直冲着他笑。皇上好像也有些不适应,但他的脸上并没有出现厌烦,他还走过来,像那天一样摸了摸我的头。我这才后知后觉到,自己好像又忘了行礼,但是他看着并不像生气的样子。

他真好,做了皇帝,也和做太子时一样好呢。

气氛一时有些凝滞,迟钝如我也隐隐有些不知所措,最后还是皇上先开口:"……册子上写着,你名余妗,今后我便唤你'阿妗'

可好？"

"不好。"我摇摇头，直白地告诉他，"我不叫余妗。"

叫我"阿妗"，好别扭啊。

皇上愣了一下，接着问道："那叫什么？"

"小满。"我来了精神，特别认真地对他说："你要叫我'小满'，因为我只有这一个名字。""余妗"这个名字，肯定不是我爹爹娘亲取的，要不我怎么从来没听娘喊过呢。大概是庶伯父给我起的吧？很是不习惯。

不过皇上很好说话，他看着我，微笑道："好，以后就叫你'小满'。"

我点头，接着反问他："那我该怎么叫你呢？"

皇上的名字，其实我是知道的，豆蔻写给我看过呢，虽然……她是用手指在我手掌心比画的，还不忘叮嘱我不能往外说。

殷止——多好听的两个字呀。只可惜，我认不得它们，它们更认不得我。

或许是我问得太直白了，皇上有些愣住，不过他很快反应过来。

"殷止，我叫殷止。"

我学着他刚刚的模样："你名殷止，今后我便唤你'阿止'可好？"

皇上温声道："好。"

心里悄悄将对他的称呼从皇上换成殷止，又试着开口："阿止？"

"嗯。"

皇上应了一声。

他的脾气，可真好。

七

"我有好多好多话想对你说。"

"什么话?"

我接过殷止递过来的橘子,捧在手里,特别认真地告诉他:"我喜欢你呢。"

四妹妹特意叮嘱过,一有机会,就要告诉皇上我喜欢他,这样他也一定会喜欢我的。

"为什么这样他就一定会喜欢我呢?"我实在不解,迷茫地看着四妹妹,"又为什么要抢皇上?"

"小傻子。"四妹妹轻轻骂了我一句,搂住我,"不会有人不喜欢你的。"

"抢到皇上,你就能真正过上好日子了。"

我回抱住她,似懂非懂地点点头。只要是四妹妹说的,那就一定没错,我只需要按照她说的去做就行。况且,人家本来就喜欢皇上呀。

所以此刻我看着殷止,又重复了一句:"我是真的喜欢你哦。"

"是吗?"殷止好笑地看着我,反问道。

"真的。"我以为他不信,神情极严肃地问他,"你记不记得,你曾经去过庶伯父家里?"

殷止沉吟片刻,想起来了:"……是正元三十七年的冬天。"

"对!"我惊喜地点头,举起橘子,歪着头去看他,"三年前的冬天,你问我为什么不穿鞋,还问我冷不冷。"说着便忍不住笑起来,想起了第一次见到他的场景。

那应该是夜间,庶伯父派来照看我的阿姥睡着了,怎么也喊不醒,我跑出住了十几年的小院子,想要去找四妹妹。院子很大,七拐八拐的,竟也没见着人来拦我,最后在走廊里和乌泱泱一群人撞上了。

走在最前面的就是殷止。

他全身裹在狐裘里,露出一张苍白的脸,好像是生病了。我愣愣地看着他,满心觉得这人可真好看,直到他皱眉看着身旁的人:"这是哪家的孩子?"

没有人站出来,于是他又转头看着我,眉头松开,声音极温和,他问我——

"怎么不穿鞋?"

"冷不冷?"

我仍傻傻的,不晓得回话,衣衫单薄,只会抱着手臂取暖。

殷止取下身上的狐裘,披到了我身上。似乎是有什么要紧事,一行人急急忙忙地离开了。

我看着他们的背影,突然就有点儿说不清的难过。后来,我才知道,原来那个给我披衣裳的人是太子呀。

那件狐裘,真的好暖和。

我从来没有穿过那般暖和又漂亮的衣裳,可惜,不知道被庶伯母放到了哪里。她说替我收着,可直到我进宫,她都没还我呢。

我正惋惜,殷止似是回想起当日,有些惊疑:"那个孩子,是小满?"

"嗯嗯!"我使劲儿点头,高兴极了,"就是我!"

"可那孩子看着……只有八九岁的模样。"他蹙了蹙眉,"小满已然十六,当年也合该有十三岁。"

他细细地端详着我的脸,良久,叹了口气,道:"……真的是小满,那孩子眉心也有颗小小的红痣。"说罢,指尖轻轻地点了点我眉心。

我乖乖不动,等他收回手去,才继续开口:"你知道我为什么要进宫吗?"

"为什么?"

殷止极配合地追问。

"那天,庶伯父问我,要不要做新帝的妃子。"

我慢慢地讲着,语速算不得快,主要是要说的话一多,讲快了便会磕磕绊绊。

"我问新帝是谁。庶伯父说,新帝是曾经的太子。我一听,是太子呀!便答应进宫了。太子很好的,他给我披衣裳,还问我怎么不穿鞋、冷不冷。"

"所以你就进宫了?"

殷止很是无奈,他摇头:"爱护臣民本就是我该做的事情……你还这般小,这宫里并不是什么好地方。"

"不——"我打断他,"是个好地方呢。"

我不自觉地冲着他笑了起来,一样一样地数出宫里的好处:"吃得饱、穿得暖,还有豆蔻和几个小宫女陪着我玩……"

"这样便行了吗?"他有些哭笑不得,"真是个孩子。"

"嗯。"我肯定地回答他,接着又继续说道,"进宫前,我想着,太子人那样好,当了皇帝肯定也很好,我嫁给他,就可以吃得很饱、穿得很暖和。"

"果然,"我快活地笑起来,十分得意自己做了正确的决定,"进宫后,我再也没有挨过饿啦。"

殷止突然咳得厉害,端起茶水饮下,缓了缓,才继续同我说话。

"小满以前经常挨饿吗?"

听他问起这个,我迟疑地摇摇头:"也不是……进宫前三个月,没有一直挨饿的。"

那段时间甚至每顿饭都会撑到我肚子胀痛。她们说,我要进宫,可是太瘦了会很麻烦,便一直喂我吃东西。我抱着肚子,不敢喊疼。

庶伯母说过的,像我这样的傻子,若是不听话,就有人把我扔到街上去,叫我只能做个小叫花子,到处讨饭吃。

"怪不得生得这般幼弱。"殷止眼神复杂,怜惜地摸了摸我的头。我歪头凑过去,好叫他更顺手。

这回他摸得要比上回久一点儿。

我也觉得自己比以前更喜欢他一点儿。

离开的时候,是殷止亲自送我。要上轿辇时,我看见了一旁垂着头的豆蔻,忽然想起了刚才没敢多吃的美味点心,于是转身又扯了扯殷止的衣袖,示意他稍微放低一下身体,我还有话对他讲。于我这矮冬瓜而言,他算是极高大。

"阿止,你真好,对我也真好,我真喜欢你。"

一连三个"真"字,听得他一愣一愣的。

"嗯……"说完了,我眼巴巴地瞧着他,"方才手边摆的那盘点心,我能带一块走吗?"

八

殷止很大方,点心连带着盘子都给了我。

我回到白鹿台的第一件事情便是一手端着点心一手拉着豆蔻,还让人关上了寝殿的大门。

"吃。"我拈起一块点心,朝她嘴里喂去,"豆蔻吃。"

"娘娘使不得!"豆蔻连忙阻止我,惶恐又严肃,"御赐之物,奴怎敢造次?"

我执意要给,安慰她:"没关系的,咱们悄悄吃,不会有人晓得的。"不过一块点心,殷止给了我,就是我的了,想来让豆蔻尝尝也不是什么大事。

"刚刚在和庆殿尝了一块,有桂花的香味呢。"我舔了舔嘴唇,回味了一下,"我就想着,豆蔻最喜欢桂花味儿,她也一定会喜欢这个点心。"

许是我太坚持,豆蔻没有再拒绝,接了过去。我笑眯眯地看着她小口小口秀气地吃点心,觉得她可真好看,也像这点心一样,身上总是香香的、软软的,叫我好喜欢好喜欢。

可她吃着吃着,眼泪就掉了下来。

我慌了,连忙拿手替她抹眼泪:"豆蔻,豆蔻,你怎么哭了呀?"

豆蔻不说话,只是摇头。

突然便想起,刚刚离开和庆殿时,我对殷止说的"你真好,对我也真好,我真喜欢你"这些话没少对豆蔻说。刚刚她就在我身边,一定也听见了,难道是以为我不和她好了?又或者是以为我说喜欢她是骗人的?

这可不行!

"你放心。"我拉起豆蔻的手,特别郑重地看着她,"刚刚我是说过喜欢阿止,但是——我也喜欢豆蔻,没有偏心哟。"豆蔻愣愣地看着我,我觉得自己定是猜对了,便像模像样地叹了口气,"所以不要担心,就算阿止来了,也还是我们两个最最要好。"

"这怎么能一样呢?"她破涕为笑,无奈极了,"娘娘对皇上的喜欢,与对豆蔻的喜欢是不一样的。"

"哪里不一样？"我有些着急，不断和她解释，生怕晚了一点儿她会更难过，"一样的，一样的！"

豆蔻不再哭了，漂亮的眼睛看着我，突然明白似的。

"娘娘还小呢。"她声音温柔，像个大姐姐，"若是一样，那也是好的吧。"

见她不伤心了，我才放下心来，赶紧催促她："豆蔻，快吃点心，这些好吃的点心都是给豆蔻的，别人不许吃。"

豆蔻逗我："娘娘也不许吃吗？"

"嗯！"我使劲儿点头，表示肯定，"我也不许吃！"

送给她的东西谁都不能抢，就算是我自己，也不行。这大概是我为数不多的固执之一。

豆蔻吃完一块便不肯再吃了，她将剩下的点心极爱惜地包了起来。

我疑惑地看着她。

"奴不饿呢。"豆蔻忍不住摸了摸我的头，她很少做出这些在她看来逾矩的动作。

"娘娘的点心，豆蔻很喜欢，所以要留着慢慢吃。"

我点点头，从怀里掏出一颗橘子，捧着看了一遍又一遍，刚想和豆蔻说"那我也把它留着慢慢吃"，就突然想起，自己好像又没有和殷止把话说完。

"哎呀！"我懊恼地挠挠头，看着豆蔻，对自己的坏记性有些生气，"我忘了问问阿止——他生的病，好了没有？"

九

两日后,抱玉来了白鹿台,他是来宣读圣旨的。

"恭喜娘娘,以后您就是贵妃啦!"抱玉把明黄色的圣旨转交给我,向我道贺,"这可是咱们宫里头一份儿呢!"

我感受得到,他和豆蔻都是真心替我高兴。可我不晓得做了贵妃与做淑妃有什么不同。看着小寺人们手里抬着的两个大柜子,我抱着圣旨恍然大悟。

"难道——是因为贵妃比起淑妃,多了两个柜子?"

"娘娘!"豆蔻笑得眼泪都快下来了,嗔怪地看向我,"哪能是这个意思?"

抱玉也是哭笑不得,不过还是替我帮腔:"豆蔻姐姐,娘娘这般说倒也没错,这两柜子的赏赐,可不就是贵妃才能享用的嘛。"

豆蔻笑完了,温声与我解释:"好娘娘,贵妃和淑妃可不一样。"

"哪里不一样呢?"

我不明白,不都是妃吗?

"嗯……"豆蔻思索了几息,换了个我能听懂的说法,"娘娘做了贵妃,就能吃更多好吃的东西,穿更多漂亮的衣裙。"

其实我对这些并不太在意,能吃饱穿暖就很好,听见她这么说,只兴致缺缺地点了点头。可豆蔻接下来的话却叫我打起了精神。她说:"您还可以自己去和庆殿找皇上,还可以和皇上待在一起更久。"

"真的吗?"

我睁大眼睛看着豆蔻，明明从前都是不许的，怎么做了贵妃就许了呢？

"当然是真的！"她和抱玉对视一眼，笑得神神秘秘，"今天晚上，您就能见到皇上了。"

今天晚上就能见到阿止？我快活起来，做贵妃原来是件这么好的事情，怪不得四妹妹千叮咛万嘱咐，教我要争宠，还要抢皇上。

下午突然变得很难挨，我眼巴巴地等着殷止派人来接我。等啊等啊，终于等到了……晚食。

毫不意外，我又吃撑了。豆蔻本想替我揉一揉肚子，可苏中官带着小寺人来了，她只来得及将我洗得香香，紧接着把我送上了轿辇。小寺人急急抬起轿辇就要走，豆蔻忙迫上来嘱咐我："娘娘不怕，娘娘不怕……奴哪儿也不去，就在白鹿台等您回来……"

其实我心里并不觉得害怕，甚至有点儿高兴马上就能见到阿止，但我还是使劲儿朝她点了点头。眼看着她已经跟不上小寺人的脚步，磕磕绊绊得似乎快要摔倒，我赶忙叫她回去："别追别追……我还给豆蔻带点心，带桂花味儿的！"

豆蔻总算慢慢停了下来，只是仍不肯转身，目送着我离开。轿辇路过拐角，转了个弯，她看不见我，我也看不见她了。我转回身体，开始一遍遍念叨："问阿止病好没有，问阿止病好没有……"

到了和庆殿，我脚碰着地，刚要往里头走，却又突然顿住。

"娘娘，怎么了？"

苏中官有点儿诧异，可还是耐着性子好声好气地询问我。

我迷茫地看着他，怎么也想不起来刚刚自己嘴里叽叽咕咕念了半天的话是什么。

"重就先生……我要问阿止什么来着？"

十

最后我还是没想起自己要问殷止什么话，只得跟在苏中官身后，一路走进了寝殿。

里头静悄悄的，殷止好像不在。苏中官悄悄退了出去，我想起平时豆蔻教我的那些规矩，安静地在椅子上坐好，不乱走，也不乱摸。虽然这样确实有点儿无聊，但好在我的眼睛还可以四处看看。

殷止的寝殿很大，可是有点儿冷。现下已经入冬，晚上这样冷，他怎么都不生炭火？

想得出神，我都没有注意到殷止已经回来了。

"小满？"

我回过神来，再次看见了他那张温和的笑脸，一点儿都不觉得无聊了："阿止，你回来啦？"

他身上还带着湿润的水意，我恍然，他刚才是去沐浴了呀。

我眨眨眼，发觉他似乎又好看了一点儿。可还不等我告诉他，苏中官就端着一碗药走进来："皇上，该喝药了。"

殷止端起那碗黑乎乎的药汁，面不改色地喝了下去，我终于想起自己在轿辇上一直念叨的是什么了，我想问问阿止的病好了没，可是现下看着他还在喝药，好像……也不用问了。

"等了很久吗？"

殷止漱完口，过来坐在我旁边。

我想了想，摇头："不久。"

"……那就好。"

说完，他就沉默下来，我也不晓得要说些什么，索性就满眼稀罕地看着他，这也不能怪我，谁叫他长得好看呢。

寝殿静悄悄的，半晌，他试探似的问我："小满知道……今晚我们要做什么吗？"

摇摇头，我不太明白他的意思。但他好像很是松了一口气，带我走到一张很大的床前，对我说："今天晚上，小满就睡在这张床上。"

我"哦"了一声，说到"睡"字，我还真觉得有些困了，便开始动手去解身上的披风。

殷止有些诧异："小满？"他转过脸，耳尖泛着浅红，不肯再看我，"你这是做什么？"

"睡觉呀！"我脱下披风，露出淡粉色的裹衣，迅速爬上床后，还忍不住打了个哈欠，"不是你要我睡在这里的吗？"

殷止沉默了。

我动作麻利地钻进棉被里，轻轻抖了一下，寝殿里没生炭火，棉被还有点儿凉。

"那……你先睡吧。"

沉默过后，殷止伸出手，替我掖了掖被角。

他把帷幔轻轻合拢，而后缓步走开，我猜他大概又去看奏疏了吧！

做皇上可真忙。

他这样辛苦，我还是等等他好了。于是我忍着困意，等啊等啊，等了好久，我都要睡着了，他还是没回来。我的眼皮渐渐沉重，突然，帷幔外传来一阵阵压低的咳嗽声。

是阿止在咳嗽吗？

从帷幔的缝隙间探出头去，我看见殷止背对着我，侧躺在不远处的软榻上。

他睡在那里做什么？豆蔻明明说过，今天晚上殷止会和我一起睡觉的。

我下了床，也没穿鞋，赤着脚走到他榻边。他似是有所察觉，转过头来看见了我，连忙坐起身来，开口时很有些愧疚："被我吵醒了？"

我摇头蹲下，不解地看着他："你为什么睡在这上面呀？"

他分明应该和我一起睡的。

殷止张了张口，半响才道："……我怕挤着小满。"

"不会！"

我才从那里下来，挤不挤的，我还不知道吗？于是我认真地告诉他："你放心，床上可宽敞了，我们都能在上头打滚儿！"

"喀——喀喀——"

殷止突然又开始咳嗽，他握拳抵口，极力压抑着，看起来难受得不得了。

等到慢慢平息下来，他才再次开口："还是不必了……多谢小满的好意，只是我已然习惯了一个人睡。"

"没事的，多睡几次就习惯啦！"我握住他的手，刚想把他拉下榻来，就被冰得哆嗦了一下。

他的手怎么这么凉？想起寝殿里头没生炭火，他身体又不好，我把手伸进他被窝一探，冷冰冰的，难怪他会咳嗽。

"这个床一点儿都不暖和！"没来由地，我有些生气，"一点儿都不！"

人凉了，就会生病。

"我们一起睡！"说罢，我眼巴巴地望着他，"我可暖和啦，阿止，娘亲和阿姥都告诉过我，冬天睡觉的时候，只要两个人抱在一起就不会冷了！"

殷止只是低着头,一直看我和他紧紧拉着的手。半晌,他艰难地点了点头。

我快活起来,连忙拉着他走到大床前,我先钻进被窝里头,又用眼神示意他也赶快躺进来。他动作缓慢地躺下,浑身僵硬。

我就知道,天这么冷都不生火,看吧,被冻僵了吧?

这么大的人了,还不知道好好爱惜自己的身体。我叹了口气,滚到殷止怀里,他身上冷冰冰的,一丝热气也没有,我忍着寒意搂住他,脚心也贴在他的脚背上:"我给阿止焐一焐……现在暖和了吗?"

殷止低低"嗯"了一声,伸手轻轻回抱住我,"暖和了。"

我想和他说说话,于是轻轻地唤了一声:"阿止。"

寝殿内很安静,我清楚地听见了他的声音,他说:"我在。"

我有点儿高兴,忍不住就想把自己这两天吃了什么做了什么都一股脑儿地说给他听。

"虽然只是两日未见,"我打了个哈欠,声音小了下去,"可是阿止,我还是有点儿想你呢……"

殷止摸了摸我的头,好久才开口,声音仍旧是那样温柔好听:"……谢谢小满的挂念,我很欢喜。"

感受到他的身体渐渐温热,我的困意再次翻涌上来,眼睛睁开的缝隙越来越窄。

"我就说……我很暖和吧……"

殷止的手轻轻拍打着我的背,他人真好,还哄我睡觉。

我闭上眼睛,在他怀里沉沉睡去。

十一

第二日醒来后，殷止已经不在了。

豆蔻站在床前，笑吟吟地看着我，脸上再没有昨日的担心，且瞧着还很欢喜。

"娘娘醒了？"

我揉了揉眼睛，仍旧赖在床上，谁叫豆蔻的声音实在太好听，温温柔柔的，叫人根本不想起床。但不起床是不行的，毕竟这里是殷止的寝殿。

"豆蔻……"我打了个哈欠，爬起来看着她，"你是来接我回白鹿台的吗？"

"娘娘。"豆蔻拿起衣裳，动作麻利地帮我穿好，"咱们不回白鹿台了。以后您每天都能见着皇上，娘娘开不开心？"

"啊？"

我茫然极了，不明白她说的是什么意思，但还是下意识地点头，"开心！"

豆蔻笑着看我："皇上说了，以后您就住在和庆殿里……天不亮，抱玉就差人把白鹿台的东西都搬过来了，让奴也跟着来了。"

原来是这样啊，我点点头，住哪里不是住呢，既然殷止这样说了，那就住吧，左右豆蔻在呢。

我以为殷止会回来得很晚，因为他看起来是那么忙，可他今日申时便出现在和庆殿了。

此时我看豆蔻绣花看得正入迷，抱玉问安的声音从外头传进来，我便知道是殷止回来了，赶忙跑出去迎他。

"阿止，你回来啦！"

他今天的气色看起来很不错，进来时，摸摸我的头，顺势就拉起了我的手。豆蔻和抱玉悄悄地离开，整个寝殿只剩下我和他。

我侧过头看他："阿止，你昨晚睡得好吗？"

"嗯。"他笑着点头，脾气还是那么好，褐色的眼珠泛着一股子温柔，"幸好有小满陪着，我才睡得那么好。"

"我就说我很暖和！"我得意极了，又不忘叮嘱他，"不能着凉，着凉会生病。"

殷止很郑重地答应了，还不忘向我道谢。

他真的是个很好很好的人。

我就知道，嫁给他是一件顶好顶好的事。

今天的晚食，是我和殷止一起用的。和庆殿的菜色很简单，同白鹿台的差不多，只不过更清淡些。殷止的吃相很好看，他还给我夹菜。其实，吃到最后，我已经吃饱了，可殷止给我夹的菜还没有吃完。我想了想，还是全吃光了。果不其然，我再一次吃撑。可这会儿豆蔻不在，不能给我揉肚子，殷止也没有夸我。

我有些沮丧。

洗漱过后，殷止开始看奏疏，我抱着肚子坐在他身边，看着他圈点批注。

等啊等，等到灯花都有些昏暗了，才终于等到他放下笔，我还是忍不住开了口："阿止，你怎么都不夸夸我呢？"

我有些失落地看着自己的肚子，现下仍旧有些难受："你给我夹的菜，我都吃完了……我没有浪费粮食，你可以夸夸我吗？我很喜欢你夸我的。"

殷止这才反应过来，有些懊恼地说："对不起，都是我不好，给小满夹了太多。"说罢，他忧心忡忡地看着我，"还难受吗？"

我诚实地点点头，确实还有些难受："要是豆蔻在就好了，她会轻轻帮我揉肚子，可舒服了。"

可殷止说，他也可以帮我揉肚子。我挠挠头，摊开了肚皮，既然他愿意帮忙，那就揉吧。殷止很小心地伸出手来帮我揉肚子，他的力道不大不小，我舒服得昏昏欲睡。而越困，我脑子就越不灵光。实在是被他揉得太舒服，我打了个哈欠，索性把头枕到他腿上，又胆大包天地举起他的手放在我的头上，闭了眼睛还不忘提要求："阿止摸摸我的头，我好喜欢被你摸摸头……"

殷止没有拒绝，反而将指尖插进我发间，轻轻按压起来，我迷迷糊糊地听他说话。

"我四岁那年，养过一只霄飞练。

"它总是藏在芭蕉丛里，喜欢同我亲近，不管我是揉它肚皮还是伸手摸它头，它从来不会生气，甚至还很欢喜……它和小满真像，连名字都一样。"

我听了个囫囵，只知道"嗯嗯哦哦"地点头。他的声音轻柔，听着直叫人想睡觉，睡意翻涌间，却又听见他在我耳边轻唤："小满？"

我长长地"嗯"了一声，眼睛极力睁开一道细缝，稍微清醒了些。

他的指尖轻摁上我额心，好声好气地问我："今晚我还和你一起睡……好吗？"

这有什么不好的？

我点点头，努力让自己的脑袋从他腿上支棱起来，又慢吞吞地爬上了床。睡过去前一秒，我还记着朝他挥了挥手，示意他赶快过来。之后……之后的事嘛，我就记不得了，平常这个时候，我早睡着了。

唉，做皇帝真的好辛苦啊，这么晚才能睡……

十二

我就这么在和庆殿住了下来,随着时间一日日过去,我与殷止越发熟稔,知道了好多好多别人不知道的事情。

殷止很忙,但也没有我想的那么忙。

他也不是时时刻刻都爱看奏疏,有些时候,他会看书,还会写一写字。

真是奇怪。虽然我不认得他写的都是什么,可我就是觉得他写的字比别人的要好看。

晚间寝殿里仍旧不生炭火。苏中官说,殷止的身体受不得干热,生了炭会病得更严重。他还告诉我,其实阿止最不爱喝苦药,好些时候都偷偷倒掉。

"娘娘可千万不能忘。"

苏中官给我带来桂花味儿的糕点,认真叮嘱我:"监督皇上喝药这样重要的事,老奴就交给您了。"

"生病就要吃药,吃药病才会好。"这么一想,我顿时觉得自己肩上的责任重大,感受到苏中官对我的信任,我信誓旦旦地向他保证:"重就先生放心,我一定盯着阿止乖乖喝药。"

苏中官和蔼地笑起来,一点儿都不像别人说的那么严厉,他悄悄对我说:"皇上喝完药若是嫌苦——书架下头有个八宝攒盒,里面装了好多蜜饯,皇上吃一颗,您吃两颗。"

我喜欢吃蜜饯,可又不明白:"为什么我能吃两颗呢?"

什么都没干,还能比殷止多吃一颗蜜饯,叫我怪不好意思的。

苏中官慈爱地看着我，一点儿也不嫌我问得多，他说："因为娘娘是个好孩子，合该多吃一颗。"

啊，原来是这样啊。

如此我便心安理得地接受，而后果然在书架下找到了那个攒盒。打开一看，满满一盒子全是蜜饯，闻起来就很香甜，以至于殷止每回喝药时，我比他还要积极，生怕他因为怕苦而把药偷偷倒掉。

等到他喝完药，我就给他剥一枚甜甜的糖莲子，然后再给自己剥两枚。

他第一次看到这攒盒，还有些诧异，不过只是短短一瞬，他看着我："……小满怎么知道攒盒在书架下头呢？"

"我怎么知道呢……"

我心里秉持着这是我与苏中官的秘密，不肯告诉殷止，可又觉得有点儿心虚，不敢抬头看他，只一味狡辩："是……是它自己跑出来的！"

殷止好笑地看着我，眼神柔和得像一泓深湖："怎么只给我一颗呢？……好小满，怎么这么快就被收买了？"

我下意识地反驳："没有人收买我！"话音刚落又立刻捂住嘴，生怕自己说漏什么。

可殷止点点头："是重就先生啊。"

我睁大眼睛，怎么也想不通，他怎么就知道是苏中官给的蜜饯呢？明明我什么都没有说！我心里懊恼极了，连豆蔻都不知道呢……我给她带糕点时，差一点儿就要和盘托出，最后还是憋住了。

可殷止还是那么好，他跟我说，不会告诉苏中官他的计策已经败露，他也会好好喝药，不过——以后每回他喝完药，我必须要悄悄地多给他一颗蜜饯，作为报酬，我可以吃三颗蜜饯。

"除了我们，谁也不知道。"

好吧，被他说服了。

我哼哼唧唧地又往袖子里塞了一颗蜜饯，心想，苏中官让我看着殷止喝药，只要他喝了，那我吃了两颗蜜饯还是三颗蜜饯应该不是很重要吧？一想到殷止说这是我和他的小秘密，不知怎的，我的心里还隐隐觉得有点儿高兴。

"阿止，你真好。"

我情真意切地看着他，嘴甜得不得了："我能出去玩一会儿吗？就一会儿。"

现下正是午后，我被袖子里的那颗蜜饯勾住了，一点儿都不想午憩。

殷止点了点头："一刻钟。"

我笑嘻嘻地拉着他继续说好话，虽然翻来覆去总绕不开那几句，但还是叫殷止宽泛到了两刻钟。

真好，可以去找豆蔻了。

我跑出和庆殿，熟门熟路转了个弯，一眼就看见值事房里头绣花的豆蔻。

"豆蔻，豆蔻！"虽然上午才见过，可我还是觉得有点儿想她，袖子里的蜜饯那么甜，豆蔻一定会喜欢，"……你快猜猜我给你带了什么。"

豆蔻笑得很甜蜜，假装惊奇："哎呀，是糕点，还是饴糖？"

"都不是。"走近了，我得意扬扬地要她闭上眼，"你尝一尝就知道了！"说罢，把袖里那颗糖莲子喂进了她嘴里。

"甜的。"豆蔻睁开眼睛，笑着看我，"是糖莲子。"

我眼巴巴地瞧着："豆蔻喜不喜欢？"

她点头："喜欢，喜欢得不得了，娘娘给的糖莲子真甜，奴从来都没有吃过这么甜的糖莲子！"

我放下心来,她喜欢就好,只要她喜欢,我就高兴:"以后每天我都给豆蔻带好吃的蜜饯,明天给你带其他味道的!"

豆蔻却摇摇头,她用手帮我梳理好跑得有些乱的发髻,一边叮嘱我:"娘娘乖,自己吃就好,不必给奴带。"

"你放心,我吃过了。"我四处看了看,以为很隐秘了,便小声地告诉她,"以后我每天都能有三颗蜜饯,我吃一颗,豆蔻吃一颗,还剩一颗我就偷偷藏在你给我缝的荷包里头攒起来,咱俩以后悄悄地吃。"

那个攒盒里的蜜饯,似乎永远吃不完。

豆蔻喟叹一声:"娘娘啊——"她无奈地看了我一眼,还是夸了我,"娘娘在这方面,总是很聪明的。"

被人夸聪明的经历实在是难得,我有点儿害羞,低下头谦虚道:"其实也还好啦,阿止才聪明呢。"

要不是他,哪儿来多出的那颗蜜饯呢?

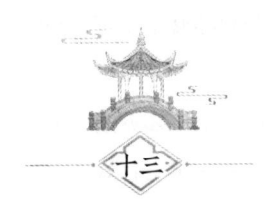

十三

每隔半个月,朝臣们就能休沐一天。

我之所以知道,是因为只有在这一天,殷止才能睡一会儿懒觉。平日里都是我还没醒来,他就已经离开。不像现在,我睁开眼睛后,他还在我身边躺着。我悄悄打了个哈欠,揉揉眼睛,以赶走蒙眬的困意,脑袋逐渐清楚起来。

殷止睡得很好,我不想把他吵醒,于是侧躺着,认真地望着他的脸。

他真好看。

除了豆蔻,他是我见过的人里最好看的那一个。

不知道看了多久,我左手手心变得汗涔涔的,极不舒服,我下意识地动了动,与我十指相扣的殷止被惊醒,呼吸由轻慢变得稍稍急促。他慢慢睁开眼睛,而后偏头朝我露出柔和的笑:"……小满醒了?"

我点点头,同他一道坐起来。

"阿止。"

我唤了一声,而后听见他传来轻轻的一声:"嗯?"

想了想,我很认真地看着他:"我觉得,你今天比昨天好看。"

殷止叹了口气,好像有点儿伤心似的问我:"如此说来,小满是觉得昨天的我不好看吗?"

"不是不是!"我赶忙否认,"我的意思是,你昨天好看,今天更好看,嗯……你每一天都在变好看!"

殷止没说话,好像不信我。

"真的!"我绞尽脑汁地思考着该如何用我知道的漂亮话去描述他的好看,"……阿止知道白鹿台种的栀子花吗?白白的可娇嫩,你和栀子花一样好看,身上也是香香的。"

末了,我又连忙补充道:"只不过——栀子花身上的香味浓浓的,阿止身上的香味淡淡的……"

剩下的话湮灭在唇齿间,我不敢再说,眼看着我多说一句,殷止的脸便红上一分,这样下去,他又要生病了。春日里天气好,好不容易停了两天药,我还是不要惹他生气的好——虽然我也不知道他为什么会生气。

殷止沉默着下了床,被小寺人收拾好后,绕过屏风去了外间。

不多时,我就看见了豆蔻笑吟吟的脸。

她进来替我洗漱、更衣。我乖乖地抬起手。豆蔻给我穿好衣裙,又给我梳了个简单的发髻。

今天的她还是那么好看。

"豆蔻——"

我情不自禁地喊了她一声,我看着镜子里为我整理衣襟的豆蔻,甜蜜话张口就来:"你今天真好看,就像白鹿台的粉芍药一样好看!"

豆蔻早已习惯了我粗糙直白的夸奖,起初她还会难为情地垂头,后来却越听反应越平淡。她把我扶起来,眼睛弯成两个小月牙:"娘娘也真好看。"

要夸人就一起夸,于是我点头肯定:"我们真好看!"

说着,我们往外间走去。

殷止竟然还没有去前殿,难道是在等我?眼见着他朝我伸出手,我立刻巴巴地牵住了。

"阿止,你是在等我吗?"

他定定地看着我,忽然伸出手轻轻拧了拧我的脸颊。我有些困惑,不明白他这是怎么了,可是他不说,我也不知道怎么问,索性就安安静静地跟着他去了前殿。

这种沉默一直持续到朝食过半,我刚喝完碧梗粥,殷止的声音突然幽幽地传进了我的耳朵里。

"小满……"

我转过头看他,用眼神询问他有什么事。他神色平淡,不辨喜怒:"早上说的那些话,都是哄人开心的是不是?"

什么叫哄人?

我严肃地看着殷止:"我从来不说假话的!"

他淡淡地"哦"了一声,而后看着我的眼睛,状似无意地发问:"栀子花和粉芍药,小满以为,哪个更好看?"

说实话,这个问题有点儿难住我了,栀子花和粉芍药都是我的心头好。可殷止既然这样问，那我就不得不选出一个了。于是我低头认真思考了一下，而后抬头，极其肯定地告诉他——

"粉芍药。"

栀子白确实好看，可粉嫩嫩的颜色看着多热闹呀。

殷止轻轻咬牙，看了我半晌，突然又长长地叹了一口气。

"罢了。"

他无奈地摇头，转而问我吃饱了没有。我仔细感受了一下，说没吃饱其实也不饿了，说吃饱了又还能再吃一点儿。

六月斑鸠，不知春秋。

以前没有什么衣裳穿，也没吃过什么好东西，我向来是冷了不晓得穿衣，热了不晓得脱，吃饭也总是分不清饱胀，后来入宫遇见豆蔻，这些事情便都由她经手了。

我转过头看向殷止，由他来决定我要不要继续吃。自第一次用饭吃撑后，以后用饭时，他总是看顾我许多。

殷止摸了摸我的肚子，轻轻按了按。他沉吟一声，然后把抱玉唤了进来："几上的，可以撤下了。"

这意思是我已经吃饱了。

行吧，我跟着他站起来。今天殷止应该会看书，要不就是写字，可我料错了，今天殷止既没有看书，也没有写字。他又变回了之前温柔和煦的模样，摸了摸我的头，眼神怜惜："……几个月没出殿，小满都快要闷坏了。"

我有些没反应过来。

说实话，要不是殷止提起，我还没有意识到，自己竟然已经整整三个月未曾出过和庆殿。

每日里不是吃了睡睡了吃，就是黏巴糖似的黏着殷止，压根儿没有感受到时间的流逝，一转眼，三个月就这么过去了。

虽然和殷止待在一起，我并不会觉得闷，但能到花园里头走一走也是极好的。

抱玉听见殷止和我要去花园，迅速备好了玉辇。也是在这时候，我突然意识到，已经有些日子没有看见苏中官了。我坐在殷止旁边，小声问他苏中官去了哪里，好久不见，我都有点儿想他了。

殷止捏了捏我的鼻尖，要我别担心："重就先生去忙别的事情了，过段时间就回来……若他知道小满想他，一定很开心。"

闻言，我放宽心，给他看手里的毽子。

"好看。"他夸了一句。

我有些得意："豆蔻给我做的，她的手可巧可巧了！"

刚说完，御花园就到了。

我兴冲冲地下了玉辇，拉着豆蔻一起踢毽子。踢着踢着，豆蔻突然扯扯我衣角，示意我回头看。我正踢得兴起，硬是等腿软得接不住了才转身，回过头只看了一眼，我就顾不得满头大汗，连毽子也不要了，急急忙忙回到殷止身边。

此刻，良妃和德妃站在殷止面前，面目柔美，也不晓得是什么时候来的。见着我，她们还很和善地唤了一句："贵妃娘娘。"

我刚答应了一声，四妹妹的叮嘱突然在脑海里回响起来，我意识到，她们俩应该是来抢皇上的。不行，我也要抢。身体比意识更快，等我回过神来才发觉自己的双手已经紧紧抱住了殷止的右臂。

殷止有些诧异，但不知怎的，我又分明觉得他有些高兴。反正，他比早上的时候高兴。

他接过抱玉送来的手帕，动作轻柔地替我擦汗，等我的脸变得干爽了才肯停手。

"怎么了？"

殷止低声问我，我也不知道怎么回答，索性就只摇摇头，浑身都不得劲儿。

瞧着我这副模样,他便吩咐抱玉,要带着我回和庆殿。见我们要走,德妃连忙唤住我,笑容明媚:"贵妃好久没有去我那里坐坐了,等几日空闲了,可一定要来。"

良妃附和着,也邀请我去她那里。

我一头雾水,不明白她们怎么突然变得这般热情,要知道,我和她们也就见过寥寥几次。平常时候,我待在白鹿台里头,有豆蔻和其他几个小宫女陪我,所以她们不来找我,我也从来不找她们。再说了,现在还有殷止陪我玩,我一点儿都不想去她们那里坐坐。

于是我诚实地摇头,拒绝了她们:"我不想去。"

殷止拉着我往玉辂上走,声音温和且纵容:"不想去便不去。"

我在御花园里没精打采,但一回到和庆殿,我就变得生龙活虎,刚想告诉殷止想要继续踢毽子,却被他提溜到书房:"既然不累,就陪着我写字吧。"

十四

陪着殷止写字,最大的用处便是叫我明白了,自己真真是不学无术。他好心教我写字,我却因为他的声音太柔和,躺在他怀里睡了个天昏地暗,醒来时鼻尖已萦绕着浓浓的饭香。

迟钝如我,竟也感到了些许羞愧。

于是午食时我坚决不肯抬头看殷止,只顾着埋头刨饭,脸跟饭碗如同粘在了一起。一块兔肉出现在碗里,殷止不赞同的声音传来:"还在长身体,不吃点儿菜怎么行?"

我悄悄抬起脑壳，想要偷看一眼，却被他逮了个正着。不过殷止什么也没说，看着也并不生气。

这顿饭和往常一样，吃得差不多了，他就让我放下筷子，免得腹痛。

他的脾气，怎么就这么好呢？我摸了摸肚子，满心感慨，然而还没等我感慨完，就被殷止捏住了脸颊："来，咱们继续。"说罢又把我抓到了书房，仍旧像上午那般教我写字。

我规规矩矩地站着靠在殷止怀里，他帮我捏住笔，而后手把手地教我。

说实话，他对我的要求真是极低。

"也不是要小满考个状元，学完一本《千字文》便极好。"殷止蘸了蘸墨，声音轻快，"好了，先来写一写小满的名字，写完了小满的，再写我的。"

他带着我写了一遍我的名字，又在一旁的空白处写下他的名字。

我看了看纸上的四个字，又看了看殷止右手上的玉扳指，后知后觉地想起了什么，转过身去："阿止……"

他轻轻"嗯"了一声，放下手中的笔。

我看着他的眼睛，满是认真："你不要喜欢别人，你只喜欢我，好不好？"说罢又觉得不太准确，毕竟宫里有那么多人，就连我都还有豆蔻要喜欢，这样对他实在不公平。想了想，我把这句话改成了："阿止最喜欢我，好不好？"

殷止似乎是思考了一下，然后看着我，神色严肃起来："那么，小满最喜欢谁呢？"

我最喜欢谁？

低下头，我开始认真地思考这个问题。脑海中浮现出豆蔻，而后又是殷止，但紧接着，一张凶巴巴的小脸跳了出来，占据了我所有视线,她骂了一句"小傻子",然后把半个馒头塞进我手里。

"四妹妹。"我抬起头,小声又坚定地告诉殷止,"我最喜欢四妹妹。"

殷止有些意外似的,不过他很快就反应过来:"为什么小满最喜欢她?"

为什么呢?其实我也不知道。四妹妹很凶,总是说我笨,说我傻,最见不得我哭,总是不耐烦地看着我。这样的四妹妹,我为什么会最喜欢她?大概是因为,她老是惦记着我有没有吃饱,也总会偷偷跑来看我,即便再不耐烦,也会伸出手来抱抱我。她说我笨,却不许别人这么说。

"你看,我教给你的那些话,你全都记住了……所以你不笨的,你只是不聪明。"

我点点头,四妹妹这么聪明,她说的话,一定没错。此后我便牢牢记住,只有四妹妹才可以说我笨,其他人说的都不算数。所以当殷止问我为什么最喜欢四妹妹时,我想来想去,只想出四个字:"四妹妹,好。"

"四妹妹最好。"

我固执地重复了一遍。四妹妹是天底下最好的人,也是对我最好的人。不是说殷止和豆蔻对我不好,可是四妹妹是不一样的,于我来说,那半个馒头要比桂花糕更加珍贵。

可殷止似乎并不理解。他看着我,眼神淡淡:"所以小满最喜欢的人并不是我。"

我下意识地想要反驳,因为在我心里,四妹妹和殷止是不同的,可是我又说不出到底哪里不同,于是只好讷讷地闭上了嘴巴。

然后我又听见他说:"小满,这不公平。如果小满最喜欢的人不是我,那么我最喜欢的人也不会是小满。"

我看着他冷淡的脸,心想着,完了,四妹妹要我抢皇上,我没抢到。不知道为什么,心里突然就觉得很委屈,但并不仅仅是因为辜负了四妹妹的期望。或许是因为,我已经习惯了殷止微笑点头的样子,毕竟他的脾气那样好,现在他说我不是他最喜欢的人,我心里的难过便铺天盖地似的。

但是我不会哭的,因为四妹妹说,掉眼泪就是没出息,所以我很少哭。

即便殷止不是最喜欢我,我也不会哭的。

我转过身,拿起笔继续写字,可是看着纸上黑乎乎的四个大字,我又想不起该从哪里开始,呆呆地捏着笔,心里更难过了。

正恍惚间,我听见殷止在身后长长地叹了一口气。

下一刻,我被他抱进了怀里。

"哭什么呢……"我刚想说自己没哭,就被他扳过脸,"不是最喜欢你,你便要哭。"

他捧着我的脸,替我擦干净眼泪,动作温柔又细致,一边擦还一边叹气:"你也不是最喜欢我,我是不是也该哭一哭?"

我下意识地扭过头,飞快地抹掉眼泪,觉得有点儿丢脸。要是四妹妹晓得我掉眼泪,一定会骂我没出息的。

"好了,不难过了。"殷止又变回了我熟悉的模样,妥协道,"这样好不好?"

"……等小满会写我们的名字了,我就最喜欢你。"

我吸了吸鼻子,问他:"真的吗?"

"真的。"他捏了捏我的脸,"我什么时候骗过你?"

好像确实如此,我点点头,想要继续学写字,可是怎么想也想不起来刚刚殷止是怎么写这几个字的。我举着笔,又想哭了:"我……我不会写……"

"没关系。"

殷止轻轻笑了起来，大掌包裹住我捏着笔的右手。

"我来教小满，好不好？"

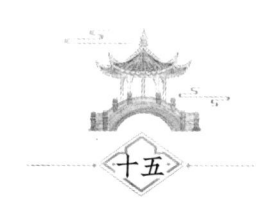

十五

殷止说，等我会写我和他的名字了，他就最喜欢我，所以此后我一有时间便在书房练字。

但我实在是不够聪明，来来回回四个字，学了好久还是有些记不清笔画，心里免不得懊恼。见我不开心，豆蔻便做了新衣裳来哄我，只是做好了却不肯给我看。

"再过五日，便是娘娘的生辰了。"她替我梳头，动作麻利又不失温柔，"就当是奴为娘娘准备的生辰礼物吧。"

我讶然，今年的小满怎么来得这么快！

上一次过生辰还是在白鹿台的时候，豆蔻给我做了特别特别好吃的梨膏糖。这一次在和庆殿过生辰，殷止会知道吗？不知道为什么，我没有告诉殷止我的生辰快到了，如果是以前，我就直接告诉他，甚至都已问他要礼物了也说不定。

我开始更加努力地练字。

离我生辰还有两日的时候，许久不见的苏中官带着一箱子玩具回来了。他来给我送礼物时，整个人看起来有些疲惫。紧接着，往日里深居简出、吃斋念佛的贤妃突然打开了殿门。

进宫这么久了，我只在宫宴上见过她一次。

豆蔻说过，贤妃名嘉宁，是殷止的表妹，所以两人之间自然是要亲近些。

我明白的,可是听见殷止去贤妃那里,我心里还是有些不舒服,好像有点儿生气,还有点儿失落,又或者是其他的什么感受,我说不清楚,索性就一门心思练字。就连殷止回来了,我都没有注意到,还是豆蔻出声请安,我才回过神来,赶忙把写过的字藏起来。

本来不想和他说话的,我心里还生着气呢,可他一脸累意,还朝着我微笑,我便心软了。

这天晚上殷止把我抱得很紧,我却没有睡着。这就导致了我第二天一整日都是晕晕乎乎的,练字时老是打哈欠。豆蔻劝我去睡一会儿,我却只是使劲儿摇头,因为我想要写出一张更好看的字来。

一笔一画,一字一顿。

我知道自己不聪明,只好在纸上不断地重复着殷止教我写的那四个字,生怕一停下便会忘记。如此,在晚食前,我终于写出了一张最漂亮的,但殷止派抱玉传话,说他要晚些回来。

我有些沮丧,可又实在困得不成样子,心想,明日白天拿给他看也是一样的,便先歇下了。这一夜我睡得很香,还做了个好梦,梦见我把写好的字拿给殷止看,他夸我写得好,然后对我说:"我最喜欢小满啦!"我便很高兴地抱住他,心里快活得不得了。

这个梦太过逼真,以至我醒来时发现只是梦,心里还有些失落。

我从床上坐起,寝殿里静悄悄的,身边没有殷止。看着大亮的天光,我心里懊恼极了,一定是我睡得太沉,连他走了都没有发现。正要下床时,屏风后两个小宫女的声音传来。

"昨夜皇上一整夜未归殿……"

"我听说,是宿在贤妃娘娘那里……"

我脑海里一阵轰鸣,殷止他昨夜没有回来,他和贤妃在一起呀。

这一刻,我清晰地意识到,原本可以属于自己的东西,被别人抢走了。殷止骗我，即便我把写好的字拿给他看，他也不会喜欢我的。

不好不好，一点儿都不好。

"噤声！"豆蔻压抑的声音响起，听着严厉极了，"谁给你们的胆子，敢在娘娘背后嚼舌头？！"

两个小宫女连声求饶，而后唯唯诺诺地走远。下一秒，豆蔻捧着新衣裳笑意盈盈地进来了，但旋即她的脸色变得慌张起来，赶忙走到床边。

我呆呆地坐在床上，要哭不哭地喊她："豆蔻……"

豆蔻把我搂进怀里，轻轻地拍我的背："不哭不哭，娘娘不哭，豆蔻在呢。"

我憋回眼泪，心里一阵阵地委屈。

"我想回白鹿台了。"我抬起头看着她，喃喃道，"豆蔻，我想回白鹿台。"

如果知道现在会这么难过，我当初一定不会住进和庆殿的，在白鹿台踢毽子，我就不会不开心。

对，回了白鹿台，我就会像以前一样开心了。

我迅速下床，抱起豆蔻给我做的新衣裳，又把厢笼里头其他的衣裳也找了出来，想要装在一起带回白鹿台。

豆蔻赶忙来阻止我，声音焦急："娘娘，皇上还没回来——"

"我就是要回白鹿台！"我打断她，"豆蔻，我不要住在和庆殿了，我不开心，非常非常不开心……"

"为什么不开心？"殷止的声音传来，他面色苍白，披着大氅走了进来，看见我时却又皱紧了眉，"……怎么不穿鞋？"

我不肯理他，抱着一大堆衣裳继续收拾。

豆蔻见劝不住，只能为难地看着我，殷止便让她先下去，我只当什么也没听见，找了一件披风，把衣裳包在一起。

殷止走过来，轻轻地唤了我一声："小满……"

我紧紧捂住耳朵，不想听见他的声音，而后飞快地回到床上，躲进了被子里，好像只有这样做才能让我觉得安心一点儿。

"小满。"殷止走到床边坐下，无奈极了，"你听我解释。"

我实在没出息，就听了这一句话，眼泪便瞬间充盈了整个眼眶，而后不听话地掉下。

"骗子！"我吸了吸鼻子，别扭而又固执地坚持着，"你骗我！"

心里的委屈翻涌来翻涌去，我伤心得连说话的声音都小了下去："我不要喜欢你了——"

话音刚落，我就被殷止从被窝里扯了出来，他极严肃地看着我："做事情不可以半途而废，小满，这对我不公平。"说着，他又软和下来，给我擦眼泪，"我看见小满的字了，写得很好，我也知道这些天小满学字很认真……我说话算数，从今以后，我最喜欢小满，好不好？"

听到这些话，我心里觉得更委屈了。殷止都不知道今天是我的生辰，过了今晚，我就十七岁了，他以为我还会像以前那样好骗吗？撇撇嘴，我对昨夜之事仍旧耿耿于怀："昨天说才算数，今天说不算数。"

"不算数吗？"听我这么说，殷止反而很高兴似的，脸上带着温和的笑意，"若我说，其实昨夜我并未和贤妃在一起呢？算不算数？若我又说，以后只喜欢小满呢？算不算数？"

殷止说，他昨夜没有和贤妃在一起。

殷止又说，以后只喜欢我。

我低头想了想，这两句话的意思拼在一起，大概就是，以前他喜欢我，以后他只喜欢我。这话听着实在叫人欢喜，我有些犹豫，要是这样的话……其实今天算数好像也不是不可以。

于是我点了点头,有些迟疑地开口:"那……那便算数吧……"

"好,那就这么说定了。"殷止笑着点头,把我搂进怀里,"小满不必最喜欢我,但要一直一直喜欢我,好不好?"

我使劲儿点了点头,在他胸口很认真地许诺:"我会一直一直喜欢阿止!"

因为有些愧疚自己之前误会了殷止,我任由他抱了许久都没动,等他放开我时,我发现自己脖子上多了一根红绳,上面还挂了一枚玉做的小钥匙。

"生辰礼物,喜不喜欢?"

我一时没反应过来,捏着小钥匙愣在那里。

殷止轻轻捧起我的脸,认真地看着我,眼神温柔且坚定——

"小满要长命百岁啊。"

十六

不知道为什么,我和殷止之间变得很奇妙。

是从什么时候开始的呢?大概是我生辰那天晚上。他抱着我,问我想不想要一个人陪我一起玩。我思考半晌,然后说,想。他点了点头,表示知道了,然后手就伸进我的亵衣里。

我不知道他是什么意思,只好一直问他。

"……阿止,你摸我腰做什么?"

"……现在又不热,为什么要脱衣裳呀?"

"……"

殷止伏在我耳边,呼吸急促,语气隐忍又克制:"小满乖,闭上眼睛。"

我听话地闭上了眼睛,整个人像是在御花园的秋千上荡着,却又比荡秋千更快活。殷止一直低声叫着我的名字,我脑子晕晕的,也不知道回应他没有。

第二日醒来,我还没说什么,殷止的脸就先红了,眼神竟还有些躲闪。

嘉宁说,这是因为殷止害羞了。她说这话时,顺手从菩萨面前摸了两个供果,分给我一个,她自己啃着一个。

我似懂非懂地点头,虽然我不知道这有什么好害羞的。

嘉宁笑眯眯的,摸了摸我的头。她可真好,每每回想起之前我还像个坏女人一样误会过她和殷止,我心里就羞愧得不得了。

但是嘉宁很大度,不仅不怪我,还愿意带着我一起玩儿。正因如此,我才发现,原来"贤妃娘娘深居简出、吃斋念佛"这些话都是诓人的,嘉宁不出现,完全是因为她偷偷跑出了宫,在外头玩了许久。

嘉宁一点儿都不喜欢菩萨,嘉宁只喜欢菩萨的供果。她最常干的事情就是带着我吃摆在菩萨面前的糕点与水果,吃饱之后带着我懒洋洋地晒太阳,给我讲她在外头遇到的奇妙事。当然,讲故事之前,我还有更重要的事情要做,那就是盯着她喝完今天的药。如今需要我监督的人已经从一个变成了两个,奖励我的蜜饯也从三颗变成了五颗。

嘉宁讨厌吃苦药。喝药的时候,她的脸总是皱巴巴的,好不容易喝完了,我便把剥好的糖莲子喂给她,像豆蔻哄我那样拍着背哄她:"嘉宁乖,吃了糖莲子就不苦啦。"

但嘉宁好像不太习惯,她红着脸,声音凶巴巴的:"拍背做什么,我又不是小孩子,喝药都还要人哄着!"

"可是你明明很喜欢呀。"

我不解极了,昨天我听话没哄她,她脸上的表情分明就是不开心。

嘉宁一时哽住，良久，她才再次开口，语气中带着几分羞恼："……还要不要听故事了？！"

我惊喜地点头："要的要的！"

于是我们躺上了躺椅，开始讲故事，她讲，我听。

"在宫外想去哪儿就去哪儿，想吃什么就吃什么，不想喝药我就倒掉……谁也管不了我！"嘉宁眯着眼睛，神色回味。

她得意极了，我严肃极了："……嘉宁不可以把药倒掉，不喝药会生病。"

"哎呀，知道了知道了，小管家婆。"

嘉宁敷衍地回了我两句，感叹似的摇了摇躺椅："……反正宫外就是好，除了唐明渊，几乎没有什么能叫我烦心的事！"

但她旋即皱起了眉，满脸不悦："怎么又提起他了……呸呸呸，真晦气！"

我很贴心地不问她唐明渊怎么了，倒也不是我不好奇，主要是嘉宁一想起他就会气得不停咳嗽，我还是不问的好。再者，我也知道唐明渊是谁。嘉宁出宫，是因为喜欢他。现在她回来了，是因为发现他配不上她的喜欢。

"好了好了，不说他了。"嘉宁往我这边凑近，看起来神神秘秘的，"想不想知道怎样才能同表兄和好？"

我眼巴巴地看着她，点头："想！"

她勾了勾手指，我不由自主地靠了过去，然后就听见她说："其实很简单，你这样……然后那样……"

说完，她拍拍我的肩问道："记住了吗？"

我看着她，认真点头，回答得极其响亮："记住了！"

话音刚落，殷止的声音就传了过来："记住什么了？"

我立刻从躺椅上坐起来，快步朝他跑去："阿止，你来接我回和庆殿啦？！"

殷止揉了揉我的头，而后顺势拉住我的手。他看着嘉宁，目光不善："你又教了小满什么乱七八糟的东西？"

嘉宁撇了撇嘴，很是不满："什么叫作乱七八糟？明明是很有趣的东西，你不信问问小满！"

殷止看向我，我立刻点头，表示认同。嘉宁便得意起来。

殷止不再看她，而是低头柔声问我刚刚到底记住了什么。我想了想，嘉宁只说让我记住，没说不能告诉殷止，于是我按照她说的在殷止手背上亲了一口。

殷止看着我，脸红了，而后看着嘉宁，脸又黑了。

嘉宁的得意早跑得没影儿，她动作麻利地蹿进了佛堂，还顺手带上了门。

殷止咬咬牙，终是什么也没说，带着我回了和庆殿。

其实我还想试试亲他脸来着，嘉宁说亲脸可有用了，但是和庆殿里头，苏中官和豆蔻都在，还有抱玉和一个白头发的老爷爷。人这么多，殷止肯定会害羞的，我还是等人都走了再悄悄地亲他好了。

白头发的老爷爷向殷止请安，也向我问好。我没见过太多旁人，忍不住就想往殷止身后躲。

殷止好声好气地哄我："不怕不怕，小满不怕，这是太医院的李御医，是个很好很好的人。"

李御医笑容和蔼，接腔道："娘娘，老臣会一样戏法，让人变聪明！"

让人变聪明？

我从殷止身后探出头，眼睛亮晶晶地看着他："真的？！"

李御医慈爱点头："当然是真的，骗人是小狗！"说完，他看着我，"娘娘要试试吗？"

"要试要试！"我从殷止身后钻出来，立马在椅子上坐下，满心地期待，"李御医，我也想变聪明！"

"好！"李御医爽快地应下，"老臣帮娘娘瞧一瞧。"

说着，他看了看我的眼睛，又按了按我的后脑勺，问我头疼过没有、睡觉好不好。我想了想，告诉他头不疼，睡得也很好。

李御医思索片刻，而后抬头看了一眼殷止。

殷止便低声问我："小满记不记得自己生过什么病？"

我回想起从小到大自己好像一直都很健康，最多就是染了几次风寒后晕倒，可是我都很快醒了过来，除了……

"娘说，我摔过一跤。"我低下头，呆呆地看着地面，"我摔坏了脑袋，变成了笨蛋，所以娘亲不喜欢我了。"

十七

那日李御医并没有把我变得聪明，后来他和殷止说了什么，我也不得而知，殷止不肯让我听，哄了我出去。豆蔻陪着我，在门口等他们出来。

等啊等，终于等到大殿的门被打开，殷止快步走了出来。我还没反应过来，便被他一把扯进了怀里。

"……阿止？"

我茫然极了，不知道他这是怎么了。

殷止没有出声，只是静静地抱着我，而后松开，拉着我进了前殿。他看起来实在奇怪，虽然仍旧如同往常一般好脾气，可眼神中却带着我不认识的情绪。直到我们晚间就寝，他才恢复正常。我躺在他怀里，想要问问他怎么了，可又不知道怎么问。

或许是我频频抬头的动作太刻意，殷止无奈极了，轻轻地拍了拍我的背："小满别担心，我没事。"

我"哦"了一声，拉起他的手左看右看，只觉得他纤细修长的手指无论怎么看都好看。正看得起劲儿时，忽然就听得殷止低声问我："……入宫前，小满在做什么呢？"

入宫前，我在做什么？

我想了想，突然发觉入宫前的自己好像每一天都过得一样。

从有记忆起，我就住在一个小小的院子里。

破破的窗、疲惫的娘亲，以及永远浆洗不完的衣裳。

吃的东西不多，时时会挨饿。

我和娘亲都喜欢夏天，因为我们没有棉衣，冬天的时候会很冷，但夏天不同，夏日里炎热，穿得单薄一些也没关系。

每天晚上，娘亲会缩在床上咳得撕心裂肺，而天气越冷，她咳得越厉害。我睡在她旁边，想亲近她又很害怕。那时候我总是想，要是我像四妹妹一样聪明，娘亲会不会喜欢我一点儿？变聪明了，她就会朝我笑一笑。就像她看见四妹妹时，总会笑一笑。

可我仍旧是一个笨小孩儿，娘亲也没有朝我笑一笑。她在一个冬天离开，再也没有回来。

记不清那时我七岁还是八岁，只记得那天很冷，还下过一场雪。早上我醒来后，发现娘亲还在睡觉，我揉揉眼睛，摸着娘亲的脸，小声喊她："娘……"

娘亲不理我。她的脸冷冷的、硬硬的，眉目间泛着灰青色。

冷风将我吹得清醒了，我缓慢地思考了一下，将身上的薄被给娘亲盖上，然后手心紧紧贴着她的脸颊，心想，等娘亲变得暖和了就会醒过来了吧？

可我的手都变冷了,娘亲却仍旧不暖和。

"娘……娘……"我把脸也贴上娘亲冰凉的脸,喊了她半天,可她还是不理我。

我想,娘亲应该是太累了,想歇一歇。

"娘歇息。"拍了拍娘亲的背,我慢慢地下了床,"……小满乖,小满不吵。"

坐在椅子上,我呆呆地看着冷硬的地面,想着今天四妹妹会不会来。但四妹妹没有来。我坐了一天,娘亲睡了一天。家里的水缸太高,水又太浅,我看得见却喝不着,幸好傍晚时外面下起了雨,还可以去接雨水喝。

推开门,我将粗瓷碗高高举起,去接滴落的屋檐水,很快便接了满满一碗。

我有些高兴,小心翼翼地端着水,走到床边。娘亲双唇紧闭,我喂她喝水,水却打湿了她的脸。我捏着袖子,想将娘亲的脸擦干,可袖子也是湿的,我打了个哆嗦,捧起粗瓷碗送到嘴边,喉咙里的渴意总算得到了缓解。

搬来凳子,我将剩下半碗水端端正正地放在上面,留给娘喝。

喝完水我终于不渴了,却又冷又饿。家里什么都没有,于是我只好爬回床上。娘亲还没醒,我实在太冷,便慢慢地钻进了她的怀里,饿着饿着,不知道什么时候就抱着她睡着了。

这天晚上,娘亲没有咳嗽,她只是一直睡一直睡,不肯醒过来。

第二天,我起了床,蹲在院子里,看着小蚂蚁搬土,排了长长的一路。

傍晚时分,四妹妹终于来了。她住在不远处的大院子里,里头全是庶伯父的姨娘们,还有他和姨娘的女儿们,但只有四妹妹肯和我好。

"小满……你嘴巴里是什么?"

49

四妹妹走到我面前,满脸疑惑,我呆呆地张开嘴。

"吐出来!"她气得伸出手,打我的背,"叫你乱吃!叫你乱吃!"

我吐出嘴里的东西,背上好疼,可是我不敢说。四妹妹的脸色很难看,这意味着,我一定是做错事了,所以才会挨打。她拧着眉,语气严厉极了:"为什么要吃泥巴?!"

我没力气站起来,只好蹲在地上,抬头看着她,讷讷道:"饿……"

其实我不会把土吃进肚子里的,因为它真的很难吃,又苦又涩,我怎么努力也咽不下去。

"你知不知道这是脏东西,不能吃?!"

我摇摇头,有些畏惧,不敢告诉她,是因为之前看见小蚂蚁在搬土吃,我又实在太饿,心想,小蚂蚁能吃,我为什么不能吃?于是伸出了手,可吃到嘴里后才发现泥土是苦的。

四妹妹恨铁不成钢地看着我,又举起了手。我躲了躲,她的巴掌到底没落下来。

她四处看了看,而后盯着我:"你娘亲呢?"

我指了指房门:"在睡觉呢。"

四妹妹塞给我半个馒头,警告似的看我一眼:"不许再乱吃东西!"

我使劲儿点头,捧着馒头狼吞虎咽地吃起来。见我老实了,四妹妹这才往屋子里面走去。但很快,她又苍白着脸快步走了出来。近了我才发现,四妹妹的面色难看极了,而且浑身都在发抖。

"你就待在这里,别动。"她往院子外头走去,丢下了一句"我去喊人"。

再然后,就是许多人来到我们的院子里。娘亲身上盖着一层白布,被人从屋子里抬了出来。我想把娘亲喊醒,还想要问他们要把我娘亲带去哪里,可是最后我什么也没做成,只能蹲在地上,茫然地看着他们离开。

四妹妹松开捂着我嘴的手,眼圈红红的,她轻轻搂住我:"……现在,我们都是没娘的孩子了。"

我想起方才恍惚间听见的那些话,转头看向四妹妹,疑惑极了:"他们说,娘亲死了,四妹妹……死是什么意思呀?"

四妹妹看了我很久很久,然后告诉我:"死了,就能过上好日子了。"

"可是你在哭。"我指着她的眼泪,满心不解,"……四妹妹,为什么要哭?"

"小傻子。"四妹妹笑起来,轻轻地骂了我一句,"我这是高兴呢。"

哦,原来是高兴呀。

四妹妹说,人死了,就能过上好日子。这是好事呢。四妹妹最聪明了,只要是她说的,就一定是真的。所以后来,庶伯父派来照看我的阿姥也像娘亲一样睡着,怎么也喊不醒时,我便知道,她也过好日子去了。那天晚上,我走出住了十几年的小院子,本来想去找四妹妹的,却因为天色太黑迷了路,遇见了还是太子的殷止,他问我冷不冷、怎么不穿鞋。

再后来,我就入了宫,成了他的妃子。

"……后面,后面我就成了阿止的贵妃,住进和庆殿啦!"

话音刚落,我便被殷止紧紧抱住。紧接着,他晦涩的声音在我耳边响起:"我知道小满过得很辛苦。但我不知道,小满过得这么辛苦。"

似乎是喟叹了一声,殷止亲了亲我的额头。

"不辛苦啊。"我打了个哈欠,有点儿困了,"我有娘亲,有四妹妹，有阿姥……后来又有了你和豆蔻，就更不辛苦了。"

从前的生活是有些艰难，但我确实算不得辛苦，辛苦的都是我周边的人，要照顾我这个笨小孩儿，她们该多累啊。尤其是四妹妹，她明明比我小呢，却总是为我操心。入宫前一晚，她还在教我要如何做。虽然她一再警告我不许想她，还说她也不会想我，但是——

"阿止阿止，"我抬头看向殷止，眼神满是期盼，"你会不会见到我四妹妹？你要是见到了她，能不能替我和她说，就说……我有乖乖听她的话，做了她要我做的事。更重要的是，我没有想她，真的没有想她。"

阿止沉默着，半晌，他笑了笑："我见过小满的四妹妹，她现在……过得很好。"

"真的？"我呼出一口气，高兴起来，"四妹妹过得好，我就好。"末了还不忘叮嘱殷止，"阿止阿止，你下次见到她，可千万不能忘了我要你帮我说给她的话！"

殷止把我的脑袋按进他的怀里，良久，声音轻轻——

"好，我一定转告。"

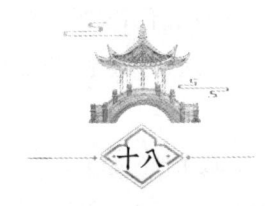

十八

日子平淡安稳地过，但好像又有了一些不同。

殷止又叫李御医帮我看了一次病，可这回不是看脑子。李御医给我诊完脉，对殷止说："皇上，娘娘有喜了。"

殿里头的小宫女、小寺人们面露喜色，殷止也笑着吩咐苏中官分发赏赐。

我问殷止，有喜是什么意思。他摸摸我的头，语气温宁："小满要做娘亲啦。"

做娘亲？我不由自主地睁大眼睛，看着他："是我要做娘亲了吗？"

实在是太不可思议了。

"我这样的人，也能做娘亲吗？"

"怎么不能？"殷止伸手，轻轻弹了弹我的脑门儿，反问了一句，而后柔声安慰我，"别担心，小满做了娘亲，只需要和他玩儿。"

他虽这么说，但我仍旧犹豫。

毕竟在我的记忆里，娘亲是在做饭洗衣，而不是陪我玩儿。但殷止却要我别担心，他说："小满不怕，一切有我这个爹爹呢。"

他这么一说，我便真的不担心了。

每天待在和庆殿，吃了睡睡了吃，幸好有豆蔻陪着我。三个月时间眨眼过去，我终于可以去找嘉宁了。

出门前，豆蔻先是在我腰上绑了一个扁扁的圆枕头，之后再给我穿上新衣裳。我不知道她为何这样做，但肯定是为我好，所以我什么都没问，毕竟就算她说了，我可能也听不懂。

今天殷止上朝，不能坐他的玉辂，于是抱玉帮我准备了轿辇。

我坐到翠微阁时，嘉宁正在晒太阳。现在虽是下午，也快要立秋了，我却还是觉得好热，可她就这么躺着，都不晓得遮一遮。

看见我，她懒洋洋地打了个哈欠，困倦地招呼了一声："小满来了呀……"

我在她身边的躺椅上坐下，惊奇地看着她比我圆多了的肚子："嘉宁嘉宁，你也要当娘亲了吗？！"

"是啊。"她眯了眯眼，满脸的不耐烦，口中道，"真是烦死了，天天都想睡觉，又不能不要……"

我想了想，趴在她耳边，问了一个我老早就想问的问题："嘉宁，小娃娃是从哪里生出来的呀？"

"嗯？"嘉宁奇怪地看了我一眼，而后恍然大悟似的神神秘秘地笑起来，"啧，这个嘛……"

显而易见，她一定知道答案。

"嘉宁嘉宁。"我抱住她手臂，摇来摇去，"好嘉宁，你就告诉我嘛！"

或许实在是被我磨得不行了，嘉宁连连摆手告饶："好了好了，小满别摇了，我告诉你我告诉你——"

我凑了过去，她悄悄地笑起来："是从你脚心钻出来的！"

"真的吗？"

我有些怀疑，可是看着嘉宁信誓旦旦的模样，我又下意识地有些相信她的说法。于是晚间回到和庆殿，我第一时间便问了殷止："阿止，嘉宁说小娃娃会从我脚心钻出来，这是真的吗？"

殷止见我还绑着扁圆枕头，便把我带回寝殿里头，替我取下。把扁圆枕头顺手扔到一边，他亲了亲我的脸："嘉宁说得对，小娃娃确实是从脚心钻出来的，等到来年三月，小满就能看见他了。"

既然殷止也是这样说的，看来嘉宁不是在捉弄我。只是不知道为什么，此后殷止同意让我去翠微阁找嘉宁玩的次数越来越少了，而豆蔻绑在我腰间的扁圆枕头也渐渐变得鼓胀起来。

整个秋天，我几乎一直待在和庆殿里头，连御花园都没去过。但也并不是天天玩，这些天我一直有正经事做。殷止每天批完奏疏便会教我念《千字文》，虽然我老是学了就忘，但他从来没有责怪过我什么，反而更耐心地教我。

冬至这天，殷止回来得很早，我还在纸上歪歪扭扭地写字。

因为之前午间睡得沉，起得便晚了些，他回来时，我才写了五个大字，且都不漂亮，以致看见他时还有些心虚。

但殷止并没有注意到我写的字，他拉起我的手，急急地朝外头走去，边走还边回头对我说："今天带小满出宫去，开不开心？"

听得出来，他现在的心情很是愉快。

当然，我也一样。

说实在的，我还没有在宫外玩过呢。想起嘉宁告诉我的那些故事，我将殷止的手攥得更紧了。

跟着他上了一辆马车，我终于想起问问殷止："阿止，我们要去做什么呀？"

殷止帮我换了一套样式简单的衣裳，而后将我的手紧紧攥住，他看着我："我们要去见一个很重要的人。"

一个很重要的人？那是应该去见见。

我靠在殷止肩膀上，有些饿。待马车停下时，殷止告诉我还要爬一截山路。其实我不想爬山的，可殷止说，这个人很重要，所以我还是爬了。爬到一半时，我捏了捏酸软的腿，看了看殷止，他似乎也心有所感，转脸来看我，还笑了笑。

他身体不好，现下入冬，又开始喝药了。

我有些担心，但殷止安慰我说不要紧，他还撑得住，然后继续抬腿……如此，终于在天色将晚时，看到了那个很重要的人。

他站在高高的石阶上，一身黑袍，是个道士。

原来殷止出宫是带我看病的。可那道士只肯让他进草屋里头，我没有办法，只好蹲在石阶上，等他出来。似乎过了很久，又或者只是一小会儿，我抬头，看见月亮都升起来了，终于，肚子饿得咕咕叫时，门从里面打开了。

"阿止！"

我站起身来，抬头看着他一步一步走下来，在我面前站定。

我这才看见他眼眶红红的,整个人看起来又高兴又难过,瞧着奇怪极了。

"阿止,你怎么了呀……"

他不说话,只是一直一直看着我。良久,他朝我伸开双臂,下一瞬,我被拢进一个微温的怀抱里。

"傻小满。"他叹了一口气,语气晦涩,"不是说过,叫你不要再来找我了吗……"

我不知道这句话是什么意思,殷止也没有解释,只是带我下了山。下山总是要比上山速度快些,但到街上时,已临近深夜。

下了马车,我才发现天上飘起了大雪。透过月光,我看见白白的雪花落在我和殷止的头发上。

我指着他,笑得很开心:"阿止,你的头发白了!"

他轻轻按了按我眉心:"小满的头发也白了。"

我呼出一口气。整条街上静悄悄的,昏暗极了,只有不远处的馄饨摊儿前还挂着一盏暖黄色的灯。

殷止带着我过去,坐下,而后要了两碗野菜馅儿的馄饨。

隔着热腾腾的雾气,我听见摊主利落地回了一句:"好嘞!"

摊主的动作很快,不多时,两大碗馄饨就摆在我们面前。

滚烫的汤水冒着热气,怕被烫到舌头,即便已经饿得不行了,我还是选择先慢慢地把它吹凉。我吹着吹着,摊主突然朝不远处跑去。我转头看去,发现是他的妻子来接他了。

摊主接过她手里的孩子,语气亲昵地责备:"天儿这么冷,来接我做甚?还带着小满……"

小满?

我看向殷止,又惊又喜:"我也叫小满呢!"

殷止只是纵容地笑。

"摊主摊主！"我看着走过来的一家人，好奇极了，"你们的孩子也叫小满吗？"

"是啊！"

摊主颠了颠怀里的小孩儿，教他说话："来，告诉小夫人，咱叫什么名字。"

那男孩儿扎着一条小辫子，回答得大声又响亮："我叫小满！"

我点点头，追问道："……他的生辰也是小满吗？"

"不是的，小夫人。"回答我的不是摊主，而是摊主的妻子，她说，"……我儿虽叫小满，生辰却不是小满。"

不是小满？

"既然不是小满那天的生辰……为何要叫小满？"我想不通，我是小满这天生的，所以我叫小满，可他不是小满这天生的，为什么也会叫小满呢？

"算命先生说，小得盈满。"摊主的妻子走到孩子身边，替他紧了紧衣领，眼神温柔，"……我和夫君不敢贪心，不求我们的孩子大富大贵，只求他这一生能有小小的圆满。"

"小小的圆满？"

我轻声重复了一遍，看着馄饨出神，还是殷止突然唤了我一声，我才反应过来，发现自己居然在掉眼泪。

可我为什么会掉眼泪？

"小满，娘的小满……菩萨，您行行好，给她一个小小的圆满吧……"

温柔又绝望的声音自脑海中传来。

我想起来了她是谁。

"阿止，"喉咙隐隐发痛，我看向一旁的殷止，眼眶泛出酸涩，"我想起来了。其实娘亲是喜欢我的。"

如果她不喜欢我，就不会在离开的那天晚上抱着我一遍又一遍地许愿，希望我这一生能有小小的圆满。可是我太害怕了，我忘记了她的这些好，只记得那些咳嗽和巴掌。

"我忘记了她的好……"我舀起温热的馄饨，一勺一勺塞进嘴里，好像这样做就能不难过，"我怎么能忘记了她的好……"

娘亲一直一直都是喜欢我的呀。

"活下去，小满，一定要好好活下去……"

眼泪砸进汤碗里。四妹妹说，娘亲过好日子去了。

可是怎么办呀，四妹妹，我想她了。

十九

这天晚上，我做了一个梦。

我梦见了小时候的殷止，小小的他在我眼里还是那么高大。他朝我招招手，我便从宽大的芭蕉叶下爬出来，高高兴兴地走到他脚边，去舔他手里甜甜的糕点。

第二天醒来后，我本想告诉殷止这个梦的，可不知怎的，我刚拉住他的手就忘记了自己要说什么话。我的记性怎么变得这么差了？

殷止见不得我沮丧，揉揉我的头，温声安慰："没关系，等小满想起来了再告诉我好不好？"

那只好如此了，谁叫我的记性这么糟糕呢？

时间过得好快，眨眼间就来到了除夕。

前一年的除夕，我也是在和庆殿里头过的，但那时殷止在和大臣们议事，夜里才结束。他回来时，我早就睡着了。

今年的除夕，殷止带着我看烟花。

"小满，你会有很美满的一生，无病无灾，子孙满堂。"

殷止看着我，满眼认真。我以为他是在许愿，我也捡了他的话，学着许了一个愿望。

"阿止一定要长命百岁呀。"

殷止只是笑，伸出手指点了点我的眉心，而后与我一同看天上的烟花。热热闹闹的夜空下，他似是轻声呢喃了一句："此生也算共白头……"

我没有听清，追问道："阿止，你说什么？"

"没什么。"殷止微笑着把我搂进怀里，"我是说，小满也会长命百岁。"

"嗯！"我使劲儿点头，"我们都要长命百岁！"

这一年，就这么过去了。热热闹闹地过了正月，又平平淡淡地过了卯月。三月的第一天，我的扁圆枕头已经鼓得不能再鼓了。

豆蔻陪着我翻绳，翻着翻着，我叹了口气："好久没有看见嘉宁了。"

或许是我的嘴开了光，当天晚上，我就见到了嘉宁。宫里似乎出了什么事，殷止回到和庆殿的第一件事就是吩咐豆蔻收拾东西，送我去白鹿台。他取下我脖子上挂的那枚小钥匙，然后亲了亲我额头，说："等我。"

我乖乖地跟着抱玉、豆蔻，拎着我的圆枕头，往白鹿台走。一路上我到处看着，这才发觉，原来白鹿台离和庆殿真的很远哪，可我以前怎么没发现呢？

"娘娘，白鹿台快到了。"

抱玉说着，我点点头，老远就看见挺着大肚子的嘉宁站在大门口。

我朝她招了招手，大声地喊她："嘉宁！嘉宁！"

轿辇终于停下，我欢欢喜喜地走到她身旁，抱住她手臂："嘉宁，我想你了。"

"那可真不好意思，"嘉宁脸色有点儿苍白，她斜斜地看我一眼，"你不来找我，我吃吃喝喝，睡得可香了。"

"那就好，那就好。"我笑呵呵地看着她，吃得好睡得好，身体就好，"这些天我也睡得不错呢。"

她似是哽住，看了我好几眼，而后悠悠地骂了一句："小傻子。"

这句话听起来好耳熟，就像四妹妹。

"嘉宁嘉宁——"嘉宁往大门里头走去，我歪缠着她，"你再骂我几句'小傻子'，好不好？……"

"你好烦啊！"

"嘉宁，这句也好像呀！"

"像什么？"

"像我妹妹！"

"什么妹妹？我比你大，快叫一声'姐姐'，我听听顺不顺耳……"

"……"

三月初三，这天晚上，嘉宁突然喊肚子痛。

宫人们早有准备，却仍旧忙作一团。很快，嘉宁被带进了房间，豆蔻把我带进另外一个房间，告诉我，我和嘉宁要生小娃娃了。

"可是……可是我都没有肚子痛……"

嘉宁说她肚子痛，我却还没有什么感觉呢。

豆蔻扶着我躺下，仍旧是温温柔柔的模样："娘娘乖，每个人生小娃娃都是不一样的，兴许您运气好，所以才没有肚子痛。"

哦，原来是这样啊。

我便乖乖地在床上躺着。豆蔻喂我喝了一碗热糖水，开始哄我睡觉："……等娘娘醒过来，就能看见小娃娃啦。"

她的声音太柔和，围绕在我耳边，叫人困倦得不行。我打了个哈欠，沉沉睡去。

再醒来时，天光大亮，殷止红着眼，拉着我的手坐在床边。

"阿止……"

我揉了揉眼睛，冲他笑。

正迷糊间，突然想起豆蔻说的醒来就能见到小娃娃，睡意立刻跑得没影儿。

"阿止，小娃娃呢？！"

殷止微笑起来，安抚似的捏捏我的脸。然后豆蔻抱着一团软软的东西进来了，她看着我道恭喜："……娘娘，是位小皇子呢！"

包裹他的布料，和圆枕头的一模一样，果然是我的小孩！

可是，他好小啊，我都不敢抱。

"别怕。"殷止带着我的手去碰他的脸，温热绵软的触感将我吓了一跳，可又控制不住地欢喜。殷止将我搂进怀里，低声询我："小满给他取个乳名儿，好不好？"

我有些犹豫，取名好难的，不过殷止这么坚持，那我就取吧。

低头看了看我的小孩，他有圆圆的脸蛋，还有圆圆的嘴巴，我心里霎时有了一个名字，抬起头看向殷止："就叫他'圆圆'，好不好？"

"好。"

殷止好脾气地看着我："小满取什么都好。"

末了，他突然问我："小满要做皇后了，开不开心？"

但不等我回答，他又说："我很开心。"

殷止开心，我就开心。所以我朝他点点头："那我也开心。"

可是——

"阿止，嘉宁呢？"

我都没有看见嘉宁,她去哪里了呢?

殷止的笑意突然停顿了一下,而后慢慢消散,他把我抱进怀里,声音低沉:"嘉宁出宫了,但她有话要告诉你。"

嘉宁走得这样急,她还没教我骑马呢。我有些舍不得,但还是为她高兴,追问道:"什么话呀?"

殷止沉默了很久很久,久到我以为他不会告诉我了。

不过最后,我仍旧是听到了嘉宁留给我的话。

嘉宁说——

"小满,我去过好日子了。"

二十

圆圆长得好快。

好像昨天我还趴在摇篮边看他,今天睁开眼,他就已经站在我面前,脆生生地喊我"娘亲"。

我和他一起学《千字文》,分明我比他要早学好久,可我还在学"龙师火帝,鸟官人皇"时,他就已经学到了"坚持雅操,好爵自縻"。而当我终于学到他的进度,十一岁的圆圆早已开始看更难的书。

殷止安慰我,说每个人学习的速度不一样,圆圆学得快,说明我的小孩天资聪颖,我该高兴。

圆圆聪明,我当然高兴。

只是我总觉得,他哪里都好,却有个笨娘亲,这实在太给他丢脸。

原本这些话,我只告诉了殷止,可后来被圆圆知道了。他说我老是胡思乱想,便向殷止建议,罚我每天多写三张大字。殷止想了想,最后只罚我多写一张。

罚写的第一天，圆圆来看我。

一看见他，我就觉得有点儿委屈："……可是我既不如少师夫人那般有文采，也不像尚书夫人一样贤惠持家，圆圆，我一点儿都不如别的娘亲厉害。"

我看着面前漂亮精致的小少年，只觉得天底下再没有比他更好的小孩儿了。我的小孩儿拿着笔蘸了朱砂，替我圈点批改课业，一边圈点一边淡淡地说："少师夫人会如你这般陪我吗？尚书夫人会像你一样崇拜、疼爱我吗？别人的娘亲再厉害，在我眼里，都不如你。"我听得心里热乎乎的，刚想说"圆圆，你真好"时，就听见他又继续说，"好了，这些写得不好的地方，都要改。"

我撇撇嘴，和他打商量："可不可以等你爹爹回来再改？"

"可以啊。"圆圆答应得很自然，转过头看着我，"我今天会留下来，就算爹爹回来了，娘亲还是得自己改。"

我悄悄看向豆蔻，还没开始求助，便听得身旁传来一句"别看了，豆蔻姑姑也帮不了你"。

豆蔻笑着摊了摊手，而后遗憾地摇头。我只好靠自己，拿起笔开始一个字一个字地修改。等到殷止回来，我已经改好了两张大字。他第一时间便夸了我，抱玉也笑着点头。现在跟在殷止身边的仍旧是苏中官，只是不再是重就先生。我也是后来才知道，抱玉是苏中官的义子，也跟着姓苏。

苏中官是两年前离开的，走之前，他把那个攒盒送给了我。

殷止带我去看过他。那时苏中官瘦了好多，头发也全白了，但看向殷止和我时，他的眼神仍旧慈爱又温和："皇上和娘娘都是好孩子。"

那时我以为他只是生病了，于是认真地看着他，对他说："重就先生要快些好起来，你不在的这些天，我和圆圆都有点儿想你呢。"

苏中官听了很高兴，不住地点头说"好"。他如同往常一般，从袖子里摸出一颗糖，手颤抖着递给我，又摸出一颗递给殷止，声音里溢满苍老的温暖。

"可是，娘娘，老奴想家了。等以后有空了，老奴再回来看您，好不好？"

苏中官要回家了，我有点儿失落，满心不舍却也只能点头："好吧……"

殷止一直不曾说话。回去的路上，他将苏中官的糖慢慢放入口中，突然红了眼眶。

我看着他，他朝我笑了笑。

"小满别担心。"

殷止捏紧我的手，似乎是在安慰我，又似乎是在告诫他自己，声音很轻很轻："……重就先生累了许多年，如今终于能歇一歇了，这是好事，所以不必痛哭。"

"可是，可是，阿止……"我伸手，替他抹去眼角的泪花，"你的眼睛湿了。"

殷止张开双臂，将我抱得很紧，耳边传来低沉柔和的声音，他笑着唤我："傻小满。我这是高兴呢。"

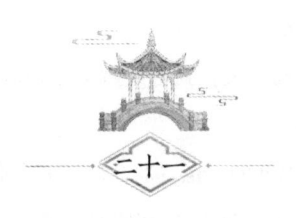

二十一

寒来暑往，圆圆又长高了好多。

这一年的小满，天气很好，殷止和圆圆准备了许多生辰礼物，豆蔻给我做了长寿面，抱玉也送来了一只小兔子。

今晚的月亮真好看。

我三十岁了。

如果不出意外，我会如同今天一般，过完我四十岁的生辰、五十岁的生辰……直到一百岁。过完最后一个生辰，我和殷止就会手拉着手，到另一个地方过好日子去。

豆蔻说，等我也去过好日子了，就能和娘亲团聚了。

等到了那个时候，我会不会见到阿姥和四妹妹？还有嘉宁，她说过要教我骑马，还算不算数？苏中官的攒盒，我保护得很好，且每回殷止喝药，我都会在一旁监督，他晓得了，一定会夸我的吧？

这些问题似乎很难，连殷止也没有答案。他只是抱紧我，笑着说，以后就知道了。

他的脾气一点儿没变，还是那样好。我想起十多年前他给我披上狐裘，问我冷不冷、怎么不穿鞋，我呆呆地看着他，只觉得这人可真好。那时候的我怎么也不想到后来会成为殷止的妃子。只可惜进宫后我才发现，他好像不记得我了，从十四岁到十六岁，我只见过他三次。后来偶然去御花园踢毽子，竟好运气地碰见他，成了他的贵妃。有了圆圆，我又成了他的皇后。

他喜欢我，我也喜欢他，这真是再美好不过的事。

在这十四年里，我终于明白了喜欢的不同。譬如四妹妹同豆蔻、豆蔻同殷止、我对他们，并不是一样的喜欢。只是到底是哪些不同的喜欢，我却还是不大明白。不过没关系，我和殷止还会在一起很久很久，他那样聪明，一定能教会我的。

我是如此坚定，但这坚定只持续到我三十三岁这年。

那个道士来了。

二十二

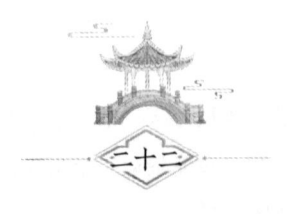

我知道殷止的身体不好,但是我不知道他的身体竟然这样不好。

从前每回他喝药,我问他疼不疼,他都说不疼,一点儿也不疼。可这回他喝完药微笑着对我说:"小满,我好疼啊。"

殷止说他好疼,可我毫无办法。如今我才发现自己能为他做的事竟然少之又少,只能眼睁睁看着他一日一日地衰败下去。

就这么挨到了冬至。

这天早上,殷止醒得很早。他轻轻地将我唤醒,替我穿衣梳头、净面画眉。做完这一切,他抱着我,亲了又亲。我总是觉得心慌,拉着他乞求:"阿止,今天你不去上朝好不好?"

但殷止只是摇头。

"我是皇帝啊,小满。"他如同往常一般,笑着对我说,"皇帝怎么能不上朝呢?"

是啊,我不能这么任性。

最后,殷止还是拖着生病的身体去上朝了。我目送着他的背影离开,在心里不断安慰自己,不着急,不着急,等到晚上,阿止就回来了。

以前他会回来,今天也一样。

可我高估了自己,我根本等不到他下朝,下午写完乱糟糟的五张大字后,我再也坐不住,站起来就往紫宸殿跑。

"……我要去找阿止!"

或许是我的动作太突然,豆蔻还没反应过来,我就跑出了和庆殿。身后远远传来了一声"娘娘",然而我现在满心只想快快见到阿止,其他什么也顾不得了。

和庆殿与紫宸殿离得很近，一路上，也没有人拦我。可到了紫宸殿，我仍旧没有见到想见的人。

拦住我的，不是别人，正是殷止。

紫宸殿的大门被从里面锁上，可我知道，他就在里面。

"阿止，阿止……"我贴在门上，不知道他为什么不肯开门，心里惶恐极了，"你开门好不好，我害怕……"

话还没说完，眼泪就掉了下来。

我好没用啊，阿止，就只会哭，一口气都不给你争。

或许是我哭得太烦人，紫宸殿里头终于有了回应，但传来的是圆圆微微哽咽的声音。

"娘亲莫哭……莫哭……爹爹！开门吧，让娘亲看您一眼，就一眼……"

后面的话渐渐隐没，圆圆在哭。

"圆圆……"

我吸了吸鼻子，不晓得怎么办才好，只好一遍又一遍地小声喊着："阿止……阿止……"

门后传来了咳嗽声，而后慢慢止息。

良久，殷止叹了口气，终于开口唤了我一声。

"小满。"

他仅仅说了两个字，我心里的难过便铺天盖地，泪水开始决堤："阿止，我害怕……"

"你为什么不开门？我想见你，你出来好不好？我害怕……"我忍不住崩溃得大哭，语无伦次地喊着他的名字，似乎这样做就能叫自己不那么害怕。

"小满！"

殷止加重了语气,等我慢慢安静下来,只是轻声抽泣后,他才继续开口:"小满乖,你听我说。"他的声音一如往常地温柔,这么多年了,他好像一直都没有变过。

"小满知道的,我生病了。"

话音刚落,门后便传来隐忍的咳嗽声。我的耳朵紧紧地贴着门,去听里头的声音,心脏被揪得高高的,里头挤满密密麻麻的担忧。所幸门后的咳嗽声很快停歇下来,殷止再度开口:"……别怕,这病能治好的。"

"真的吗?"

我心里燃起了一丝期盼,若是这病能治好,他就再也不会觉得疼了。

"当然是真的。"殷止给了我肯定的回答,他轻声笑起来,"小满,你知道的,我从来没有骗过你。"

是啊,殷止从来没有骗过我。所以接下来他告诉我他要离开一段时间,我便知道,这也是真的了。

"道长带我去治病,等病好了,我就回来。"

我知道这是好事,可又满心不舍:"……那你多久才能回来?我想你了怎么办?"

殷止温柔又坚定地告诉我:"等小满背完《千字文》,我就回来了。"

阿止说,我背完《千字文》,他就回来了。

"好。"

我擦干净眼泪,认真地向他许诺:"我一定认真背书,你也要快些回来。"

殷止同意了。

最后他说:"小满,背一背《千字文》的开头……我之前……教过你的……"

我捂住胸口，回想起殷止抱着我一字一句教我读书的场景，他教得认真又耐心，可是我不争气，这么久了，只背得一个开头。

"天地玄黄，宇宙洪荒。日月盈昃，辰宿列张。寒来暑往，秋收冬藏，秋收冬藏……"我有些慌，怎么也想不起后面一句，可明明之前是背得出来的啊，下意识地，我开始求助殷止，"阿止，后面是什么来着？"

里头静悄悄的，没有任何回音。

我又想哭了，轻轻拍着门，忍住哭声继续追问："阿止，后面一句是什么啊，我记不得了，你说说话……我害怕……"

许久许久之后，殿里终于传来破碎的回应。

"闰余成岁，律吕调阳……"

"是这一句，娘亲，您可千万千万要记得啊……"

二十三

殷止走后，我搬进了康寿宫。

圆圆是个孝顺的孩子，他总怕殷止离开后我会觉得寂寞，于是一有时间便会来看我，可是后来他变得越来越忙，我总是好些天都看不见他。

我不难过，却很心疼。

我一直都知道，做皇帝是件很辛苦的事情，但圆圆今年才刚满十五，我总觉得他还是个孩子呢。我很想帮他，却无能为力，这实在令人沮丧。

豆蔻让我别多想,她说,只要我健康平安,圆圆没有了后顾之忧,便会轻松很多。

我听了也觉得有理,虽说帮不了什么忙,但也不能拖他后腿不是?于是不论吃饭还是穿衣,我都格外注意。这天圆圆来看我,见我那么乖,果然很高兴,多待了好久。我背《千字文》时,他也陪着我。

"唉……"

我叹了口气,懊恼当初的自己。

若是当初跟着殷止认字的时候专心些,也不至于如今翻开书还有好些生字不认得。圆圆帮我把不熟悉的字都圈了起来,答应以后有空就来教我。

"娘亲要认真些。"圆圆看着我,认真叮嘱,"早些背完《千字文》,爹爹就早些回来。"

我点点头,自然是要认真背的。以前我学《千字文》总是三天打鱼,两天晒网,有时候想偷懒了,去就会朝殷止撒娇耍赖,他心一软,便会松口让我休息。

可现在,我每天都花时间背《千字文》呢!虽然总是背了又忘,忘了又背,但我仍旧觉得,自己一定能很快就背完。

时间如白驹过隙,转眼我就三十五岁了。

圆圆办了一场热闹的生辰宴,给我庆生。这时候的他,也是爹爹了。他的第一个小孩儿是个男娃娃。圆圆说:"娘亲,给这孩子取个乳名儿吧,叫着顺口些的。"

我现在已经敢抱软软的小孩了,我闻到他身上纯净的奶香,觉得他真是好可爱好可爱,于是我告诉圆圆:"就叫他'香奴'好不好?"

圆圆点头,看着我笑:"好,娘亲取什么都好。"

晚上宴会结束后,我回到康寿宫,找到我的小册子,提笔工工整整地写下:"圆圆生了一个孩子。"

我把小册子藏在枕头下，而后心满意足地躺下。这个小册子上面记录的都是让我觉得开心的事情。等阿止回来了，我就拿给他看，他也一定会很高兴。我要让他知道，他不在的日子里，我乖乖地听话。

啊，我还要告诉他，圆圆很擅长做爹爹。

于是四十岁这年，我又在小册子上添了一句话："圆圆生了好多孩子。"

这些孩子有些还在襁褓之中，有些已经能跑了，康寿宫每天都有许多小小客人来访，有时是自己跑来，有时则是被他们各自的母亲带来。

我喜欢他们，他们也喜欢我。

唯一不好的地方便是我背书的时间少了许多。可当我看见孩子们的笑脸，便觉得没甚关系了，那么多可爱的脸，每一个都像极了小时候的圆圆，看着多叫人高兴哪！

他们叽叽喳喳，欢快得像一群雀儿，不住地叫我："皇奶奶！皇奶奶！"

我便一个一个地答应。

女孩儿总是安静些，我和豆蔻最喜欢给她们梳头，把她们打扮得漂漂亮亮，看着就惹人疼。男孩儿就皮实多了，康寿宫里头的花瓶，不知碎了几十箩筐。

我看着他们慢慢长大，变成清俊的少年，变成美丽的少女，而后长成一个个小大人。

真好啊，这样鲜活、年轻。

他们的人生才刚刚开始，我却已经老了。

镜子里的头发早已不再是浓浓的乌色，眼角也悄悄爬上了许多皱纹，就连手背也开始变得干枯了。

或许是我五十三岁的某一天，我突然意识到，圆圆已经很久没有来看我了。

我问豆蔻，豆蔻却只说圆圆最近很忙，等他有空了，自然就会来看我。

也是，我点点头，继续背书。

我贴着书看字，越看越想叹气，这书上的字，怎么印得越来越模糊了，下回得叫抱玉再给我拿一本新的来。

可是我也很久没有看见抱玉了。

一个两个的，怎么都这么忙？我叹了口气，翻出枕头下的小册子，写下一句："圆圆好忙，我有点儿想他。"

写完，我看了看，寥寥几个字，却写得七扭八歪的，不过我也没打算改。我慢慢把小册子放回去，边放边小声嘟囔着："叫你不来看我，叫你不来看我，我要给你爹爹告状……"

刚颤巍巍地坐下，远处突然传来撞钟的声音。

一下、两下、三下……我慢慢地数着，一共撞了二十七下，不多不少，和殷止离开那天晚上的钟声，一模一样。

我看了看豆蔻，眼底一片茫然。

没过多久，康寿宫就有人来了，我看向他，试探着喊了一声："圆圆？"

"皇奶奶。"那人笑了一下，双眼却通红，他说，"您认错人啦，我不是爹爹。"

我仔细地看了一会儿，发现真是自己认错了人。

"是香奴啊，瞧皇奶奶这记性！"我惊喜地拍了拍腿，拉着他在我身旁坐下，很有些高兴，"香奴，你好久没来看皇奶奶啦，你喜欢的茯苓糕，皇奶奶天天都给你留着哪！"

说完，我就要唤人去取，但被香奴拦下了。

这孩子脾气好，长得也像他爹爹，此刻他拉我的手，声音温和："皇奶奶，香奴不饿。"

说罢，他似乎是极力忍耐着什么，酝酿了好一会儿，才又继续开口说道："皇奶奶，爹爹有话要告诉您呢。"

我看着他，迷茫极了："……什么话呀？"

香奴仍旧微笑着，可我总疑心他快要哭了，不过他到底没有哭出来，而是好声好气地对我说："皇奶奶，爹爹要离开一段时间，叫我来告诉您一声，让您别担心，他很快就回来。"

我沮丧极了，小声抱怨："……一个两个的怎么都这样？他爹爹不让我看一眼，他也不肯让我看一眼。"

抱怨完了，我还是没忍住问了一句："那他说没说什么时候回来？"

"爹爹说了。"香奴点点头，看着我道，"爹爹说，等您背完了《千字文》，他就回来了。"

"这孩子，跟他爹爹真是一模一样。"我叹了口气，叮嘱香奴，"你帮我告诉他一声，就说娘亲晓得了，一定会认真背书的。"

"……皇奶奶，香奴还有事，下回再来看您！"

香奴掩面站起，几乎是落荒而逃。我吓了一跳，这孩子，急匆匆的，万一摔着了怎么办？我摇摇头，拿起书继续看。豆蔻走过来，劝我早些休息。我想了想，也对，这么晚了，是该歇息了。烛火被吹灭，室内昏暗下来，我躺在床上，呆呆地看着床幔。

突然，熟悉又陌生的声音传来。

"少师夫人会如你这般陪我吗？尚书夫人会像你一样崇拜、疼爱我吗？"

我坐起来，惊疑地看向四周："……圆圆？"

"别人的娘亲再厉害，在我眼里，都不如你。"

我撑着床站起来，跑到外厅，急急地四处寻找："圆圆？你在哪里？别藏起来，娘亲真的找不到你……"

"娘娘！"

豆蔻被我的动静惊醒，匆匆起身点了灯，赶到我身边："娘娘，您是不是做噩梦了？！"

我摇头，有些着急地看着豆蔻："豆蔻，我刚刚听见圆圆的声音了！"

"您一定是背书背得太累了。"豆蔻扶着我在椅子上坐下，"明天奴去请宋御医，给您瞧瞧，开些食补的单子。"

她这样一说，我便疑心自己真是听错了。

刚想抬头说些什么，看见豆蔻的脸时却猛地愣住，她眼眶红红的，带着几分疲惫与悲意，鬓边的银丝在烛火的照耀下几近透明。我有些惊疑，豆蔻什么时候变得这么憔悴了？明明前些天看她，她还很精神呢。

突然便有些愧疚，我低下头，再抬头时，已经恢复了平常的模样："……真是我听错了，豆蔻，你快快去睡觉，不睡觉会生病的。"

她要送我回去，我却一再坚持："你先睡你先睡，我睡不着，坐一会儿。"

屋子里头不冷不热，豆蔻替我披了件衣裳，听话地回去了。

靠坐在椅子上，我看着桌子上的《千字文》发呆，想不起背过的书，满脑子只有圆圆。他从小就聪明，又孝顺，从来没有嫌弃过自己有个笨娘亲。

"……在我眼里，都不如你。"

当年我爱趴在摇篮边看着他睡觉，看着看着，自己总会不小心睡着。缓缓起身，我从厢笼里找出他小时候裹过的褓褓，紧紧抱住，而后又回到椅子上坐下。

这竟是我唯一亲手做过的东西。

他刚出生时，我看他的脸蛋圆圆，嘴巴也圆圆，便对殷止说，他的名字就叫圆圆吧。

殷止依了我。

后来我会写的名字第三个是圆圆，第四个是殷元，但无论是第三个还是第四个，他们都属于我的小孩儿——

陪了我三十五年却在今夜离开的小孩儿。

屋子里空荡荡的，屋子外月圆圆，整个世界只剩下我轻轻的呢喃。

"我的小孩儿，最最厉害。"

二十四

圆圆生的小孩儿有点儿多。

他的小孩儿长大后，生的小孩儿加起来就更多了，我从皇奶奶变成了太奶奶。

看着这些小孩儿慢慢长大，而自己却在慢慢变老，这实在是一种很奇妙的感受。当然，变老的不只是我，还有豆蔻。可她在我眼中好像与当年那个温柔美丽的大姐姐并没有任何不同。我们俩互相搀扶着，一同看着在康寿宫跑来跑去的这些可爱小孩儿，看着他们慢慢变成大人，又各自成了家。

小孩儿们叫我"太奶奶"，小孩儿的小孩儿们也叫我"太奶奶"。

年纪大了，记性不好。我开始分不清他们和他们的爹娘，但更叫人难过的是，我已经习惯了康寿宫里的热热闹闹，可最近不知道为什么，小孩儿们不来我这里玩了。周边变得冷冷清清，没人叫我"太奶奶"，我总觉得寂寞。

后来我才晓得，是香奴看我年纪大了，怕这些小孩儿冲撞到我，于是叫他们的爹娘拘住了这些皮娃娃。

我可生气了,他们不来,谁陪我玩?香奴也真是的,都不问问我就做决定。我气得连饭都吃不下了,刚想挂着拐杖去找他算账,豆蔻就从外头回来了。

我嘴一撇,就要告状。

"豆蔻豆蔻,你知不知道香奴他——咦?"

我睁大昏花的双眼,努力看得仔细些,藏在豆蔻身后的好像是个……漂亮的女娃娃?

好吧,我一眼就喜欢上了她,忘记了找香奴算账,我巴巴地看着豆蔻。

"来。"

豆蔻让出身后的女娃娃,声音温和、慈爱:"叫太奶奶。"

良久,怯怯的声音传来:"……太奶奶。"

"哎!"

我响亮地答应了一声,笑眯眯地看着面前衣衫单薄的小女孩。她看起来好可爱,又好可怜。

真好呀。

七十六岁这年,我得了个小乖乖。

二十五

小乖乖没有名字。

豆蔻说她身世可怜,刚出生,爹爹就为国战死了,不久,娘亲改嫁,自此她就被亲戚们蹴鞠似的踢来踢去,最后送进了幼慈院。我听了,心里难过得不行,五六岁的小人儿,怎么就要吃这么多的苦。

翻遍我认识的所有字,我给小乖乖取了个名字——长欣。

意为长久的欢欣。

平时嘛,我和豆蔻都习惯叫她"欣欣"。欣欣是个既乖巧又很别扭的孩子,她好像实在不习惯别人对她好。豆蔻把欣欣送进了宫里的学堂,同别的小孩儿一起上课。她第一天去学堂,我想要哄她高兴,便特意去接她放课,顺便嘛,也替她撑一撑腰。毕竟欣欣性子软,万一被那些调皮蛋欺负了怎么办?

放课后见着我,欣欣果然愣住了。虽然她什么也没说,可我看得出来,她很快活,但这快活只持续到晚间点灯后。

或许是之前等得有点儿久,吹了些冷风,我很不幸地受了寒,开始咳嗽,其实不严重,可欣欣却开始闷闷不乐。我安慰她许久,可小孩儿抱着我的手臂,眼里仍旧是满满的懊恼和愧疚。

第二天,欣欣怎么也不要我再去接她放课,豆蔻有些不明白,可我却答应下来。

我晓得,她是不想我为她生病。

不知道为什么,明明欣欣什么都没说,我却能明白她想表达的意思。这大概便是从前阿止说过的缘分吧?要不然怎么我第一次见到她,就喜欢得不得了呢?有了欣欣,我再也没有觉着寂寞过,每天都高高兴兴的。直到豆蔻告诉我,欣欣在学堂被欺负了。

在此之前,我从来不知道自己还是这样一个偏心护短的人。

我拄着拐杖,颠颠地跑去找香奴算账。谁叫欺负欣欣的就是他小孩儿的小孩儿,冤有头,债有主,我合该找他这个做皇爷爷的理论。

而香奴果然拿我没办法。

"香奴不疼皇奶奶了……呜呜,先是欺负皇奶奶,又欺负我的欣欣……"

"不哭不哭,皇奶奶,瞧您说的,香奴哪里敢欺负您?!这罪名,孙儿怎么担得起……"

香奴拿着帕子,要给我擦眼泪,被我一把抢过,蛮不讲理道:"你就是欺负了!你不让小孩们陪皇奶奶玩,我要给你皇爷爷和爹爹告状!"说罢擦了擦眼泪,又继续哭,"可怜我的欣欣,小小年纪吃了那么多苦,好不容易进了康寿宫,以为能安生几天了……唉,都怪我这个太奶奶老了,不中用了,护不住她……"

"皇奶奶,您再哭下去,爹爹该托梦骂我了。"

香奴无奈极了,好声好气地哄我:"只要您不哭,要什么香奴都给——殷琛呢?赶快让他给我滚过来!"

听到这里,我的哭声立马小了一点儿。

香奴见状,声音更大了,催促寺人道:"……愣着做甚,还不快些!"

把欺负欣欣的冒失鬼教训了一顿,我毫不客气地要了许多补偿,而后扬眉吐气地回了康寿宫,还是香奴亲自送我回来的。

欣欣应该是在宫门口等了我好久,寒冬腊月的,小脸都冷僵了。

我心疼坏了,赶忙拉着她回宫。

"太奶奶。"暖和过来的欣欣捧着核桃酥,有些别扭地垂眸,"又不是什么大事,哪里就得您这般费心……"

"才不是呢!"我看着欣欣,很认真地告诉她,"欣欣受了委屈,就是天大的事。"

欣欣突然就哭了。

我只管给她擦眼泪,并不劝她别哭,小孩儿从前肯定受过许多委屈,哭一哭是好事呢。

等欣欣哭完了,圣旨也刚好到。

"我的欣欣以后就是小郡主啦!"我摸了摸欣欣的头,这几日,她终于被我和豆蔻养得白润了些,"我们欣欣可真好看……以后谁还敢欺负你,太奶奶的拐杖可不依!"

"太奶奶……"欣欣放下圣旨,慢慢靠进我怀里,又要哭了,"您怎么这么好,怎么能这么好……"

"因为欣欣好呀!"我轻轻地拍她的背,笑眯眯地看着她头顶的发旋儿,"太奶奶喜欢欣欣,很喜欢很喜欢!"

"欣欣也喜欢太奶奶。"抱着我的小手更紧了些,怀里的小孩儿吸了吸鼻子,哽咽道,"很喜欢很喜欢……"

我喜欢的欣欣也喜欢我,这可真是好巧,又好妙。懂事的小姑娘陪在我身边,给我念《千字文》,给我捶背,将一颗真心捧到我面前。

可她越懂事,我便越难过。

都是太奶奶不好,该早些去接她的,我可怜的欣欣,在来康寿宫之前该是吃了多少苦啊?如今在我这里吃饱穿暖远远不够,我还要给她很多很多。

于是欣欣在我和豆蔻的疼爱下慢慢长大,出落成了一个美丽温婉的少女。许是有了阴影,她每回一看见殷琛就躲。

殷琛没法子,跑来找我:"太奶奶,您帮帮我吧,我真的知道错了,我也真的喜欢长欣……"

我"哼"了一声,抱着拐杖摇头:"欺负欣欣的大坏蛋,我才不帮你呢!"

豆蔻实在觉得好笑,劝他先回去。

殷琛却耍赖皮,在康寿宫犟着,怎么都不肯走。不一会儿,欣欣过来陪我背书,殷琛眼睛一下就亮了,欣欣却吓得转身就逃,他连忙追上去。

我和豆蔻悄悄跟着他们,来到了康寿宫的小花园里。欣欣不肯理殷琛，他竟急得哭了，我心里一阵畅快，觉得大仇总算得报。

"欣儿，我喜欢你……从第一次见到你就是，可我不知道怎么说，见你不理我，我还鬼迷心窍地欺负你。"他突然拉起欣欣的手，往自己身上招呼，"你打我吧，打我！要是这样能叫你不讨厌我……"

欣欣似乎被吓住了，豆蔻刚要出去阻止，却被我拦住，我摆摆手示意她随我一同慢慢离开。

回到前厅，豆蔻不解地问我为什么。

我告诉她："欣欣脸红啦！"

过了一会儿，欣欣回来了。我不说话，只是笑眯眯地看着她，欣欣的脸更红了。

"欣欣想好了吗？"我拉起她的手，其实心里已经有了答案。

"太奶奶……"欣欣靠在我手臂上，有些不好意思，"殷琛他不坏的，虽然小时候他总是捉弄我，却也护着我，不许别的人来欺负……这人就是个棒槌。"

我颇为认同，不过："虽说是个棒槌，倒也是个好棒槌，最最重要的是，欣欣喜欢这个棒槌。"

欣欣羞得不行，嗔怪道："太奶奶！"

我便什么都不再说，只是促狭地看着她笑。

殷琛的动作很快，欣欣十六岁的生辰一过，他便去求了香奴的圣旨，将婚期定在了三个月后。

康寿宫里很是忙了一阵子。

亲手养大的小姑娘要嫁人了，我和豆蔻自然是满满的不舍，可一想到又多了个人疼欣欣，心里又觉得高兴。我们为欣欣备下了六十四抬嫁妆，里头什么都有，我却还是嫌少，本想再添几箱，可是豆蔻说不能再多了，再多就不合规制了。

这倒是，虽说我帮不上什么忙，但也不能给欣欣添乱不是？

再者，成亲前给的才叫嫁妆，成亲后给的叫零花，大不了等欣欣嫁过去了，我再把好东西悄悄地塞给她，也是一样的。咱们康寿宫嫁出去的小姑娘，若是愁没钱花，那是万万不能的。

豆蔻夸我聪明，说她和我想到一处去了。

我就知道，她也心疼欣欣呢。

婚事越近，康寿宫里便越发喜气洋洋，所有人看起来都那么开心，除了欣欣。小姑娘忧心忡忡的，似乎是有心事，却又不肯说。我晓得，她这是舍不得我和豆蔻了，但人总要学会种自己的花。千挑万选，还是殷琛这浑小子护得住人，欣欣嫁过去了，肯定不会受委屈。

正月初七，宜嫁娶。

欣欣穿着喜庆的红嫁衣，在镜子前哭成了泪人儿。她紧紧抱着我，怎么都不肯松手："……不嫁了，欣欣不嫁了，欣欣要陪着太奶奶。"

傻姑娘。

我叹了口气，总是这么懂事做什么。

欣欣很好哄，我变戏法似的从袖子里头摸出一块核桃酥，她便破涕为笑，只是眼里仍旧是满满的不舍与难过："太奶奶……"

我摸着欣欣的头，想起她刚来康寿宫时的样子，心里头一阵感慨。

小小的姑娘，竟已长得这般大。

"欣欣不要担心。"

我轻轻擦干小孩湿漉漉的脸，今天是个好时日，可不能一直哭鼻子："太奶奶有豆蔻陪着……只要欣欣过得好，太奶奶就好。"

欣欣听话地跟着喜婆走了，可是刚走到门口，她又折返回来，跪在我和豆蔻面前，认认真真地磕了三个头。

豆蔻的眼睛红了。

我悄悄抹了抹眼角，今天的日头太盛，晒花了我一双老眼。

吉时已到，欣欣终究是离开了。

康寿宫又一次变得空空荡荡。幸好，还有豆蔻，日子倒也挨得下去。

不知道从什么时候起，我开始喜欢晒太阳。暖洋洋的光照在身上脸上，叫人舒服得昏昏欲睡。尤其是秋天，就更困乏了。我靠在躺椅上晒太阳，微合双目，不住地打哈欠。

周边吹着轻轻的风，豆蔻走过来，给我披上一件薄薄的披风，免得我受凉。

"娘娘。"

她的声音温和、柔软，带着一股子安心感："奴去接欣欣放课。"

我困到说不出话，只能轻轻点头。

豆蔻起身，慢慢离开。

今天的天气真好啊，树叶在头顶上发出碎碎的响，一切都是那么晴朗、漂亮。难怪嘉宁那么喜欢晒太阳。

暖洋洋的太阳，真的会让人睡得很香。

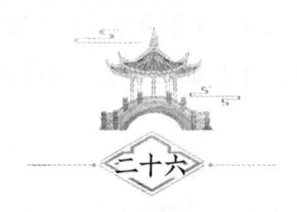

二十六

"太奶奶……欣欣冷，欣欣饿……"

稚嫩的哭声回荡在耳边，我自梦中惊醒，这个声音……是我的欣欣！我撑起沉重的身体，急急地掀开被子，眼看着就能穿鞋下床，却被床边的人拦住："太奶奶！"

"别拦着我，别拦着我！"

我着急得不行，可面前这小姑娘却怎么也不依："您乖乖躺着，要什么，我拿就是了……"

"哎呀！"我急得拍了拍大腿，"我听见欣欣在哭呢！说她冷，还说饿，我得赶快去幼慈院接她！"

面前梳着妇人髻的小姑娘突然愣住。我看了她两眼，刚想说怎么这么眼熟，就听得她哽咽了一声"太奶奶"，而后抱着我号啕大哭。

"不哭不哭哦……"

我下意识地就开始安慰她，奇怪，看见她伤心，我怎么会觉得这么心疼？等她哭完，我又迷糊了：刚刚我要去做什么来着？

算了，不想了。

我看着鼻头红红的小姑娘，越看越喜欢："姑娘，你看起来真眼熟。"

想了又想，想了又想，我终于晓得了为什么，指着她的脸，我惊喜极了："你和我的欣欣长得可真像！怪不得我看见你就喜欢……"

"太奶奶……"她似乎又想哭了，看着我哽咽道，"我就是您的欣欣啊……"

"骗人！"我撇撇嘴，"欣欣上学堂了，豆蔻去接她放课，马上就回来。"

面前这个小姑娘梳着妇人髻，想必已经嫁人了，可我的欣欣今年刚上学堂，怎么可能是同一个人嘛！

"我知道了！"我灵光一闪，恍然大悟，"你也叫欣欣啊！真是巧，和我的欣欣一个名儿！"

小姑娘微微愣了几息，而后轻轻点头："是啊，真巧啊……"

我拉着她问东问西，末了有些惊奇："欣欣也喜欢吃核桃酥，你们还长得这么像……以后欣欣长大了，肯定和你一样漂亮！"

小姑娘只是笑，笑着笑着，眼泪就掉了下来。

"唉。"我叹了口气，给她擦眼泪，"你别哭，你一哭，我就心疼呢！"

"我不哭，不哭了。"

小姑娘硬是挤出一个笑，可却叫人更心疼。她翻开床边的书，拉起我的手："太奶奶，咱们一起来背书……"

这个小姑娘可真好。她几乎每天都来陪我说话，背《千字文》，还和我一起晒太阳，我真喜欢她。可是最近，她好像生病了，脸色看着实在好苍白，我便叫她快快回家，在我这里待了好久，她夫君定然也是十分想念她。

她不想走，但在我的极力要求之下，还是乖乖地听话离开。

说实话，她不在的日子里，其实我很寂寞，欣欣要上学堂，豆蔻要接欣欣放课，康寿宫里头，只有我和小宫女们。我想了想，叫人准备了好多好吃的，打算送给那些在康寿宫长大的小孩儿。

冥冥之中，似乎我就应该这么做。

至于为什么，我也不太清楚。

小宫女们陪着我将点心一一备好，说来奇怪，我的记性一向糟糕，可那些小孩儿的名字和脸，我竟都对得上。我背着小孩儿们的名字和他们爱吃的东西，一份份点心从康寿宫里送了出去，桌子上的碟子越来越少。

啊，对了，还有香奴。

上个月香奴来康寿宫，说他要搬去明山行宫住，以后就没空来看我了。可他说了要走，却没说什么时候回来，我当时正迷糊着，也就忘了问。于是我叫来一个小宫女，托她把茯苓糕给香奴送去，顺便叮嘱道："你帮我给香奴捎个话儿，就说皇奶奶在康寿宫等他，他要是回来了，可千万别忘了来看皇奶奶，皇奶奶想他呢。"

小宫女犹豫一瞬，接过茯苓糕走了。

可她前脚刚走，后脚远处的钟声就响了起来，我遥遥地看着紫宸殿的方向，叹了口气："……香奴还没吃上茯苓糕哪。"

小宫女们都不说话,屋子里安静下来,我又糊涂了。

我方才要做什么来着?

转过头,我看见了桌子上的两盘点心,恍然大悟。豆蔻去接欣欣放学,我要去门口等她们回家。

"豆蔻的桂花糕,欣欣的核桃酥……"

我咕哝着,将桂花糕和核桃酥倒进了袖子里,小宫女们大惊失色:"太皇太后!"

嗯?

我后知后觉地低头,看向袖子里碎成渣的桂花糕,有些懊恼。

"碎了……"

带着一袖子的碎糕点,我颤颤巍巍地在门槛上坐下,心里沮丧极了。天都快黑了,豆蔻怎么还不回来呀?

我想她了。

三十七

冬至这天早上,我终于想起了那个小姑娘是谁。

原来,她真是我的欣欣啊。

瞧我这坏记性,连欣欣都忘了,她该多伤心。想到这里,我迫切地想要看看她,于是我叫来小宫女,闹着要见欣欣。等了好久,终于看见欣欣急匆匆的身影,我高兴极了,大声地喊着:"欣欣!"

欣欣愣住了,似是有些不敢置信,慢慢走到我身边,眼泪落了下来:"太奶奶,您想起来了吗?"

"想起来了,太奶奶什么都想起来了。"

我抱住我的小姑娘，愧疚极了："真是抱歉，叫欣欣难过了那么久。"

欣欣摇头，慢慢靠上我肩膀："欣欣不难过的。"

"太奶奶好，欣欣就好……"

我笑起来，只觉得这孩子真傻，明明是"欣欣好，太奶奶就好"才对嘛。

不过，这些都不重要啦。

我拉着欣欣，说了好多好多的话，可是说着说着，欣欣就哭了。

"不哭不哭。"

我像往常一样，摸出核桃酥哄她开心，可这回却不管用了，欣欣仍旧在哭："……不要核桃酥。"

"那欣欣要什么呢？"

"要太奶奶。"

"太奶奶在呢。"我搂住欣欣，轻轻拍着她的背，"乖小孩儿，不哭不哭哦，欣欣要什么太奶奶都给。"

欣欣眼泪流得更厉害，上气不接下气地呜咽着："……要太奶奶，只要太奶奶。"

"要太奶奶的袖子里一直有核桃酥。

"要太奶奶陪欣欣过年。

"还要太奶奶长命百岁……不，不能贪心，欣欣什么都不要了，欣欣只要太奶奶长命百岁。"

怀里的小孩儿仍旧是那样乖巧、安静，连哭都不敢太大声，看得人心疼极了。

什么都顾不得了，此刻我只想哄一哄我的小姑娘："太奶奶答应欣欣，袖子里会一直有核桃酥，也会陪欣欣过年，太奶奶一定长命百岁……好不好？"

欣欣抬头，眼含希冀："真的吗？"

"当然是真的，太奶奶还要给欣欣的小娃娃做衣裳呢。"我认真地看着欣欣，伸出了手，"……咱们拉钩儿，骗人是小狗！"

欣欣终于破涕为笑，小姑娘鼻尖红红，钩住我的手指："那就说好了，太奶奶要长命百岁！"

同欣欣盖完章，我笑着去看她："……欣欣也要长命百岁。"

欣欣陪了我两个时辰便离开了，走之前她和我约好，明天她带上殷琛，还来看我。

我点头，笑着说："好。"

呆呆地看着小姑娘离去的背影，我有些忧愁，小声嘟囔了一句："太奶奶是小狗……可是欣欣难过了怎么办？"

身旁的小宫女没听清我的话，满眼不解："太皇太后，您说什么？"

"没什么。"

我转头，拄着拐杖，慢慢往回走："……该背书了。"

送走欣欣，很快便到了中午，我认真背完书，又乖乖吃了饭。下午，我晒完太阳还美美地睡了个觉。晚食后，小宫女们陪着我玩，我特意叫她们帮我梳了头，换了衣裳。

我不知道自己为什么要这样做，或许是因为，我发现自己变得十分清醒，像是在我眼前终年缭绕的大雾终于散开。

八十九岁的冬至，我第一次默下一整篇《千字文》。

颤抖着写下最后一个字后，我清楚地感知到，那个走了五十六年的人，要回来了。

深夜，大雪。

我站在前厅，目光灼灼地看着康寿宫的大门。

吱呀——

大门被打开。

那人满头的白发，笑意温润，站在雪地里，朝我伸出了手。我朝他奔了过去，将那只手紧紧牵住。

两张苍老的脸，两头雪白的发，相顾无言，相视一笑。

真好啊。

我终究是等到了他。

——正文完——

番外一

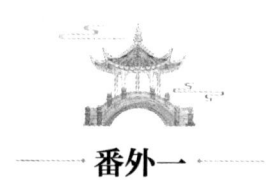

殷止从小就知道，自己是父亲唯一的孩子。

理所当然，他成了太子。

但他也知道，父亲并不喜欢自己。无它，只因他的生母身份卑贱，不过是紫宸殿里一个负责洒扫的粗使宫女，而他则是一次醉酒后的产物。父亲觉得他是自己身上的一个污点，但迫于无奈，还是将他抱在身边悉心教导、养育，毕竟他是父亲第一个活下来的孩子，当然，也有可能是最后一个。

从明宗那代起，皇家的血脉就开始衰微。

两百年来，那些孩子不是死在腹中，便是年幼早夭，活着成人的寥寥无几。到了殷止皇祖父这一辈，更是单薄，膝下仅一子一女，还都体弱多难，病痛缠身。

父亲还好，做皇帝这些年靠丹药吊着，细心将养，没生过什么要命的病。可丹阳姑姑不够幸运，她生下嘉宁不过半刻钟便血崩而亡。

嘉宁与她颇同病相怜。

宫里照顾殷止的人以为他不懂，说话很少背着他，于是他便知道，母亲生他当天难产，父亲只想要孩子，果断选择去母留子，于是御医们手起刀落——

母亲的忌日，是冬至。她在史书上，只是一个冷冰冰的李氏。她生下了一个太子，可没人记得她。但殷止记得，所以自他懂事，便再没有过生辰一说。

父亲对他的要求很严格，按照设想，他应当成为一个冷面无情、杀伐果决的继承人。

只可惜，他随了母亲。

说得好听些，是仁厚温和，可在父亲眼中，这就是懦弱。

一个君王，最不该有的便是懦弱。

四岁那年，他放课路过芭蕉丛，遇见了一只浑身雪白的小猫。许是刚出生，它还站不起来。他四处看，没有找到大猫，便动了贪念，决定自己养它。这天是小满，所以他给它取的名字就是小满。

小满很乖，天生就亲近他。不管是被摸头还是被揉肚子，它都从来不反抗。自此殷止每天放课后，第一时间便是去看小满，给它喂东西，陪它说说话。

沉闷的世界透出一道缝隙。

殷止的资质算不得多好，课业成绩只是中上。母亲早逝，父亲冷漠，他是太子，拥有的东西太多，可是却从未真正抓住过什么。所以捧着小满的他心里是真的很欢喜。

但这欢喜只持续了两个月。

父亲站在台阶上，俯视跪着的他，眼里满是厌弃和失望："……玩物丧志，不堪造就！"说着，捉起了小满。

殷止扑过去，生平第一次鼓起勇气抱住他的小腿，不断乞求："圣上，求您放过它吧！我以后再也不会来看它了，真的……我不会了……"

多可笑啊，分明是父子，他却不敢哭，更不敢喊一声"爹爹"。

但这乞求只换来更深的愤怒，高高在上的皇帝眼里全是冰冷的审视，他指责道："看看你现在的样子！愚蠢，懦弱……我怎会有你这样的太子！"

话音刚落，那团雪白的绵软被狠狠地砸在石阶上，一个柔软的生灵就这么消逝在他眼前。

父亲冷眼看着，而后转身离开。

殷止看着不断抽搐的那一小团，白色皮毛渐渐被深红浸透。

终究是什么也留不住。

他伸出手，想要把它额心的血擦去，可无论怎么努力，也擦不干净。

"小满……"他微笑着，眼泪却大滴大滴地落下来，"如果有来生，你可千万千万别再来找我啊……"

自此殷止学会了克制。无论喜怒，抑或爱憎，他不再将自己的情绪昂露人前，直到宋贵妃难产那夜，他才忍不住再一次失态。

彼时他七岁，如果宋贵妃这一胎能落地，且是个男孩儿，父亲一定会换一个太子。殷止并未有危机感，事实上，他甚至有些期盼这个孩子到来。

可宋贵妃的运气并不好。

殷止苍白着脸站在父亲身边，看着血水一盆盆地被端出来。起初，里面还会传来宋贵妃的惨叫声，后来却完全寂静了。

父亲又一次做出了那个决定。

御医打开腹宫，瞧见是个男孩儿，刚要报喜，却又惊骇地发现他早已断了气。

一尸两命，母子双亡。

父亲失望极了，宫人抱来那孩子，父亲看都不看一眼，就要转身离开。宫人便抱转回去，许是不小心，襁褓掉在了地上，一个血肉模糊、面色青紫的婴孩儿就这么突兀地出现在众人面前。

殷止再也忍不住，扶着柱子呕吐起来。

父亲冷眼看着他，嗤笑一声，似是在说："害怕什么？瞧你的运气多好，这下，再也没人来抢你的太子之位了。"

但他不知道，让殷止恶心的不是那孩子，而是他这个冷情薄幸的君王。

真可悲啊。

即便做了帝王，又有什么意思呢？

时间过得很快，正元三十七年的冬天，殷止被急匆匆送出了宫，原来是父亲知道了皇室血脉单薄的真正原因。

一个炼丹道士偶然间发现，当年修筑皇宫时，为防蚁蛀，匠人们在宫殿里灌注了大量水银。谁也没有想到，这么名贵的东西，竟会悄无声息地亏空人的身体。

皇室两百年的血泪，原因竟是这么可笑！

父亲一时间不能接受，病倒在大殿上。宫殿整改完那一天，这个从来不拿正眼看一眼殷止的皇帝终于闭上了那双冷漠的眼。

说句大不孝的话，殷止只觉得解脱。

殷止从太子变成了皇帝。后宫空荡，百官朝议时，便不断逼迫他纳妃，好为皇室开枝散叶。殷止随意纳了四个妃子，其中一个是表妹嘉宁，另两个是他人的细作，剩下那个女子是苏中官随意塞进来的。这些事并不重要，他也没有过多关注。

朝中文臣表面忠心耿耿，实则各怀鬼胎。

曾祖父在位时便重文轻武，父亲害怕国基不稳，更是极力打压武将，以致文权凶猛，连他这个皇帝有时也要暂避锋芒。但更让他糟心的是，高祖时期册封的异姓滇南王蠢蠢欲动，对皇位虎视眈眈。

殷止资质平庸，他很明白，自己只能做个守成之君。不是没想过将皇位拱手相让，但偏偏某一天，他碰见了她——苏中官塞进来的那个女子。

确切地说，是个小姑娘。

她的眼睛实在太干净，干净到他觉得莫名熟悉。

彼时他正被群臣劝谏，要他尽快生下太子。为了堵住他们的嘴，殷止必须找一个人来宠爱。嘉宁出宫了，剩下的三个里，一个是丞相的人，另一个是滇南王的人。看来看去，好像只有她最合适，而他竟不反感。

那就她吧，殷止想，看起来实在太好哄。

但同她聊过天，他才晓得，她之所以好哄，是因为她的心智还停留在孩童时期，也正因如此，她还清楚地记得当年他对她的那点儿好。

小满，小满。殷止轻轻地重复着她的名字，她也叫小满啊。他问苏中官，为什么是她？

重就先生便提起了她的爹爹。多年前，父亲无意的一句赞扬，让一个年轻人丢下怀孕的妻子，心甘情愿地征战边疆，提携玉龙为君死。只是若他晓得后来自己的妻女过的是什么样的生活，怕是会觉得不值得吧——谁会想到皇帝并不领情，而那平日里仁厚温和的庶兄早已恨了他许多年呢！

不过，没关系，他已经教训了小满那个庶伯父替小满出气，只是可惜，小满心心念念的四妹妹因为心疾，早已在去岁的春天死去。

殷止看着无忧无虑的小满，心想，真好啊，她从不觉得难过。

什么都不懂的人，最轻松。

明明是她先说喜欢的，却是殷止先学会了爱。李御医说小满是天残，身体看着健康无虞，实则亏损得厉害，他们很可能不会有自己的孩子。殷止想起自己的母亲，想起丹阳姑姑，想起宋贵妃，还有那一盆盆的血水……没有便没有吧，或许不生孩子对小满来说才是好事。

嘉宁的身体经不起折腾，她不想要唐明渊的孩子，却不能不要。不过，没关系，他和小满要，有了孩子，小满就是他名正言顺的皇后。

爱之深则为之计长远，殷止真的是什么都算到了。

除了两件事：一是小满，二是嘉宁。

殷止未曾想过，小满便是幼时那只小猫。

黑衣道士语气淡然，他听进耳里却如平地惊雷："前世她因你而死，故你须还她一个美满的今生。"

父亲那一下摔坏了小满的七窍，所以她一生下来便注定无法成为完人。

可她还是来找他了，懵懵懂懂，不顾一切，这一世的她仍旧选择回到他身边。

傻小满啊。

殷止抱着她，心口发酸，心想："不是叫你别回来了吗？怎么这么不听话？"但他又是那么庆幸她没有听话，自己微不足道的那一点儿好，小满却牢牢记了两辈子。

滇南王起兵逼宫，早在殷止意料之中。

从前他想过顺其自然，可如今有了小满，他便再也舍不得她吃苦了。擒了滇南王，殷止捏着玉玺钥匙匆匆回到白鹿台，刚到便听见宫人们说娘娘血崩了。他腿一软，神色癫狂地去寻找小满，看见她睡得香甜，一颗心才算是安定下来。他后知后觉反应过来，小满没有怀孕，那么那句"娘娘血崩了"说的便是——

嘉宁死了。

死之前，她对殷止说："止表兄，替我告诉小满一声，我过好日子去了。"

于是他告诉小满，嘉宁过好日子去了。

小满相信了。她趴在摇篮边，看着圆圆睡觉，看着看着，连自己睡着了都不知道。

殷止凝视着她和他,如同凝视着整个世界。

突然,他便觉得,真值啊。自己一颗帝王心,换他走后小满无病无灾、子孙满堂,她百年之后,还能再看他最后一眼。

值得,值得。

殷止看着那人满脸笑意,朝自己奔了过来。

小满。

小小的圆满。

美满一生的人,其实是他啊。

番外二

自己的爹爹,和别人的爹爹不一样。

殷元想,尚书和少师打孩子,但是爹爹不打,尚书和少师不抱孩子,但是爹爹抱。爹爹最常说的话便是:"圆圆,你做得很好。"

自己的娘亲,和别人的娘亲也不一样。

别人的娘亲不会像他的娘亲一样,总是崇拜地看着他,满眼的赞叹。

殷元不由自主地笑起来,发觉学堂里头的人都在看他,立马又板起了脸。但娘亲的脸不听话,总是浮现在他眼前。

"圆圆,你怎么这么厉害!"

"圆圆,你怎么这么聪明!"

"圆圆……"

小时候,殷元看得最多的便是爹爹教娘亲念书,爹爹教一句,娘亲念一句。

娘亲总说,记不住。

爹爹总说,没关系。

后来殷元慢慢长大,也开始教娘亲念书。他不像爹爹那么宽松,每回批完了课业,就会亲眼盯着她改完。起初娘亲总想着偷懒,被他捉住后罚写大字。写了几次,她便再也不敢在课业上偷工减料。爹爹晓得后,就对他说:"圆圆,娘亲还小呢,你让让她。"

其实不用爹爹说,他也会让着娘亲的。

不然,哪会只是罚她写大字?

爹爹还说:"圆圆,你长大了,一定要好好孝顺娘亲,多去看看她。"

殷元点点头,但其实,这也不用爹爹说。

他一日日长大。十四岁那年,爹爹说:"圆圆,你天生就适合做皇帝。"

是啊,他不像爹爹,也不像娘亲,他有野心,想开疆拓土,而不是守着祖宗基业。

"圆圆觉得这个皇帝该怎么做就怎么做。"殷元还是太子时,爹爹便将玉玺交给了他,告诉他,"不要怕,爹爹在。"

他捧着玉玺,听到这话,真的什么都不怕了。

爹爹总是在的。

殷元想:"只要爹爹在,什么都难不倒我。"

他看见娘亲,又想:"只要娘亲在,什么苦我都能吃。"

这么多年来,殷元一直是世上最幸福的小孩儿。

他以为爹爹永远不会离开。

但爹爹只肯陪他一十五年。

临走前,爹爹把他叫到紫宸殿,字字是托付,句句是交代。爹爹说:"圆圆,你的生母是白嘉宁,你的生父是唐明渊。爹爹告诉你,并非不要你,只是人应该晓得自己的来处,你要记住,你永远是爹爹娘亲最爱的小孩儿。"

爹爹还说:"有子如此十五载,为父一生无悔。"

娘亲来了,爹爹却硬下心肠,始终不肯让她看他最后一眼。殷元看着在轮椅上睡去的爹爹,拼命捂住嘴,不敢让自己发出一丝哭声。

殿外,娘亲凄惶的声音传来。她在问:"阿止,'秋收冬藏'后面一句是什么啊?"可如今能回答这问题的人只有他。爹爹走了,娘亲开始很认真地背《千字文》。殷元做了皇帝，述职时，他看见了镇守边关的唐明渊。

是他啊。

殷元心里有点儿失望，优柔寡断、朝秦暮楚，这样的人，的确配不上生母的喜欢。

他与他，只是君臣罢了。

后来殷元做了爹爹。每年冬至的夜晚，他都在想："爹爹走得实在是好早啊。爹爹，这么多年过去了，圆圆始终没有学会怎样做一个没有爹爹的小孩儿。"

只是幸好，娘亲还在。

可他与娘亲的缘分也很浅，仅有三十五年。

然，凭此三十五载，殷元一生无悔。

当殷元意识到自己不得不离开时，他终于懂得，为何爹爹不肯让娘亲看最后一眼。

是不忍，亦是不敢。

叫来自己的长子香奴，殷元字字托付，句句交代，闭上眼睛的前一刻，恍惚间，他好像看见了爹爹的脸。真好啊，他是天底下最幸福的小孩儿。

殷元缓缓闭上双眼，轻轻微笑起来："去告诉你皇奶奶……等她背完《千字文》，圆圆就回来……"

番外三

是夜,屋外下起了纷纷扬扬的大雪。黑暗中,长欣突然从噩梦中惊醒。殷琛直觉怀里一空,也跟着醒来,却发现长欣满头的汗水,脸色苍白,不住地颤抖。

"欣儿,可是做了噩梦?"殷琛话音刚落,突然从极远的地方传来一阵钟声——

是皇宫的方向。

长欣捂住嘴,眼中含着泪,安静地等钟声停下来。

二十七撞,大丧之音。

而这般规制,宫中只有……长欣的眼泪掉了下来,她脑海中一片空白,麻木地下了床,腿一软,跌在地上。殷琛的眼眶也变得通红,他急忙把长欣扶起来,长欣却推开他的手,连鞋都顾不得穿,狼狈地朝外面奔去。

她呜咽着,脚步跌跌撞撞,一心往王府大门的方向赶去。

殷琛拦不住她,顺手拿起一件大氅,他毕竟是男人,即使心里再悲痛,也仍然保留着应有的理智。这个时间,车夫不在,而秦王府离皇宫又有一段距离,马车行进太慢,殷琛又低声快速地吩咐下人准备一匹快马,同时追上长欣,把大氅披在她身上。

"欣儿!"他把她抱起来,"冷静些!"

怀里的人不说话,他低头看去,长欣早已泪流满面,哽咽不能成语。殷琛紧了紧手臂，带着长欣上马，一路朝皇宫狂奔而去。

"西边的宫门……泰安门离太奶奶近……"

从王府到泰安门顺路，比正门更近。怀里传出带着哭腔的声音，又很快掩在风雪里，殷琛抿了抿唇，抽了一马鞭，速度更快起来。

两人紧赶慢赶，终于赶到了泰安门。漫天的大雪，远远地能看见朱红的大门紧闭。长欣一下马，便朝那边奔过去，只是脚下一个踉跄，倒在雪地里，她似乎感觉不到疼痛，爬起来继续往前跑，一直跑到朱色大门前。她用力拍打着大门，绝望地看着门上的铁环，哭喊着："开门！开门——"

"开门啊——开门……求求你们，开门……"

"太奶奶……太奶奶……"

这一切发生得太快，等殷琛反应过来，长欣已经跌坐在地上，她长发披散，绝望地看着四周，不知道怎么办才好。自泰安门进宫不合规矩，守将仍在犹豫，殷琛连忙大声喊道："吾乃秦王，与贤安郡主夜叩宫门，实乃情急！你且开门，我夫妻自会向陛下领罚！"

守将稍一思索，挥手示意，开了宫门。

殷琛扶着长欣，沉默赶路。等他们赶到康寿宫时，门里门外已跪满了人——

后宫妃嫔、王子皇孙，甚至住得近的大臣……乌压压的一大片，无一不是神色哀戚，眼眶通红。

进了康寿宫，长欣却慢了下来，脸上的表情木木的，她的眼泪已经流干了。

齐王和楚王对视一眼，心中皆是轻叹一声，想起太皇太后前几日送来的东西，喉间也哽咽起来。他们长大以后很少陪太皇太后，可她老人家临走前还记得他们各自爱吃的东西。贤安自小便跟在太皇太后身边，由她老人家亲自教养，感情亲厚，不知该是何等的心痛。

长欣挣开殷琛的手,慢慢地朝床上的人走去。来得太急,两人都忘记了穿鞋,此时长欣的脚已经冻得通红,可她却像是不知道疼似的,慢慢走到太奶奶身边。

老人闭着眼,安详得像是睡着了。

新帝擦了擦眼泪,叹息一声,把位置让给了长欣。长欣蹲下来,双手捧起老人放在床边的手,贴在自己脸上。她觉得,这只苍老的手明明还和从前一样,泛着温意。

长欣想,太奶奶肯定是睡着了,把她喊醒就好了。

"太奶奶。"长欣红着眼睛,小声地说道,"欣欣饿了,欣欣想吃核桃酥。"

可是太奶奶不理她。

她有些着急,不由得提高了声音:"太奶奶,欣欣冷,欣欣饿……太奶奶,欣欣想吃核桃酥了……"说着说着,眼泪又掉了下来,长欣满心的难过与无措,她轻轻摇晃着老人的手,口中语无伦次,"欣欣饿了,太奶奶……欣欣……核桃酥,我想吃核桃酥……太奶奶……"

自长欣懂事以来,她向来温柔、乖巧,连哭都只是安安静静地掉眼泪,何曾像现在这般崩溃大哭过?

明明今天上午太奶奶还让她来康寿宫吃核桃酥呢,不过才七个时辰,不过才七个时辰——

她就再也吃不到太奶奶的核桃酥了。

太奶奶再也不会醒过来,搂着她叫一声"欣欣"了。

"太奶奶……"

长欣固执地摇着太奶奶的手,似乎只要这样做就能叫醒她的老小孩儿。

"啪嗒——"

突然,什么东西从老人的袖口掉了出来。

长欣屏住呼吸，她睁大眼睛，愣愣地看着，而后颤着指尖缓缓将之拾起——一块核桃酥静静地躺在她的手心里。

太奶奶最后一次哄了她的小姑娘。

是告别，也是永诀。

"太奶奶——"

长欣满心的绝望，脸贴着老人的手不肯放开。她的太奶奶年纪大了，忘了好多人，可是仍旧记得她的欣欣爱吃核桃酥。上午她还说，要等着抱她和殷琛的小娃娃，给欣欣的小娃娃做小衣裳。

欣欣的小娃娃还没有来，可太奶奶却走了。

这么好的太奶奶，她走了。

长欣眼前一阵阵地发黑，胸口像是破开一个大洞，心里下起无边无际的大雪。她注视着面目安详的太奶奶，终于支撑不住，一头栽倒。眼睛闭上的前一刻，她看见殷琛红着眼睛冲过来抱住她，耳边却回响起太奶奶上午说过的话。

"这个坏小子要是欺负你，欣欣就找太奶奶告状。他要是还敢来康寿宫，"老人跟个孩子似的，赌着气挥挥拳头，"太奶奶就拿拐杖揍他，给我的欣欣出气。"

明明说好要陪欣欣过年的。

太奶奶，我们说好的长命百岁——

您还欠了整整十一年啊。

出版番外

一

苏玉在殷家公馆门口等了半个小时,终于等到了他要接的人。

少女戴着一顶漂亮的奶白色遮阳帽,长长的头发扎成两条辫子,米白色裙子蓬松得很,脚上的小皮鞋纤尘不染。这是身很能衬托气质的打扮,配着她脖颈上莹润的珍珠项链,乍看上去,她就像一个安静优雅的小公主。

只是现在这个小公主似乎有些不安,她紧紧抓着身旁人的手,看向苏玉的眼神里透出一丝防备。

"不要怕,这是先生身边新来的助理。"

一旁的窦蔻适时出声,轻轻柔柔的一句话,瞬间打消了少女所有的顾虑,少女对其的信赖可见一斑。

在成为殷总的助理后,苏玉做足了功课,他知道窦蔻是在殷家的资助下完成学业的,因为足够耐心、细致,很早就开始在殷公馆做生活助理。

"先生已经来过电话了。你叫苏玉?"

窦蔻眼神中带着隐晦的审视,语气却仍旧温婉:"路上注意安全,开得慢点儿也不要紧。"

苏玉有些脸红,他点了点头,极力让自己看起来可靠些,年轻的脸上满是认真:"窦蔻姐姐放心,殷总已经叮嘱过了。"

窦蔻微笑着点头,随即柔声安慰着少女,将她送上了车。她自己站在大门口,目送着汽车消失,才慢慢转身回了公馆。

苏玉看了看后视镜。

后座上的女孩子端端正正地呆坐着,眉间那颗红痣让她看起来像一尊小菩萨,紧紧交叠的双手暴露了她面对陌生人时的拘谨。

苏玉了然,少女果然同殷总叮嘱的一样:"小满有些怕生,对第一次见面的人,她很少开口说话,你只管开车就好,不用出声调节气氛。"他便谨记着,一路上只开车,不说话。

黑色轿车在一家私房菜馆前停下,清癯斯文的男人站在门口,张开了双臂。

苏玉刚打开车门,后座的少女就焦急地冲了过去,扑进殷止怀里,双手紧紧地抱住了他的腰。

"我很想你。"

闷闷的声音传来,殷止轻轻地拍了拍怀里人的后背,温柔地安抚:"……我也很想小满。"

腰被抱得更紧,殷止无奈地笑笑,向走过来的苏玉道谢:"辛苦了,今天没什么事,早点儿回家休息吧。"

温和礼貌的语气让苏玉受宠若惊,他摆摆手,连说这是分内之事。不过能提前下班自然是好的。

"……那我就先走了,殷总,有需要随时联系。"

殷止微笑着点头:"好的,再见。"

少女想了想,松开了殷止。她转过身看着苏玉,认真地说了一句"谢谢你",又挥了挥手,很有礼貌地同他再见。干净明亮的眼睛让她看起来不再像呆呆的泥塑，但言行举止仍旧带着几分钝意。

知道原因的苏玉面色不变，也笑着挥了挥手。

"小姐，再见。"

二

小满从来没有和殷止分开这么久过。

因为天气，殷止的出差时间从原定的三天延长至整整一周。虽然每天都会与他视频通话，但无法触碰的焦虑感还是让小满神经越来越紧绷，是以殷止回来后，她就一直紧紧地抱着他的手臂，不肯放开。

殷止好脾气地由着她，将菜单推了过去，一道一道地指给她看："要尝尝这个吗？嗯……那这个呢？"

小满点头，又摇头。

选完四道菜，她就不动了。

殷止继续慢慢地翻着，极有耐心地询问："还有想要试试的菜吗？"

"不要了。"摇了摇脑袋，小满认真地看着他，"不可以浪费粮食。"窦蔻教过，这样是不对的。

殷止不觉得沮丧，他伸手取下小满的帽子，顺势夸道："小满说得对，浪费粮食是不好的行为，以后我一定多多注意。"

"嗯！"小满重重点头，表示自己的认同，"窦蔻说，农民伯伯种地很辛苦，还有好多小孩儿都没有饭吃……"她看着殷止，声音越来越低，直至完全消失，泪水迅速蓄满了眼眶。

视线里殷止的脸逐渐变得模糊，小满用力地眨了眨眼睛，眼泪掉了出去，那张温柔的面庞终于再度清晰。

殷止叹了口气。他宁可她任性地大吵大闹，也不愿意看见她这样安安静静地哭，眼眶红红的，像是被丢弃在路边的小猫，看得他心都要碎了。

"都是我不好。"殷止小心翼翼地抹去她颊边的泪水，指腹的湿润似乎钻进了心脏，演变成隐隐的灼痛感，"……离开了这么久，叫我们小满伤心了。"

本以为这次出差时间很短，便没有把她带在身边，不承想天气说变就变。他从来没有这么后悔过。

殷止心里内疚到了极点，他轻轻地将小满搂进怀里，在她发顶吻了又吻："对不起，对不起……"

嗅着熟悉的味道，小满紧绷数日的情绪终于松弛下来。

听到殷止道歉，她从他怀里挣了出来，伸手摸了摸他的脸，然后将自己的脸颊贴了上去。

"没关系的。"

有阿止在身边，她现在不难过了。

"笃笃——"雅间房门被叩响，小满接收到开饭的信息，立马规规矩矩地坐好。她突然觉得很饿很饿，好想要吃东西。

四个菜不多不少，两个人吃刚刚好。

殷止拿起热毛巾，擦干净女孩子的手和脸，然后将筷子递了过去。见她吃得香甜，他才戴上手套开始剥虾。

不挑食是个极好的习惯。从小到大，在饮食这一点上，殷止并没有操心太多，即便是不喜欢的食物，小满也会吃得格外认真。

今天她显然是饿坏了。以往吃饭她总是细嚼慢咽，但眼下这会儿工夫她碗里的米饭已经少了一半。

怕她呛到，殷止将摆满虾肉的小碟子推到她面前，出声提醒道："不着急，慢慢吃。"

小满一直都是个乖孩子，殷止话音刚落，她吞咽的速度便肉眼可见地慢了下来。

"可是我好饿好饿。"她直白地表达自己的感受。

殷止极有耐心地继续剥虾："为什么呢？"

小满想了想，认真地说："你不在，我很想你。"

没头没尾的一句话，殷止却心领神会，好看的眸子里光华流转："……想我想得连饭都吃不下了吗？"

小满点了点头："你一回来，我就好了。"

殷止瞬间体会到心脏被击中的感觉。他分明清楚地知道她只是在陈述事实，但仍旧无法抑制地为此心动不已，偏偏挑事者还什么都不懂。该怎么办才好呢？

她乖乖地坐在那里，光是看着她就好喜欢，殷止碰了碰手边的裙摆，忍不住低声呢喃："……快快开窍吧，我的小满。"

他兀自嗟叹，然而身旁的女孩子眼里只有那道桂花小排。

嗯……这个排骨是桂花味的，窦蔻一定会喜欢！

三

殷止时常感慨，时间过得好快。

十二年的时间眨眼间溜走，当年摇摇摆摆，被推倒在他怀里的小姑娘，竟已长至他的胸膛。

"生日快乐呀，小满！"嘉宁的声音从电话的另一端传来，小满捧着手机，聚精会神地听她讲话，"……对不起啊，宝贝，不能回来给你过生日，不过我给你寄了礼物，今天晚上刚好就能收到。"

小满一直是个善解人意的好孩子。之前嘉宁承诺过要回国陪她过生日，她期待了好久，如今嘉宁临时变卦，她也不生气，还反过来磕磕绊绊地安慰起嘉宁："没关系的，嘉宁，你已经说了'生日快乐'，还给我寄了礼物，我不难过的。"

她这样说，挂掉电话后却有点儿失落。

殷止捏了捏她的脸，忍俊不禁："不是说不难过嘛，怎么垂头丧气的呢？"

小满伸手，搂住他的腰："只有一点点。"

殷止安静地靠在沙发上，任由她无意识地拨弄着自己的衬衫纽扣，阳光透过落地窗外的树叶缝隙，打在两个人身上，静谧而美好。他忽然意识到，小满真的已经十八岁了。这是个特别的年纪，在某种意义上，它代表着怀里的人已经从小孩子变成了大人，即便她的心智仍旧停留在孩童时期，无法沿着世俗的轨迹成长。

殷止不敢说遗憾。健康快乐已是不易，又怎能贪求太多？他的小满不必七窍玲珑、聪明灵秀，能平平安安地度过这一生便已极好。

"先生，陈律师到了。"

玄关处，窦蔻柔和的声线传来。

听见有客人，小满立马乖乖地坐了起来，殷止好笑地看着她，说了句"请进"。

门被打开，一个提着公文包的人走进了客厅。

一式两份的合同在两人面前摊开，殷止将笔递了过去："小满还记得自己的大名怎么写吗？"

身旁的人点点头，他便指了指位置："来，写在这里。"

小满实在是很乖，他让她写名字，她便真在乙方一栏歪歪扭扭地落下了"余姈"二字，挨着上方写得行云流水的"殷止"，瞧着真是算不得漂亮，殷止却越看越觉得可爱。

律师走后，殷止亲了亲小姑娘的额头，将合同放进了她怀里："生日快乐啊，小满。"

"这是什么？"

"这是给小满的生日礼物呀。"

"好吧。"虽然不知道这是什么，但小满很珍惜，她摸了摸封面上几个黑乎乎的大字，"……我一定会好好保管它的。"

殷止温柔地笑着，并不解释。他将自己名下的财产全部无偿地赠送给了小满，如此一来，即便有一天他不在了，她也能衣食无忧地度过一生。这是他能想到的最有用的生日礼物。

"阿止，今天有好多人祝我生日快乐！"小满扳着手指，快乐地向他细数自己收到的祝福，"有窦蔻，有嘉宁，有你，还有管家叔叔……管家叔叔送给了我两只小兔子，他说大兔子是小兔子的妈妈，小兔子有妈妈，每个人都有妈妈，小满也有妈妈……"

声音渐悄，小满呆呆地看着雪白的墙壁。

她没有忘记妈妈。

不嫌弃她变成了笨蛋的妈妈，教她再次学会走路的妈妈，陪着她睡觉吃饭、写字、数数，还会给她讲故事的妈妈……小满也有一个很好很好的妈妈。

妈妈走那天，好像也是在给她过生日，妈妈说过生日不可以没有蛋糕，于是她在一个雨天出门，再也没有回来。

小满在家里等了好久，等来的却是许多陌生的叔叔阿姨。然后，她被送进了福利院。有个小男孩儿告诉她，那里的小朋友都没有爸爸妈妈。可是小满是有妈妈的，她的妈妈只是去买蛋糕了，她会回来的。

"她骗你的！"那男孩儿翻了个白眼，幸灾乐祸地看着她，"笨蛋，你妈妈不要你啦！"

小满不喜欢福利院。那里的小朋友都不和她玩，还总是抢她的玩具，偷偷欺负她。大家都说她是傻子，只有思思老师温柔地告诉她："我们小满才不是小傻子，你只是不聪明。"

殷止带着她离开福利院的时候，思思老师对她说，"姈"的意思是聪明伶俐的女孩："……可是，小满，不聪明也没有关系，不会有人不喜欢你的。"

然后，她真的遇到了很多喜欢她的人。

小满缓慢地眨了眨眼睛，她说话的语气带着涩意，但她没有哭："……阿止，有好多人祝我生日快乐，妈妈开心吗？"

殷止心里又酸又软，他知道她想问的是，生下她那天，妈妈开不开心。

"怎么会不开心呢？"

殷止将她抱进怀里，同她脸颊贴着脸颊。小满很喜欢这个姿势。殷止记得她说过，每次妈妈这样搂着她的时候，她都会觉得好幸福，因为她知道自己被爱着。

"她吃了好多苦，许了好多愿，你才来到她身边，小满是妈妈的宝贝，是上天赐给她的礼物。小满的妈妈，真的很爱很爱小满。"

眼泪瞬间流下，将殷止的脸颊一同打湿，恶意与孤独不能让小满落泪，爱和想念却让她哭泣不已。她哽咽着，特别认真地告诉殷止："阿止，我的妈妈，是天底下最好最好的妈妈……"

玄关处，听见这话的窦蔻鼻头一酸，差点儿掉下泪来。

四

窦蔻很早就来了殷家。

有多早呢？从老宅到新公馆，这十年来，她一直陪在小满身边。

在殷家的生活无疑是体面、优渥的。然而在没来到殷家之前，窦蔻生活在南方的大山里。

山里很穷。很小的时候，她就开始帮着家里干活，捡柴、做饭、打猪草……什么脏活累活，她都干过。那时她还不是窦蔻，她的名字叫作招弟。

招弟每天都很累，可是她没有时间休息。她清楚地知道，如果自己没有干完足够多的活计，回到家面临的会是饥饿和毒打。不出意外，招弟的一生应该是这样的轨迹：日复一日地劳作，长到十六岁，嫁给一个男人，伺候丈夫全家，再生下一堆孩子，呕心沥血地将他们养大后，悄无声息地死去。

女娃生在大山，几乎注定了前路黯淡。然而招弟很幸运。

来大山里支教的女老师们往她家里跑了一次又一次，半是劝导半是威胁，父母终于将她送去了学校。九岁的招弟第一次坐在课桌旁。

家里不肯拿出一分钱，她知道，自己的学费都是老师们一点儿一点儿凑出来的，而报答老师最好的方式就是用功读书。

上学第一天，语文老师问她叫什么名字。她说她叫招弟。

语文老师沉默了很久，最后很温柔地告诉她，这个名字不好："……幸好还没有上户口，你姓窦，以后就叫窦蔻好不好？"

她点头，说："好。"

于是作业本上的名字从招弟变成了窦蔻。

学校修得远，七八里的山路，窦蔻一走就是好几年。她上学晚，十四岁才读完小学。

小学毕业后那个暑假，窦蔻在泥田里捉了两个月的黄鳝，终于凑齐了初中的学费。然而快要开学时，那笔钱却被父母偷走，买酒买肉了。

窦蔻知道他们是故意的，想用这种方式逼她回家。毕竟在他们眼里，十四岁的她已经是个大姑娘，再过几年，他们就能收彩礼了，念书要花钱，是一桩亏本的生意，太不划算。窦蔻深知读书是自己唯一的出路，所以她怨恨，她不甘，然而贫穷是一座无法逾越的大山，她无能为力。

就在她几近绝望的时候，命运之神再一次眷顾了她——

有人愿意资助贫困山区的孩子上学，因为成绩优异，她的名字好运气地出现在文件夹的第一页。

上学的机会来之不易，窦蔻无比珍惜，坐在明亮的教室里，无论是饥饿、寒冷，抑或是父母动辄的打骂与冷眼，都变得不再那么难以忍受。

初二那年，执着于延续香火的父母，在接连打掉三个女孩儿后，终于生下了一对龙凤胎。窦蔻匆匆赶回家中，却看见刚出生的小妹头朝下，被溺死在尿桶里。

贫穷的村庄，暴虐的父母，桶中妹妹冰冷的身体，男婴尖厉刺耳的哭啼……她捂着耳朵瑟瑟发抖，所谓的家更像个臭水坑，淤泥灌满她的口鼻。

窦蔻下定决心，一定要改变自己的命运，自此她更加拼命地读书。寒来暑往，她的名字始终占着成绩单上的第一名。

老师们了解她的家庭情况后，很是怜悯，得知资助人会来学校视察，都选她作为学生代表，期望她能给投资人留下一个好印象，以便以后能得到更多的帮助。

这一天很快到来。

窦蔻站在校门口，看见比她年纪还小的少年走出昂贵的汽车，又转身抱出一个七八岁的小女孩。他们看起来是那么优雅、体面，而她穿着洗得发白的校服、破了口的旧鞋，身上的干净带着难以掩饰的贫穷。他们就像是两个世界的人。

窦蔻第一次真切地体会到何为自惭形秽。她安静地跟在老师身后，缄默不语，直到少年很有礼貌地喊住她，请她帮忙带那个小姑娘去卫生间。

一个疯狂的想法在脑海中成型。

卫生间简陋的隔间里，窦蔻抛下所有的尊严，蹲在女孩面前，诉说自己的无助，给她看自己新伤旧伤交错的身体，最后她哽咽道："我真的没有办法了……你可不可以帮帮我？"

父母打量货物般的眼神是一柄悬在头顶的利剑，她实在太想逃离。

小女孩儿没说话，只是呆呆地看着她。

心渐渐沉了下去，窦蔻惨然一笑，她真是昏了头了，竟然向一个比自己小八岁的女孩求救。小孩子懂什么呢？她慢慢地穿好衣服，带着小女孩儿走了出去。

被众人簇拥着的少年迎了上来，他拉起小女孩儿的手，在她身边半蹲下来，教她打招呼："我们要走啦，小满，和大家说再见好不好？"

原来她叫小满。

窦蔻站在一旁，看着她迟钝地同大家说再见，可她道完别却没有跟着少年离开，而是抬起手指向窦蔻："我要她。"

窦蔻觉得自己像在做梦。她魂不守舍地跟着上了车，坐上了副驾驶位，直到汽车发动，缓缓驶离，她才如梦方醒般意识到，自己真的逃离了大山，逃离了令人窒息的家庭。

她听见后座的少年在问小满："为什么要带窦蔻走呢？"

窦蔻以为她会说"觉得她可怜"，又或者是"因为她祈求我"，但她猜错了答案。

小满想了想，只说了两个字："喜欢。"

这个答案显然很令人意外，连少年都很好奇："为什么喜欢呢？"

这回她回答得很快："不知道。"

殷止没有继续追问，于他而言，带走窦蔻并不困难，小满的一句"喜欢"便是足够的理由。

窦蔻默默地注视着车窗外的风景，内心百感交集，难过、欣喜，还带着劫后余生的庆幸，就这样，她住进了殷家老宅。殷家为她提供衣食住处，资助她读书。

窦蔻知道，这一切都是因为小满的"喜欢"，于是她每天放学回到老宅，都会陪着小满很久很久。然后她发现，原来当初小满说"喜欢"并不是为了保护她的自尊，而是因为小满真的喜欢她，而那句"不知道"的意思则是喜欢一个人不需要理由。窦蔻恍惚了一瞬。

看见好玩的东西总会带给她一份，记得她喜欢的食物，出去玩也不会忘记带上她……小满的喜欢如此直白、热烈，窦蔻第一次体会到幸福的感觉。

老宅里的日子平淡、安稳，陪在小满身边的窦蔻脸上渐渐有了笑容。可就在她以为一切都在变好的时候，纠缠她的噩梦再一次出现了，父母花光了殷家给他们的钱，不知从哪里得到了她的消息，竟千里迢迢地找了过来。

他们先是在学校闹，闹了很久又跟踪窦蔻去了殷家老宅。他们不敢同殷家作对，便纠缠上了她，意图很明确，要钱，他们要养儿子。

窦蔻身心俱疲，却不敢麻烦殷家，只能自己默默承受着。拿不到钱的父母恼羞成怒，便拿她泄愤。烈日炎炎，她顶着红肿的侧脸回到老宅，躲进了房间。她躺在床上，将手臂横在眼睛上。

小满走了进来，躺在她身边。窦蔻没哭，她只是叹息似的轻轻地说了一句："没有人爱我，小满。"

一只小手搭在她腰上，轻轻地拍着。窦蔻喉头一哽，这是她哄小满睡觉时的动作，现在被小满拿来哄她了。

疲惫来势汹汹，窦蔻沉沉地睡了一觉。

第二天醒来后，她再次振作起来，做好了面对父母的准备。然而一天，两天……整整三个月过去了，窦蔻再没有看见他们。她松了口气，安心之余又有些忐忑，便忍不住问了管家叔叔。

"你说他们啊，"管家叔叔笑了笑，和蔼地看着她道，"别怕，他们再也不会来打扰你了。"

这时候她才知道,原来小满每天都会搬来椅子趴在二楼的窗户前等她和殷止回家,自己挨打那一幕,正好落进她眼里。

窦蔻说不清心里是什么滋味,酸酸的,还带着一股说不出来的涩意。

当天晚上,她来到小满的房间,想要道谢,却又觉得一声"谢谢"太过单薄。正当她犹豫不决的时候,小满伸手拉着她,示意她在床上躺下。窦蔻照做了,小满便拿出一本书,笨拙地翻开后,开始读给她听。

"我是多么爱你,让我好好想一想……"

刚听完第一句,窦蔻的眼泪就掉了下来,她侧过身体,不敢让小满看见。

小满坐在她背后,继续结结巴巴地念着:"我爱你,就像太阳爱照耀明亮的蓝天。我爱你,就像蜜蜂爱亲近芳香的花朵。我爱你,就像口渴的小鸭子遇到突如其来的大雨……"她读得很慢,也一点儿都不流利,可是她十分认真,像在做一件很重要的大事,"我是多么爱你,让我慢慢告诉你。我爱你,就像鸟儿爱住在坚固的树枝上。我爱你,就像海爱扑向细软的沙滩……我爱你,无论你怎样,无论现在还是将来,我都一样爱你。"

等她读完,窦蔻早已泣不成声。

"窦蔻不哭,不哭不哭。"

一只小手轻轻地将她的眼泪抹去,小满抱住她肩膀,将自己柔嫩的脸颊贴上她的额头:"别怕,坏人已经被管家叔叔赶走了。"

窦蔻哭得更厉害了。她知道这是小满最喜欢的绘本,她和殷止都读过很多次给她听。也正是因为知道,她才会哭得这么伤心。

陪了小满这么久,她当然清楚小满是个特殊的孩子,别的小朋友专心一点儿就能学会的东西,小满往往要付出百倍千倍的努力。她教了又教,小满学了又学,却总是忘记,光是"窦蔻"两个字,小满就学了好长一段时间才记住。而这首诗这么长……对小满来说,要完整地将它读出来,困难程度可想而知。可是小满读出来了。她记住了她那句"没有人爱我",花了三个月的时间,学会了这首这么难的诗,只是为了对她说十四句"我爱你"。她是如此慷慨,而自己根本就不值得。

"你懂得什么呢?"窦蔻哭得稀里哗啦,将自己的不堪全部摊在她面前,"我不好,我一点儿都不好。当初不择手段地利用你逃开他们,接近你是因为殷家给的助学金,陪着你也只是怕自己被赶走而已,他们是坏人,我也好不到哪里去……"

她翻来覆去地说着自己有多坏,小满安静地听着,胳膊仍旧搂着她的肩膀,等到她的情绪终于平静下来,不那么难过了,小满才轻轻地说道:"没关系。"

窦蔻转过身,愣愣地看着她。

于是小满想了想,认真地重复了一遍:"窦蔻,没关系。"

她还喜欢她,无论现在还是将来。

窦蔻终于忍不住,抱着面前的女孩放声大哭。她走过很长很长的路,吃过很多很多的苦,曾以为贫穷、怨恨与痛楚早已将自己掏空,如今才知道,原来一点点爱就能将她填满。

何其有幸。

五

小满快乐地度过了她的十八岁生日。

殷止蒙住她的眼睛,牵着她的手走到客厅,取下纱巾后,嘉宁带着礼物出现在她眼前，窦蔻捧着蛋糕温柔地看着她，管家叔叔准备了好多好多的糖果，思思老师看起来还是那么年轻漂亮。

大家围在一起唱歌，祝她生日快乐。

过完生日，小满躺在床上，双眼明亮："阿止，我觉得自己好幸福啊。"

"小满会一直这么幸福的。"殷止温柔地抚了抚她的头发，替她盖好被子，"睡吧，我会陪着你的。"

小满闭上眼睛，甜甜地睡去。

殷止看着她熟睡的眉眼，俯身亲了亲她的额头，声音轻得不能再轻："晚安，我的小满，做个好梦。"

他的愿望没能实现。

小满做了个噩梦，吓得半夜放声大哭。

殷止匆匆赶来，然而看见他那一瞬间，小满哭得更凶了。

他心疼将她抱进怀里，细致地擦去她的泪水，动作温柔又耐心："……是做噩梦了吗？"

小满点了点头，哭得上气不接下气："我做了不好的梦，梦见你们不要我了，嘉宁走了，管家叔叔走了，你走了，窦蔻也走了……大家离开的时候都不肯带上我，还骗我背完《千字文》就会回来……我背啊背啊，背得头发都白了，你们都没有回来……我好难过，我每一天都好难过……"

殷止手上的动作一顿，他也做过同样的梦，做过许许多多次。

小满仍旧在哭，他顾不得细想，连忙好声好气地安慰着她："不会的，我们怎么会舍得扔下小满呢？那只是个梦而已。"

"可是它像真的一样。"小满紧紧地攥住殷止的领口，哭得很委屈，"你要我长命百岁，自己却先走了，我等了你好久好久好久……我不要……不要一个人！"

殷止五脏六腑泛出闷闷的痛意，她的伤心如此汹涌，惹得他也红了眼眶："都是我不好，都是我不好……我答应小满，再也不会丢下你一个人了，好不好？"

　　小满抬起头，满含希冀地看着他："真的吗？"

　　"真的。"

　　殷止坚定地同她对视："我发誓。"

　　小满不哭了，她用力抱住殷止的腰，沉默良久，才轻轻地说道："阿止要长命百岁啊。"

　　殷止胸腔一滞，旋即温柔地笑了起来。

　　"会的。我和小满，都会长命百岁。"

　　月光如纱，笼在相拥的两人身上。

　　幼时的无数个深夜，惊醒时他泪流满面，怅然若失的痛感如影随形，直到十二年前，他终于寻见那一颗眉心痣。两张稚嫩的脸，相视一笑。

　　至此——

　　终得圆满。

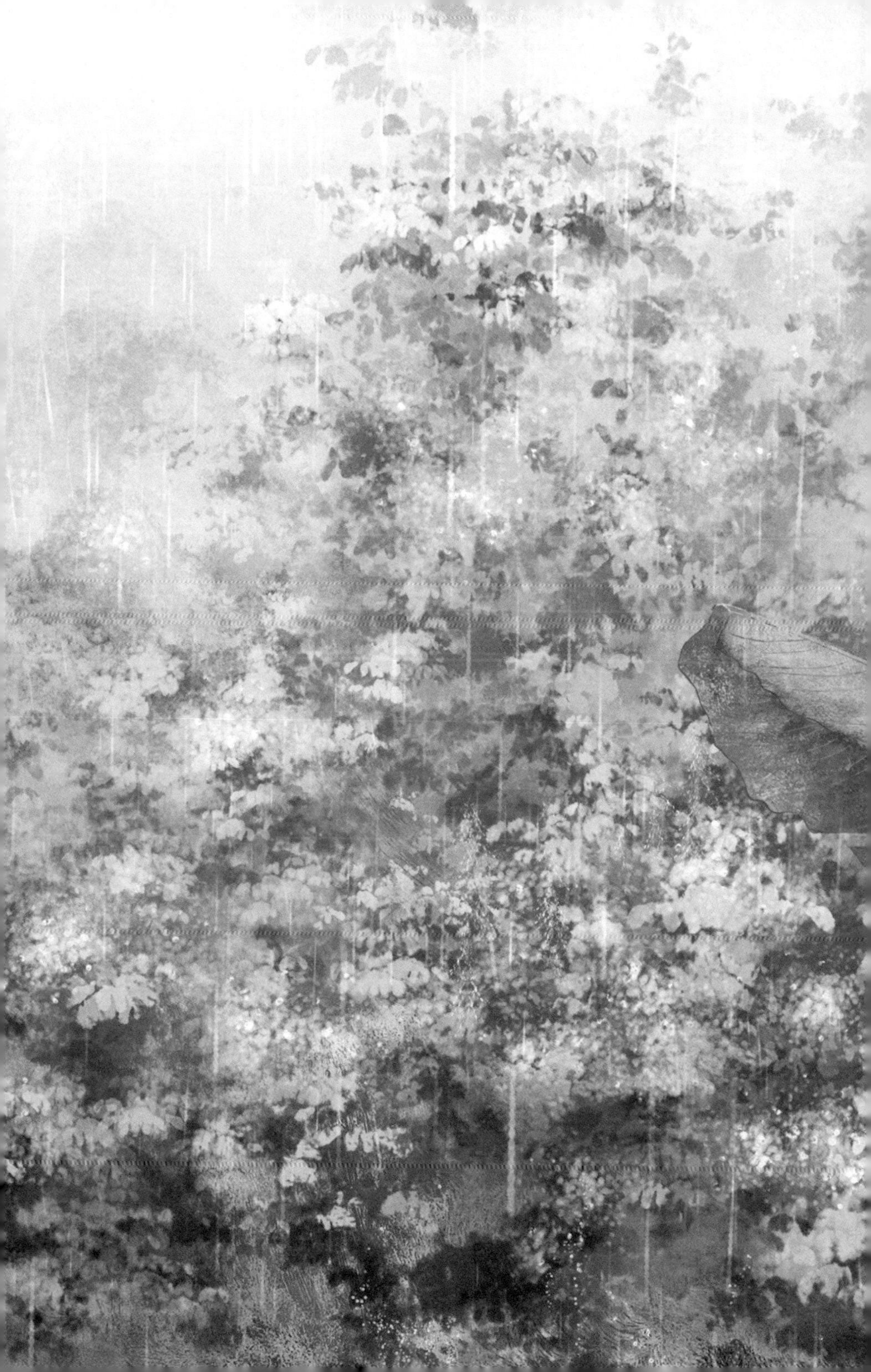

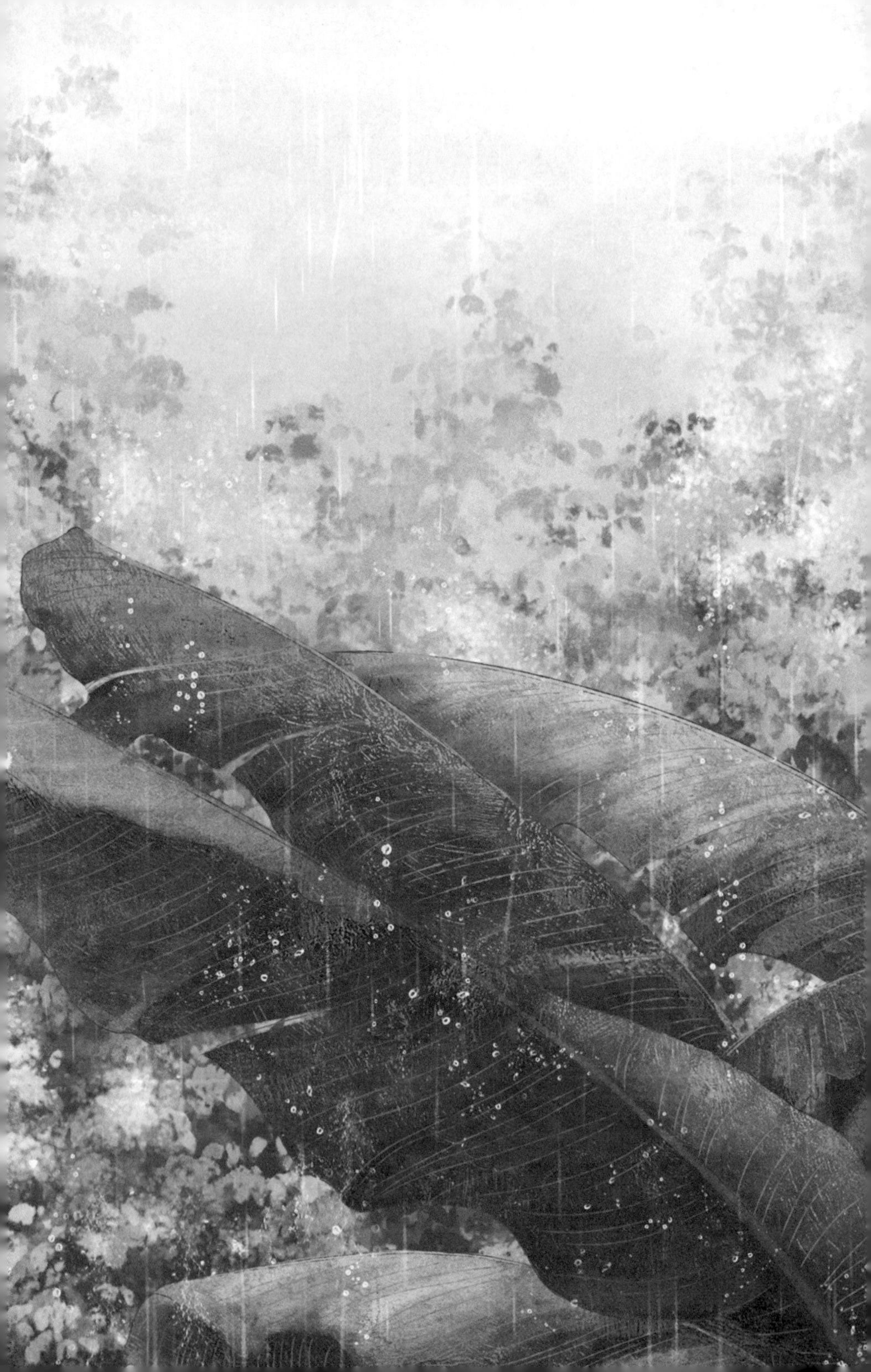

织娇笼

阿爹给你买鲜花,阿娘抱你唱童谣。

程叔叔教你识字作画,姨母绣好多罗帕。

善善煮好甜水面,希明折回海棠花。

他们都盼着你,长命百岁,喜乐安康。

岁岁年年去也,好知弗,归来否?

一

"将军出征回来了,还带回一个怀孕的女子。"

"啊?那织夫人知道吗?"

"不知,管家严令禁言。可怜织夫人,外面都已经传得沸沸扬扬了,可她什么也不知道……"

"可我们做下人的能说什么呢,况且织夫人只是个外室,就算知道了又能如何?"

我捏着一朵萎了的蔷薇花蹲在花园的假山后,听着两个侍女谈论着走远,心中不免疑问:她们口中那可怜的织夫人不正是我吗?可是她们为何觉得我定会难过得不能自持呢?或许在他人眼中,我不过是依附程憺而生的菟丝花,若是失去了程憺的宠爱,那是万万活不成的。

可我不爱程憺。

我始终记得,我不是所谓的织夫人,我只是宋知弗。

宋知弗,怎么可能会爱上程憺呢?

永远不会。

二

我捏着蔷薇溜回去的时候,侍女们还没有醒来。她们不曾让我独自在府邸中行走,平白失了许多乐趣。但也怪不得她们,程憺如何吩咐，她们便如何做。今日是个意外，府里上上下下都在为迎接程憺而忙碌，她们竟然没顾得上看着我，让我得了空，去花园痛痛快快地荡了一回秋千，还听得了几段闲话。

我不伤心，真的。

别人也不必为我叹不平。

脱掉外面的衫裙，我悄悄躺回床上，然后轻轻闭上眼睛。

程憺大我十三岁。第一次见到他的时候，他还很年轻，二十一岁的年纪，成婚五年，已有一子。我蹲在牢房的角落里，抱着自己的布老虎，紧紧靠着母亲，看着他一步一步走到我面前。

嗯，确实是个好看的人。

我听见这个好看的人低声说道："我来了，夫人放心。"

下一刻我被他一手抱起，一手蒙住眼睛，身后的母亲在这时发出沉闷的一记重响。后来我才知道，那是头磕在墙上的声音。

至此再也没有见到过母亲。

八岁的年纪，其实已经记得许多事了，母亲让我记住她抱着我时说的那些话，我便记住。

其实我算不得一个聪明的孩子，母亲说的话太深奥了，我听不懂。可我还是记住了那些话，不是因为母亲说只有这样我才能活下去、活得好，而是因为这样我才能记住母亲抱着我的情景。

我都要忘了她的脸了，可是每次一想到她说"有个叫程憺的人会来接你，他早知这一切，可你不能恨他，也不能怨他，你要知道，这是父亲母亲必得经受的"，黑暗的牢房、母亲不舍地看着我的眼神便霎时出现在我脑海里，黯淡又坚定。

我想她，也想离开牢房的时候我手里掉下的那只布老虎。

现在它在哪里呢？有没有和母亲在一起？

但我也不知道母亲在哪里，只知道程憺带我坐上马车，来到这个偏远却华美的府邸，他许我锦衣玉食，许我奴婢成群，同时关上了大门。我也成了他口中的阿织，被锁在雀笼里，十年间，不曾踏出过一步。

在我十五岁的时候，他执意要了我，于是我又成了他的外室。

我不喜欢做那些事情，但那不重要。毕竟说了不喜欢也没有用，他不会因为我不喜欢而不去做，他只会说"你以后会喜欢的"。

但三年过去，我仍旧不喜欢。

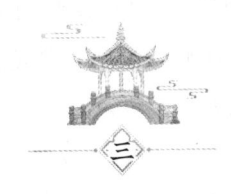

三

我不思虑时间，日子便一天天地过，而春日适合好眠。

再次见到程憺时，我正在院子里放风筝。院子里四四方方，那风筝飞不高，本不是它的错，我却迁怒于它。

侍女跪了一地，我更觉烦躁。于是落在程憺眼里便是，原本笑靥如花、欢欢喜喜拿着风筝转圈的我在见到他后却皱着眉将风筝扔到地上。不过他并不在意，在他面前，喜怒无常便是我一贯的样子。

我也不在意他在不在意，扔下风筝，也不等他过来，自顾自地跑去坐在秋千上，却没人推我。他似乎轻笑了一声，踱步走过来，摸了摸我的头。我歪头躲开，他弯下腰看我，一双凤眼似笑非笑。

"看见我就这么不高兴？"

我用手捋了捋发丝，仍旧柔顺。我一向不爱梳妇人发髻，即便已不是未出阁的少女，却仍旧喜欢把头发披在肩上。绝大多数时候，连发带都不用，长长的头发全披散开来。侍女说这样不合礼数，但程憺说由着我，她们便不再多话，由我去。

在这个笼子里，程憺说什么就是什么。我心里总觉得不快活，所以总想着让程憺不快活一下。

"确实说不上高兴，"我转头，冷眼看他，"还有，你弄乱了我的头发。"

他深深地看着我，我也看着他。良久，他直起身体，帮我推秋千，我也不推辞，又不是我求着他做这些。每次荡秋千，侍女推得低，是怕我出什么意外，她们担待不起。程憺也推得这么低，我嫌弃得不得了："真无趣，你推得这么低，难不成是怕我摔死了？"

他闻言不语，却突然发力，把我推得高高的。风轻轻地吹拂我的脸，心里慢慢松泛，我快活得笑起来。程憺便一直推我，在荡到最高处的时候，我突然想着，若是此刻放开手，程憺应当是接不住我的吧？

然而我是个极怕死的人，怕得不得了。

突然就觉得无趣得很，我止住欢笑声，下一刻冷淡道："停。"

程憺便真停下来，他双手握住绳索，强行止住秋千，而后将我抱去屋内。我默默想到，忍一忍，忍一忍便好了。

反正他忙得很，待不了多久便要离开。

四

等到结束，已经是半个时辰后了。

我茫然无措地躺在那里，只想沐浴更衣，快点儿睡觉。睡着了，便什么都不用想，也不会再烦恼。

"织织……"

程憺唤我，声音慵懒。

我心里想，他唤的到底是织织还是知知呢？应该是织织吧，在很久很久以前，我刚进笼子里的时候，程憺就告诉过我，世上只有阿织，再无宋知弗。

我心里一阵烦躁，程憺偏偏还要招惹我。

我心情糟糕透了，冲他喊道："……我要沐浴！还要睡觉！"

他似乎是轻笑了一声，松开一只手臂，捞起我的左手，放在唇边，亲了亲手心，才大发慈悲地放过我。

下人早已备好热水。程憺不喜欢自己被下人看见，也不愿我被别人瞧了去，于是每次结束都是他亲力亲为帮我沐浴更衣。等沐浴完，我已经疲乏得眼睛都快睁不开了，可程憺捏着我的头发，非要帮我梳头。

我反抗不得，只好随他坐到镜子前，不耐烦地催促他动作快点儿。程憺用木梳将我的头发梳顺，但我已困得打起盹儿来，没心思和他计较，也忍了，由他去。

最后他捏着发尖，从镜子里抬眼看我："……织织想不想生个孩子？"

我困得要死，心里烦得很，开始发脾气："不要！"

他垂头，轻声在我耳边诱哄："生个小孩子，陪你玩，你便不无聊。"

我只觉得他啰唆极了，这个问题问了三年，年年问，次次问，磨人得紧。

"瞧见院子里那棵树了吗？"我睁开眼，指了指门外，"今日有孕，明日我便吊死。"

他看着我的眼睛，面上深沉，又突然微笑："不生便不生吧，你还小呢。"

皱了皱眉,我放松身体。然而刚闭上眼睛,却再次被程憺禁锢。许是嫌我说话难听,他捂住我的唇,抱起我往榻上去。我挣扎,抗拒,但男女之间的悬殊体力叫我只能放弃。我越发痛恨自己的无能与软弱,它们是我手脚上的镣铐,是我背上的枷锁。

程憺放开我,我使尽最后一点儿力气,在他肩膀上狠狠地咬了一口,尖尖的两颗虎牙嵌入了他的皮肉。可比起他赋予我的痛苦,我的报复实在是微不足道。

舌尖尝到一点儿腥涩,腹内一阵翻滚,几欲作呕。

程憺逼着我咽下他的血,脸上笑意温和,看着我喟叹一声,说:"若是能将织织藏进我的身体……"

我漠然地看向帷幔,听他说着疯话。

罢了。

睡觉。

睡着了,就不会这么烦恼。

五

再次醒来的时候天已经黑了。

身上中衣穿得极整齐,也不知程憺是何时离开的。侍女端来饭食与我。许是白天累狠了,我吃了好多东西,几乎吓坏了旁边的侍女,但她们又不敢阻止我。我撑得难受。睡了一下午,今天晚上是无论如何也睡不着了。

长夜漫漫,该如何消磨呢?一屋子的侍女都看着我,我记不住她们的名字,其实也没有必要去记,左右,她们都待不长久。

随便指了几个人，对她们说："想点儿好玩的法子，今晚我睡不着。"

那几个侍女面面相觑，刚准备开口，程憺却来了。我皱眉，程憺一个月只会来两三次，有时候忙起来一个月只来一次。这一次他行军打仗，更是整整三个月未来，他从来没有一天来两次的时候。更何况，他不是带回了一个女子吗，为何却跑来我这里？

只要他被绊住，我便又能过上像之前三个月一般的快活日子了。

他这是怎么了？

不过我也不愿费神多想，他来便来了，虽然心里烦他，但偌大的府邸都是他的，我又不能赶他走。

程憺一身玄衣，踏着夜色进了我的屋子。我懒得起身迎他，事实上我从来没有迎送过他，想必他也习惯了，并不意外，挥挥手，满屋子侍女如流水般退出去。

他走到我身边，伸手揉了揉我的肚子。我正撑得难受，偏他来惹我。想也不想，我一巴掌打在他的手上，确确实实使了力气，因为下一刻我的手掌火辣辣地疼。他还是一副不会生气的模样，嘴角微弯，我总觉得他的笑里满是戏谑。

"下次不可贪食。"

我听他说这话，胃里越发难受，憋闷了一整天，再加上手掌痛，忍不住便想掉眼泪。

如何想，便如何做。于是下一秒，我的眼泪便滴答滴答落下。我知道在程憺面前哭是极为羞耻和丢脸的，也很不体面，但我凭什么要忍耐？在这个笼子里，我这不能做那不能做，如今竟是连哭都不能顺着自己心意了吗？

我厌弃地看向程憺。

见我边掉眼泪边瞪他，程憺在我身旁坐下，拉起我的右手细细地看。果然，已经通红一片。

他觉得好笑，一只手轻轻揉我手心，另一只手替我擦眼泪。

"打我便罢了，怎的把自己弄哭了？"末了，他又添一句，"像之前那般咬我，岂不是更省力？"

我不开口，我太清楚自己，一开口便是抽抽噎噎的声音。

如此一来，倒像是白白低了程憺一头。

平复了一下情绪，良久，我才颤着声音说道："我想哭一哭排排热毒不行吗？你管得这么宽做甚？"

声音带着未散的哭腔，程憺便以为我还在委屈，索性像抱小孩似的把我抱起来，放在怀里："三月未归，织织在家里有没有胡闹？"

我忍住了没有向他翻白眼，讥笑道："你还不清楚吗？"

连我吃撑了这事，管家都在路上仔仔细细地禀告了，更何况这三个月的鸡毛蒜皮？他是以为我不知道，每日我的起居行止都会被侍女记录下来，再拿给他看吗？又何必再问，多此一举。

程憺手指钩住一缕我的发丝，反复把玩，对我的话也不否认。他便是这样的人，假惺惺的，虚伪又坦荡，让人看了生气。

我讨厌这种被监视的感觉，但还是那句话，他不会因为我不喜欢而不去做。

一直都是这样。

而我表达自己不满的方式便是乖张、任性，在他面前，我极易生气，更别提温顺，且最擅长翻脸无情。而不得不说程憺确实是忍得，无论我如何造次，他也不曾发怒，每次都是一副好脾气的模样，如同此刻，又是极包容地笑。

我心绪平复下来，不想再看他，低下头捏着自己的手指玩。

六

我还以为程憺晚上来必然不会轻易放过我,可他只是箍着我睡了一夜。

第二日早晨起来,如往常一般,他已经不见了。我也不想知道他干什么去了,朝食可远远比这个重要得多。

春意愈浓,院子里的红蔷薇开得极美。这蔷薇是程憺特意命人种下的,他以为我喜欢,但其实我谈不上喜欢,只是不讨厌。下人们日日精心呵护,它们能接连开上大半年,远远望去,倒也精致可爱。

我在院子里,和侍女摘了蔷薇花,坐在大树下编花环戴。其实程憺不在的时候,我是极好安抚的,毕竟陪着我玩的还是侍女们,即使我不满她们事事都要禀报程憺,也会因此发小脾气,却不会刻意为难她们,因为我心里清楚,她们也是迫不得已。

所以无论我再生气,她们愿意哄上一哄,我就好了。

我身边的侍女每隔几个月便换一批,我也不去记她们的名字。反正她们都是要走的,我又何必自寻烦恼?十年间,不同的侍女来来去去,我也习惯了醒后看见不同的人为我净面穿衣。

可每一批侍女都会谈起外面的事情,什么陈大人家的小女郎与书生私奔啦、长顺街黄爷爷卖的梨膏糖好吃啦,还有元甲门的彩色小泥人儿好玩啦,等等。虽然次数实在少得可怜,但八岁之前的我的确上过街,可侍女们说的这些,我全都没有听说过,想必这十年间定然出现了许多我不知道的新鲜玩意儿。

有的时候,她们还会憧憬离府后的光景。

我记得有个侍女,嗯……是叫秋吟还是秋云来着?她的名字,我记不清了,但是她提起离府后便与表哥成婚时候的表情,我却记得清清楚楚。她脸上有着掩饰不住的笑意与甜蜜,对偷听到这些的我来说,虽觉得陌生,但也替她高兴。

而现在与我编花环的几个小侍女是刚刚来到我身边的。

侍女们围着我编花环,她们编着,我看着,突然就想听她们讲外边的事情。她们刚进来,一定知道外面又发生了哪些有趣的事情。我凑到一个面相稚嫩的小侍女面前,睁大眼睛看着她,她的脸霎时红透了。我不明白她为何脸红,只觉得她小,更容易开口与我讲故事。

我看着她,眨眨眼睛:"我想听外面的事情。"

她似乎是没想到我会开口对她说话,便有些害羞地低头请示我:"夫人想听什么呢?"

我用手指卷了卷衣带,随意答了句"无所谓"。

她想了想,笑了起来,两个酒窝意外地可爱。

"那奴婢给您讲讲谭大人家的小郎君好了。"她顿了顿,开始和我讲,"这位小郎君今年刚满十六岁,生得芝兰玉树,文质秀美。"

我放松身体靠在美人椅上,漫不经心地回道:"哦,那他比我小两岁。"末了又问,"你说他好看,有多好看?"

那小侍女被问住了,不知道该怎么回答,我便又问:"有我好看吗?"

小侍女不赞同:"您是女子,怎么能和小郎君作比?"

"那有程憺好看吗?"

虽然我烦程憺,但不能否认他确实生得好看,若他獐头鼠目,我怕是早在三年前便抹脖子了。我向来喜欢漂亮的东西,程憺倒是占了便宜,凭着好面皮,让我不至于每每见到他便心塞到吐血。

小侍女这次倒是有了话说。

"将军雄姿英发,自然气度不凡,谭小郎君则是清新俊逸之美,若非要说,则是各有各的好看,不可对比。

"夫人有所不知,中书令家的两个掌珠前些天竟为了争谭小郎君掉落的帕子,在街上大打出手,臊得中书令朝都不上了,告病在家,满京陵的人都在笑话他呢!中书令是出了名的酸腐,指不定他在家里都被自己的女儿气得快上吊了!"

我听着好笑,又觉得这劳什子谭小郎君也不是什么好东西。

轻哼了一声,我怀着偏见道:"惹得两个小女郎为了他打架,可见这小郎君勾三搭四的,也不怎么样嘛。"

小侍女憋红脸,极力为那小郎君辩解,讷讷道:"不是您想的那样,谭小郎君没有错,他只不过是生得太好看,让人喜欢。他是出了名的洁身自好,从未与任何女郎有不妥的接触。生得美丽从来不是罪恶,出了此事也非小郎君本意,若全都算到他头上,着实不合道理。"

旁边的侍女递给我编好的花环。我拿起来戴在头上,照了照侍女举着的镜子,又觉得她说得好像也有道理,于是点了点头,表示勉强赞同她的想法。小侍女见我点头,又神神秘秘地说:"过几日便是观灯节,不知这次会不会有人为了谭小郎君打起来。"

我嗤之以鼻,这话说的,好像京陵就他一个好看的人似的。

"对了,他叫什么名字来着?"

"回夫人——"

"夫人!将军来了——"

小侍女刚要回我的话,却被院门进来的侍女打断,紧接着程愔走了进来。

我哑然,怎么他早晨刚走,现在又来了?

七

程憺一进来,便挥退侍女。

和我独处时,他一向不喜欢下人在场。我只觉得他虚伪,好似做了见不得人的事情一般,不如我心胸坦荡。

"你怎么又来了?"我从美人椅上直起身。

说实话,我真的不懂他在想什么,心里恶意猜测,莫不是他最近吃了那五石散,得了失心疯。

程憺走到我身边坐下,伸手碰了碰我的花环,夸道:"织织戴这花环,衬得红蔷薇都好看了不少。"

我当然知道自己好看,实在不需要他来强调。

程憺的脸皮太厚,今日我心情不错,便懒得再呲儿他。他伸手把我揽进怀里,捏捏我的手指,又吻了吻指尖。程憺极喜欢玩我的手,他手大,蒲扇似的包住我的手,掌心的硬茧磨得我极不舒服。可我没想到他会发疯似的咬了一口我的手腕,而且咬出了深深的牙印,痛得我叫不出声,眼泪汪汪。

于是他刚放开,我便下意识地给了他一耳光,打得他脸上泛起一个巴掌印。我用力之大,把自己都摔在美人椅上,头上的花环也掉在地上。

我愣住,自己居然打了程憺。其实心里犹未解气,但我还是克制住了。

程憺的脸已经黑了,他没想到,我会打到他的脸,怕是从来没有人敢这么对他。他沉下脸的样子很可怕。此刻我突然意识到,他比我大了整整十三岁，是程氏说一不二的家主，也是战场杀伐果断的兵马大将军，如今却被我这个他养着玩儿的金丝雀给扇了脸面。

我不愿对他示弱，趴在美人椅上，捏着手腕，转过头睁大眼睛与他对视，可泪珠又不听话，簌簌地落下来，手也疼得直发抖。落到程憎眼里，便是我叛逆又娇气。

他叹了口气，神色软下来，又唤来医婢为我包扎。

"原是我太过溺爱，倒是吃了这苦果。"

我本以为他会教训我，都已经做好了死不认错的准备，可他什么也没做。看着包好的手腕，我只觉得这府中无聊至极。

好想出去看一看。

也不知那个观灯节会热闹成什么样子。

这十年间，我也曾想过出去玩一玩，可程憎总对我说，外面很危险，我若是出去了，便会被恶人掳走，再也回不来，于是我不再提起。

可此刻我想出去的念头越发强烈，我真的快被程憎烦死了，尤其是发疯的程憎，更是惹我厌恶。我恹恹地躺在美人椅上，不去理会站在一旁的程憎。可他不依不饶，俯下身一直吻我的脸颊，还问我疼不疼。我被搞得心烦意乱，又觉得这院子关得我憋闷得慌，便想痛痛快快地哭一场。

我这样想，接着就这样做了。翻个身趴在软枕上，开始小声抽泣，继而越发大声，不管不顾地哭了起来。这还是我第一次在他面前哭得这般真心，程憎也不离开，只是强硬地把我搂到怀里，给我拍背。

他无奈地给我擦眼泪，叹息道："怎么跟孩子似的，哭得这么委屈？"

我不回他，只希望他去找那个新妾，莫要再歪缠着我。等我终于发泄完，已到了用午食的时辰，许是哭得狠了，我只觉得饥肠辘辘。

侍女早已在小厅备好席面。也不管程憺如何，我软着身体挣开他的怀抱，捡起地上的花环戴上，迈着虚浮的脚步去了小厅，自顾自地擦了手坐下，拿起箸子开始吃饭。

我含着泪花，恨恨地咬了一口狮子头。

程憺跟进来，坐在我旁边。看着我用手背抹眼泪，他似乎觉得好笑，也擦了手准备给我夹菜。我抱着碗转过身，不想吃他夹的菜，接着又坐到桌子另一边去。程憺只好自己吃自己的，只是时不时地看我两眼，可我一个眼风都不愿给他。

我边吃饭边向佛祖发愿，只盼那个新妾争气些，把程憺留住，万万不要让他再来这里了。

八

很显然，佛祖并未听见我的祈盼。

程憺接连来了好几日。我病了，是被他气的。医婢诊断后，说我是烦忧过度，内心郁积所致，要注意休养，保持心情舒畅。

彼时我躺在床上，心想，程憺来得这么勤，我可不得抑郁成疾吗？我都怀疑他是不是故意的了，我才不信他不知道我不想看见他，他偏偏来这么多次，存心烦我，真是虚伪得很。这一整天我都没有出过屋子。等到晚上用饭的时候，果不其然，程憺又来了。他一来便摸我的额头，我正喝着鸡汤，差点儿被呛着。

我就知道，他一来准没好事。

等到吃完饭，我漱了漱口，发现他已经吩咐人备水，丝毫没有要走的打算。我忍了好几天，终是忍不住了。

"你为何总往这里来？"

程憎把褪下的外衫抛在一旁，抬眼望过来："……织织以为如何？"

这几日，我没有一晚是睡得安宁的，思及午时起身腰间的酸痛，心里又开始气闷。

"哼，不过是馋我身子罢了！"我冷笑一声，继而讽刺道，"你可真下流！"

程憎听闻一愣，接着突然大笑出了声。我觉得他这是瞧不起我，面上有些难看。他看我脸色不好，忍着笑意，沉声说道："织织说得不错，我确实馋你身子，我下流。"

我听着却更心塞，好似我无理取闹一般。

可明明这就是事实。

程憎见我又开始生闷气，一把把我抱起。坐在他身上，我又不愿正对他的脸，便背靠着他，懒洋洋地玩儿自己的头发。他用手指轻轻摩挲我的蝴蝶骨，我霎时全身绷紧，如同一只炸了毛的狸奴，我怒叱道："你干什么！"

程憎的手还举在半空中，见我抗拒便立即放下，不再去碰我的背。我极讨厌别人触碰我的背，不管是侍女还是程憎，我都十分不喜，每次一被碰到，我便会身体不适，使不上劲儿，失去力气。缓了许久，我终于缓过来，慢吞吞地继续玩头发。

许是因着我病了，程憎似乎有些怜爱，低声问我："……织织病了，要怎么才开心呢？"

我腹诽："若是你能离我远点儿，我便欢天喜地地敲锣打鼓地送你。"又想起明日的观灯节，心里燃起了一把火，激动起来，想也不想便大声道："你放我出去！"

程憔浑身一冷,下一刻捏住我的腰,我轻轻颤了颤,有种不好的预感。

果然,他再开口时声音便冷凝至极。

"谁教的织织想要出去?嗯?"

我脑海里飘过小侍女嫩嫩的小脸儿,也不管他生不生气,反驳他:"我自己想出去,不行吗?"又放轻声音,"我还从来没有去过观灯节呢。"

本是装一装委屈,却没想到自己真委屈上了。我想,我都这般放低身段了,程憔不应该不给我面子。可他真不给我面子,一口否决!

我转过身体,听到他闷哼了一声,没空理他怎么样了,大声控诉:"为什么?!"

程憔沉沉呼出一口气,好声好气地教我:"外面都是恶人,拿着糖哄一哄,织织万一跟着走了,谁来救你呢?"

我见好像还有回旋的余地,收了收表情,挂上甜甜蜜蜜的笑。

"这不是有你吗?"

手指缠上他粗硬的发丝,我不甚熟练地讨好他:"你这么厉害,我就算是被哄骗了去,你定然能找到我……就让我去吧。"

他倒是极享受,我心里可憋屈坏了,不过我都做出如此牺牲了,观灯节我是非去不可。

"织织好乖。"程憔摸摸我的头,我忍了。

下一秒他又说:"可是不行。"

我简直不敢相信自己的耳朵。

从失落到诧异,再到愤怒,我只用了一眨眼的工夫。

程憔!你怎么敢!

我气得伸出双手挠他,虽然我的指甲被剪得干干净净,可威力也不小,一出手便在程憔脖子显眼处挠出了几道红印子,还破了皮。

程憺把我的手抓住,在背后反剪。我心里冷笑,莫不是真以为我没办法了?困住我的手,我挠不了你,还咬不了你吗?反正惹了我不快活,你也休想快活!

我磨磨牙,隔着衣服一口咬在他身上,只听得他呼吸声抖了一下,我越发用力,不肯松口。程憺轻轻吸气,也没推开我,只是看着我笑。

我便知道,无论如何都去不成了,心里又失落又气愤,可也懒得再咬他,松了口,挣开他的手,我不再理会他,只觉得整个人虚软极了,呼吸也变得沉重,胸口发闷,隐隐泛疼。

这个时候我才想起来我病了。

身体越发难受,我知道自己现在的脸色肯定十分难看。程憺的脸上已经没有了笑意。他抿紧唇,迅速把我抱了起来。我头晕得已经睁不开眼睛了,眼泪顺着脸颊流下来,却挣扎着不要他碰。

"你不要碰我!"

哭喊着,我感觉自己在发烧,开始失去思考能力,昏昏欲睡。

程憺把我抱上床,给我盖上被子,唤来医婢为我诊脉。他也没想到,我因生气而把自己的身体搞得更糟糕了。医婢诊完脉,说我是气急攻心。我五脏六腑犹如火炙,只觉得浑身烫极了。

医婢给我喂下了一碗凉凉的药。我听见她对程憺说,现在只能等体温自己降下去。

我热得脑袋发昏,渐渐不愿思考,可我又能清楚地听见自己的呜咽,以及程憺坐在我身边攥着我的手迁怒侍女们的怒斥声。

我动了动手指,用尽力气闭着眼喊道:"气病我的人是你,对着她们耍什么威风!你要是不想待下去,走便是了!白白惹得我难受!"喊完便难受得大声喘息,终是忍不住啜泣起来。

程憺遣退侍女,替我擦干净眼泪,轻声道:"是我的错,织织莫要生气了,你一哭我又要心疼了。"接着又叹息,"就这么想出去?

把自己弄成了这副模样……"

我哽咽两声,清楚地听见自己用带着哭腔的声音说:"我想出去,我想出去……我只是想看一看外头是什么样子……"

程憺叹了口气,好久都没有说话。

我已经烧得神志不清了,迷迷糊糊竟然看到了母亲,还是看不清她的脸,但是我想她得紧,看到她我便娇气得不行,委屈地喊:"阿娘……"

喊了好久,她不理我。隔了一会儿,又看见一个高大的身影走过来站在母亲旁边。

我惊喜,是父亲!

父亲也来看我了,可他只是模模糊糊的一团黑影,连衣裳颜色都看不清,我却觉得满满的安心,依恋地唤他:"阿爹……"

对于父亲的记忆只有短短几年。

其实我总觉得父亲不喜欢我,以前在家的时候,他对我极严厉,很少对我笑,也不曾抱过我。我最熟悉的便是他的背影,父亲很忙很忙,总有做不完的事情,每次我都是看着他越走越远,可他从来没有回过头看我一眼。

七岁生辰那日,我想让他抱抱我。他走的时候,我便跟着他。我不敢说话,我怕父亲。可我仍固执地跟着他,他走得太快,都不等等我。

我磕磕绊绊地走到大门外,父亲转身,紧皱眉头,沉声问我:"做甚?"

我揪着衣角,怕他生气,又很期待地看他,小声说道:"阿爹,今日——"

可还没说完,父亲便打断我:"回去,莫跟着我。"说完便头也不回地走了。

我哭起来，可不敢大声，我想问他："阿爹，你是不是……不喜欢我？你抱抱我，你抱抱我呀！你不要不喜欢我，好不好？"

接着我感到有人抱住了我，说："好。"

我奋力睁开眼，看见了程憺。

教我识字作画、与我安乐无忧的程叔叔。我的记忆停在三年前，只记得这人是我温柔可亲、极好极好的程叔叔。我看着他乖乖地笑，喊他："程叔叔……"

程憺手指掠过我的头皮，轻轻揉我的头，俯身在我耳边呢喃。

"永远都不会不喜欢阿织。"

九

程憺陪了我一夜，小侍女是这样说的。

她脸颊两个酒窝还是那么可爱，今早我一醒来，她便站在我床前笑吟吟地看着我。我心里是有一点点开心的，毕竟她是第一个敢和我亲近的侍女，想必我以后再也不必假装睡着偷听侍女们聊天了。

小侍女告诉我，她叫善荔。

我点点头，表示："好的，善善，我知道了。"

善善也不纠正我，她捂嘴笑了笑，开始和我聊天："奴婢今天一早便被叫来近身服侍您，还以为是您要的我，却没想到是将军吩咐的……来的时候，将军守着您还没走呢！"

我撇撇嘴，猫哭耗子，明明就是他把我弄病的。

"我现在不想听见他。"

善善正替我梳头，我的头发被她梳得又直又顺滑。她从镜子里看我一眼："哎呀，您不想听到将军，那有个好消息，奴婢就不讲了。"

我嘴硬："不讲就不讲！"

话说得有骨气，耳朵却悄悄支棱起，眼神乱瞟。

善善憋不住想笑，我觉得丢脸，强行为自己找了个借口："既然你如此想说出来，那我便给你个面子，讲吧！"

她的眼睛弯成月牙，含着笑问道："……夫人可准备好去观灯节的衣裙了？"

我嘴翘得老高，拿起一支步摇耍弄："有什么好准备的？程憺又不让我出去——等等！"我转身看向她，小声问道，"……我能去？"

善善眨眨眼："将军说了，可以。"

我欢呼一声，拿着那支步摇站起身，忍不住在屋里转起了圈圈，裙摆绽开，成了一朵花，许久才停下来。我定定神，鼻头泛酸，走回镜子旁坐下，看见自己眼角泛着红意。

我觉得自己的病应当是好了。

叫来善善，我开始欢欢喜喜地挑衣裙，只要一想到今晚的观灯节，我便激动得不行，心早飞去府外了，迫不及待地想让白天快快过去。

和善善挑了首饰与衣裙，才发觉程憺原来送了我这么多东西，不过我无暇顾及他，观灯节才是最重要的。或许是程憺良心发现，他一直没出现，叫我舒心了许久。

我坐在院子里，一直等一直等，等到天色变暗。

唤来善善，晚食都不用了，一群侍女跟在我身后，浩浩荡荡地朝大门走去。坐上马车那一瞬间，我清楚地感觉到自己在发抖。

从八岁到十八岁，十年了，这是我第一次踏出这个笼子。

我眼眶胀得生疼，有种快要落泪的冲动。可我哭不出来，我被关得太久太久了，接触到外面的世界，我心里除了欣喜，更多的竟然是陌生和迷茫。

善善问我:"夫人想去何处呢?"

我要去往何处?

是去听小娘子跟着书生私奔的话本子呢,还是去买长顺街黄爷爷的梨膏糖呢,又或者是去看元甲门彩色的小泥人儿?明明那么多有趣的地方,而我却不知去哪儿。

我想了想,歪头说道:"哪儿热闹便去哪儿。"

善善脸颊微微鼓起,勾得我想伸出手指戳一戳,她向我提议:"不如去昌延街瞧瞧,那儿今夜怕是热闹得很。"

于是我们便往昌延街去。

一路上,我透过车窗的缝隙不住地往外边看。等到了昌延街的街口,映入眼帘的是车水马龙,繁华极了。好多年轻的小儿女们,穿着好看的衣裳,打扮得齐齐整整,在街上闲逛。小女郎们提着花灯,有些戴着面具,有些戴着帷帽,还有没做遮掩的,不过极少。

善善给我戴上帷帽,叮嘱我:"夫人莫要和奴婢们走散了,昌延街太长了,分路极多,今晚人流密集,指不定混了什么恶人进来呢!"

我轻哼两声,心里不满,我又不是小孩子,哪里不知道这些?

善善见我不放在心上,无奈道:"夫人莫怪善善多话,只是外边儿确实不安全,京陵确实是一片歌舞升平,全赖将军坐镇。可七十里外的汾阳,百姓却是衣不蔽体,食不果腹。"

接着她又凑到我耳边,与我贴近说话。

"好夫人,我与你说句悄悄话,如今局势动荡,大齐表面看着祥和、繁盛,内里早就烂空了,四代政昏,又撑得了多久呢?"她的声音渐渐苦涩,"……奴婢的父亲原是汾阳令,被反贼斩了首,挂在城门上示众,全家上下一百零三人,仅剩下奴婢一个。若不是母亲拼死护住奴婢,留得一条性命,恐怕也是没有机会来服侍您的。"

我的心被揪住,这么活泼可爱的善善,不应该承受这些。

可她替我理了理外衫，又恢复笑吟吟的模样，明明才十三四岁的年纪，却分明已经是个小大人了。我拉住她的手，认真地承诺："我听话。"

不会乱跑的，也不会和你们走散。

十

可世事难料，谁也没有想到，昌延街会走水，连着烧了长长的一片。人们拥挤呼号，四处流窜躲逃。侍女们和我被慌乱嘈杂的人群冲散了，我提着善善给我买的小兔子花灯，恐惧又茫然地顺着人流走，也不知道被挤到了哪里。

小兔子花灯也被压扁了。

看着花灯，我心疼得不得了。走神的那一瞬，我感觉自己被挤出了人群，扑进了一个人怀里，手里的花灯也不见了。我下意识地推了那人一把，自己撞到一个女人身上，却不想帷帽被撞落，头发也散了。也不知道珠钗掉到了哪里。

我捂住脸，只露出一双眼睛，看向刚刚那个人。

是个少年，比我高半个头，清秀俊逸，生了一对桃花眼，却意外地平和、干净。直觉告诉我他不是坏人，如此判断虽然确实有他长得蛮好看的缘故，不过我岂是那等肤浅之人？

我决定先发制人。

"你撞了我！"

那少年有些呆愣，看起来憨憨的。我心里叹道："可惜了这副好面皮，难不成是个傻的？"我仍捂着脸，继续理直气壮地提要求："你撞伤了我，便要负责送我回家！"

这时他回过神来，舒朗地笑着。

"女郎是和侍女走散了吗？"他一眼看出我的困境。

声音温和，态度端正。

我稍稍心安。转念一想，跟着侍女都走散了太过丢脸，犟道："你就知道是走散了？万一我是自己主动跑出来的呢？"

话音刚落，又意识到，自己跑出来又找不到回去的路，如此只会显得我更蠢。我懊恼，迁怒那人，拧眉使劲儿瞪了他一眼。他倒是好脾气，没有介意我的恶劣，只是看着我，耐心说道："街上混乱，女郎独身在外，若不嫌弃，便先跟着我吧。"

伸手不打笑脸人，我态度也好了些："……郎君如何称呼呢？"

他示意我走在内侧，与我保持着合适的距离，一边走一边回答我："在下姓谭。"

我霎时便想起善善讲的那个谭小郎君，难不成真有这么巧……遮脸的手不自觉地放下来："那引得两个小娘子打架的谭小郎君，是你不是？"

他转头看我，呆了呆，耳根泛红，面色微恼："女郎莫要信市井流言，谭某绝非轻薄之徒。"

还真是他！

我想起自己之前还说过他的坏话，不过我可不会为此感到羞愧，所以我点点头，表示赞同，并且把责任推到了别人身上："……那些人可太过分了，怎么能轻易信了那些小道说法呢？谭小郎君你分明是个君子啊。"

他被我夸得脸红，羞涩却又明朗："女郎谬赞。"

我记得之前问善善他的名字，善善没来得及说，程愔便来了，如今本尊在我面前，所以我索性直接问他本人："你叫什么名字呀？"

偏头看他,他也转过来看我,眼神温柔,认真地告诉我:"谭飨,字雁期。'屈指秋风与雁期,阳关西去到何时'的'雁期'。"

我跟着轻声念了一声:"雁期……"

听闻,他的脸红透了,却大大方方,毫不扭捏。

我读到过这首诗,本朝一百年前的奇女子太安公主和亲离去时就吟唱过这首诗,下一句是"侧身一望肠堪断,天似穹庐碧四垂"。当时的齐帝听到这首诀别诗,痛哭叹息:"吾愧对太安。"那时候我就觉得,凉州那么远,她一定很想家。但太安公主是个心豁达的女郎,她深知阳关西去凄凉,却也看到了天似穹庐。

他应当也是这般朗朗少年。

此时周围的人流不似之前那般密集,看来昌延街的火势得到了控制。谭飨仍走在我的外侧护着我,他两颊红意未散,轻声询问我:"在下失礼,请教女郎芳名。"

我怔住,一时间不知该如何作答,我到底是回答宋知弗呢,还是阿织?

若我说名为宋知弗,可天下皆知,宋行川的女儿宋知弗早在十年前就死在了大牢里。若我说名为阿织,那我如何介绍自己?难道要说自己是程憔的外室吗?……我看着身旁光风霁月的少年,突然有些自惭形秽,我不是三年前的阿织了。

何必让他知道这些?我想,又不是什么值得宣扬的好事。

忽然就看到了善善。小侍女朝我奔过来,已经哭成了泪人儿。我替她擦了擦眼泪,第一次做安慰别人的事情,还有些笨拙。

"我没事的,你不要哭,不要哭呀!"

善善说不出话,旁边的侍女们不知从何处冒出来,已经备好了马车。年长的一个大侍女向我行礼,俯身在我耳边轻语:"将军在等您,望夫人速速归去!"

谭飨早已走到一旁，以示非礼勿听。

我在侍女的催促下上了马车，回头望了他一眼。他看着我，欲言又止，最终朝我微笑，继而目送着我走远。

雁期，真是个温柔的名字。

善善说得对，谭飨和程憷是不一样的人，不可作比。或许以后也不会再相见，我也未能告诉他我的名字，不过这都不重要了。

这般好少年，我便祝他此后能乘长风破万里浪。

也愿他永远清朗，永远明亮。

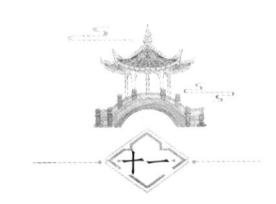

十一

坐在马车上，一路摇摇晃晃，还是回到了府邸。

小侍女善善哭得太惨，眼泪多得差点儿把我淹死，好不容易止住哭声，她的眼睛已经肿成了两只桃子，眼皮泛着浅浅的粉色。我给她递了一路的帕子，也亏得马车里帕子备得多。

我刚进大门，守在门口的侍女便向我行礼："夫人，将军在书房等您。"

假装没听到，我越过侍女，带着人回到了院子。今夜虽遇到了一点儿不愉快的事情，但是我还是快乐得不得了，所以暂时不想看见程憷，免得坏我好心情。

善善劝我："夫人还是去吧，将军定然还在担心您。"

我左着性子，不愿意。

回到院子后，在侍女的服侍下，我迅速沐浴更衣，准备早些歇息。等到收拾好自己，已经快亥时了。赤着脚坐在床上，刚准备休息，几个大侍女来了,程憺还是要见我。

"我不去!累了,要睡觉!"

我一口回绝,转身便想要躺下。其中一个大侍女朝我跪下,另外几个跟着跪了一地:"求夫人怜惜。"

看了她们良久,今晚的好心情被毁了个彻彻底底。我咬了咬牙,下了床,随意把鞋子一趿,经过侍女们身边时,气哼哼地留下一句:"走吧!"

我倒是要看看,程憺到底在玩什么把戏。

几个大侍女感激涕零,程憺不会拿我怎么样,可对她们就不一定了。我几乎是一路冲到了书房,刚进去的时候,还有点儿不适应,毕竟我已经三年未来过这里。我不愿意甚至是抗拒来书房,于我来说,这里的记忆实在是太难堪。可程憺非要戳我痛处,我便如他所愿,来和他打打擂台,反正输的人不会是我。

书房内没有点灯,昏暗得紧,我瞧见程憺站在窗边,月光洒了他一身。

我正是生气的时候,在心里连连讥讽程憺,装什么惆怅客。趿着鞋子,踩在柔软的地毯上,我冲到他身边,凶巴巴地质问:"找我做甚?!"

下一刻却闻到他身上的酒味。

我立刻觉得不妙,不想和疯狗计较,转身便走。但程憺速度快得令我眼花,回过神来时,我已经在他怀里了。他双臂箍着我越收越紧,我只觉得骨头都快要碎掉了。我打了个冷战,程憺喝了酒,怕是要对我发疯。

三年前,也是这个时候,本已睡下的我被侍女请到这个书房,见到了喝醉发疯的程憺。

第二日,下人口中的我,从女郎变成了织夫人。然而程憺酒醒后连一句道歉都没有，消失了整整一个月，再次出现在我面前时，他没有丝毫羞愧，一脸的理所当然，毫不避讳地把我抱进怀里。

"怎的瘦得这般厉害？"

我想问问他："你真的不知道吗？"他当然是知道的，只是不重要，或者说他不在意。

谁在意我那一个月到底是如何过来的呢？

虽自小便被关在这里，可我知道什么叫廉耻、什么叫伦理。从前可敬可亲的长辈，我无论如何再叫不出一声"程叔叔"，一夜之间天翻地覆。

我一遍又一遍地沐浴，用帕子狠狠地擦洗自己，身上留下一道道红痕，可总觉得洗不掉程憎的气味。我恶心他，也恶心自己，害怕看见下人们鄙夷的眼神，便把自己关在房间内，再不肯出去。渐渐地，我开始不想进食，侍女们哭着求我，但我只能强忍着喝下些稀粥，一个月便瘦得皮包骨头，眼窝也凹陷下去。

那时的我已经没有力气起床了，整日躺在床上不言不语，呼吸微弱，满心都是厌弃。

程憎便是这个时候出现的，我从混沌中稍稍清醒的时候，他已经站在我床前了。我不知道他是什么时候来的，但无所谓了。他见我睁眼，便把我抱起来，靠在他怀里，手放在我腰际，问我："怎的瘦得这般厉害？"说着便要亲手喂我吃东西。

我胃里一阵翻滚，喝不下。他见我抗拒，便把勺子放在一边，直接端起碗自己喝了一口稀粥，强硬地渡给我。我被逼着吞下去，觉得恶心得紧，他的唇一离开，我便扭头干呕。见他还准备再来，我用最后一点儿力气，打翻他手里的碗，以示抗拒。

他不生气，只是吩咐再拿一碗温好的粥，看来是存心和我杠上了。

我看着眼前这个人，只觉得荒唐又可笑，他这又是做什么呢？摆出这副姿态,倘若当初能对我有一丝怜惜,不要碰我,我何至于变成今天这副凄惨模样?

心里有如刀剑乱绞,羞耻感不断冲击着我,整个人喘不过气,只想就这么去了。可程憺不许,我也高估了我自己的毅力和耐性。当他再一次含着一口粥准备贴上我唇的时候,我的眼泪顺着脸颊流下来,开口说了一个月来的第一句话:"不要碰我。"

太久没说话,再加上缺水,嗓音实在算不得有威慑力,但成功地阻止了程憺的动作。他吞下那口粥,对我说:"织织不乖,不吃东西,我便亲口喂你吃。"

我睁大眼睛看着他,眼里含着泪水,满满的厌恶和拒绝。

程憺用大手轻轻遮住我的眼睛,继续说:"织织还要继续饿着自己吗?"

我看不见他的脸,用自己微弱的声音坚定地一直冲他喊:"我恨你……我恨你……我恨你……"

他肯定听见了,手掌抖了一下,应该是觉得我可笑吧,毕竟我的恨意于他来说实在是没用得很。

程憺一直遮着我的眼,我看不清他的表情,只听到他对我说:"织织要恨我便恨吧,只是真就甘心吗?我比你大了十三岁,你这般不吃不喝,是要走在我前头?不过没事,你去后,我自会长命百岁,儿孙满堂……明年清明我会给织织烧纸的,如果我还记得你的话。"

我听得火大,凭什么你过得和和美美而我却死得凄凄惨惨?你还想长命百岁,儿孙满堂?如你这般下流无耻的人,竟也配生个大孝子?如此我偏要活得比你长久,亲眼看看你晚年凄惨儿孙离弃的模样!

于是我不知哪里来的力气,竟然推开了程憺的手,抢过那碗粥喝得一干二净。喝完,我捂着肚子,勉强止住胃里的恶心,抬眼看向他。

程憺居然笑着说:"阿织是舍不得程叔叔吗?"

话音刚落,他和我都愣住了。

程叔叔?他算哪门子的叔叔!

真是可笑至极!

我心绪激动起来,刻薄地讥讽他:"你这个叔叔让我恶心!你不配!你不配!"说完便挣扎着要从他怀里离开。

程憺不再说话,抱起我放在床上。我立刻转身不再看他,他便站在我身后良久。久到我快要再度陷入混沌时,似乎听到他轻轻叹息了一句。

"那配做夫君吗?"

我心想着,怕不是在做梦。

接着,我便失去了意识。

十二

从繁乱的回忆中抽离,我可没忘了自己还在发酒疯的程憺怀里。

他从背后抱住我,在窗旁的椅子上坐下,把头搭在我肩颈上,温热的鼻息夹杂着酒意喷在我锁骨的皮肤上,带起一阵痒意。

我动不了,也不敢动,生怕惹得他发疯,我招架不住。可他一直没有动作,我心里那点儿忌惮便渐渐消了下去,开始用手去掰他环在我腰间的手臂。他的力气太大,我又想早点儿回去睡觉,于是烦躁起来,语气变得不大客气。

"放开我!"

"你不睡觉,别人还要睡呢!"

可他不理我,仍旧抱着我不撒手。

我气极:"你发什么疯!"

不知是这话戳到了他哪个地方,程憺一把连着我掰他的手也禁锢住,这下我是真的毫无反抗之力了。他隔着布料吻了吻我的肩头,轻喃道:"我确实疯了。"

我皱起眉,他要发疯就发疯,只要不波及我,怎样都与我无关。

可程憺不依不饶,他引诱了我,而我掉入了圈套。他极平静地问我:"来,阿织告诉程叔叔,今日昌延街失散,真是因为火势,还是阿织自己想要离开?"

听到他自称"叔叔",我心里怒火越发旺盛,暂时失去了思考能力,所以才会在听到后面那个问题后身体一僵,也不出声了,看起来颇有闪躲的意味。落到程憺眼中,我不开口便成了默认。

我不得不承认,程憺还是了解我的。我确实在失散的那一瞬浮现出了离开的念头,可我不蠢,妆奁里的银票,我一张都没有带上,身无分文,我要靠什么生存下去?我清楚地知道,这些年自己被养得四体不勤、五谷不分,身体也是病弱不堪,早已成了废人,就算离开了,又能去往何处呢?

细细一想,我除了这座府邸,竟是无处可去。

程憺强势,绝不会轻易放过我,不管我如何逃离,最终还是会被他抓回来。再者,若我逃了,那些侍女怎么办呢?善善受的苦已经够多了。

所以我回来了。

身后程憺似乎是苦笑了一声,他的声音有一点儿疲累。

"有的时候,我怀疑织织是没有心的……织织,我醉了,你不能推开我。

"八岁的阿织来到我身边,长成十八岁的织织。我总担心你过得不好,可不知道该怎么去对你好,便恨不能把天下间所有的好东西都捧给你，可你不喜欢。"

他的手掌覆上我的脸，问我："你要什么呢？织织……你告诉我，好不好？只要你听话，想要什么我都可以为你寻来。"

我冷笑一声："你看，我说你虚伪，这便是了。'只要你听话'，要我听话，便什么都给我，可我若说想要离开——"

"不可能。"程憺打断我，说，"织织要听话。"

"这不就是了？"我讽笑他。程憺此人，真真是虚伪到昌延街了。

他也不为此辩解，默认了我的话，还厚着脸皮继续与我诉衷肠："……织织要记住，别人都是恶人，只有我才会真正对你好，织织就不能喜欢喜欢我吗？"

喝醉酒的人都是这般令人糟心的吗？程憺不放手，我也没有法子，只好继续坐在他怀里，心里烦得很，平时也不见他这么聒噪。可他又突然在我耳边炸开一句："织织是不是看上了那同行的小郎君？"

我心头火又起，这又干别的小郎君什么事了？

"若要发火，尽管冲我来便罢了！何必拿别人做筏子？又发什么疯！"

程憺突然把我抱转过来，看着我的眼睛冷硬道："织织最好不要喜欢上他，我会忌妒。"说罢又温柔下来，吻吻我的脸颊，"接近你的人都是另有所图，织织别被一张脸皮哄骗了。"

看到他这个样子，我身上起了一层鸡皮疙瘩，他这是又犯哪门子癔症了？今夜的程憺实在是太反常了，像是回到了少年时候，丝毫没有平时的奸猾和故作高深。我心里嗤笑，若是他年少时，真有女郎喜欢这般模样的他，那才真是瞎了眼。

今天晚上，程憺没有碰我。倒不是他多仁慈，也不是他良心发现了，而是因为有紧急的事务，下属已经求到了书房门外，他只好放下已经伸到我锁骨处的手。

我松了口气。

走出门的时候，程憺回头望了我一眼，眼里还有未消散的欲念，面上表情似乎是遗憾，他居然还留下一句恋恋不舍的"我明日再来看你"。

我恶心坏了。

还真以为自己是少年郎了？

十三

可程憺并未像他所说的"我明日再来看你"。我还以为，他是酒醒了之后意识到自己失态，臊得慌，不好意思来见我。但善善告诉我，程憺又去打仗了。

栎阳令反了。

反贼逃窜到了与汾阳相隔不远的栎阳。栎阳令一想到自己如若落在昏聩的齐帝手里怕是也没有好下场，索性大开城门，投了反贼，成了反抗乱政、揭竿而起的义士。而程憺奉旨围剿反贼。

"将军便是太忠君了……齐帝三十岁才继位，今年都四十有七了，却连一儿半女都没有——不过也难怪，早些年耽于美色，早就亏空了身子，生得出来才怪！"

"真是活该，也不看看百姓们都被他祸害成什么样子了。"

善善知道府里像个铁桶一样，不会把她说的话传出去，可劲儿地骂了齐帝一通："……他要美人，宦官们便四处强掳；他要珍奇异宝，侍卫们便闯进民宅搜罗；为了给他的宠妃建一座娇娃馆，到处搜刮民脂民膏，修了三年了，到现在都没有完工。

"百姓卖妻典子，无家可归，到处都是流民，到处都在起义。这些叛军攻占了不少城池，汾阳便是其中一个。我不恨暴民走投无路诛我父亲，我只恨齐帝无能，下令我父亲死守汾阳，却又不派出援军，才使得整个汾阳惨遭屠杀……"

我听善善说没有援军，问她："程憺呢？"

善善已经习惯了我直呼程憺姓名，并不意外。她回答我："汾阳被困是一年前的事情了，那时候将军远在白虎复夷，与汾阳隔了两倍路程，根本赶不及，再有——"善善愤怒地控诉，"他根本没有派人通知将军！等将军知道汾阳被困，我父亲都已经去世半个月了！而我也在地窖中藏了半个多月，后被将军派去的人找到，送来京陵……直到前些天，管家才把我安排进来侍奉您。"

不难听出，善善的声音里满是感激，她也极力在我面前为程憺说好话。

"夫人，将军对您真的很好。"

"您是没有见过他在外面的样子，从来不笑的，对所有人都很严厉，包括对小郎主，将军都是不假辞色。可独独对您，包容得可以说是溺爱……"

善善后面的话音越来越小，她也知道我不会把她怎么样，索性把程憺身上的优点夸了个遍。

我左耳进右耳出，只拣感兴趣的话听。

"之前小郎主在课上顶撞了夫子几句，将军拿着鞭子，抽得小郎主皮开肉绽，半夜了还压着他去向夫子赔罪……整个京陵都知道，将军是个极严苛的人，但也令人敬佩，若不是将军，大齐早就被凉州西金长驱直入了。将军遇见那些可怜的百姓都会尽全力救助，他的仁慈天下皆知。"

我"哦"了一声，善善也不知道我听进去多少，无奈极了。

"夫人——"她娇声嗔我。

我连忙说道："好好好，程憺好。"

善善泄气，知道我这是假装没听见。

"不过……"我凑向她，"那个小郎主挨打是怎么回事？"

小侍女叹了口气，继续任劳任怨地和我谈天说地："小郎主便是将军的长子程憺。"

我打断她："我知道——我还知道他比我小三岁，是未来的程氏家主。"

母亲在大牢里告诉过我，她还特意提起了程憺，说让我以后见到他的时候要记得对他好。我不明白，但是母亲怎么说，我便怎么做，虽然我至今还未见到他，不过一个十五岁的孩子罢了，况且以我现在的身份，见不见他也不要紧了。

善善气闷，甚觉英雄无用武之地："您都知道干吗还问我呢？"

我理直气壮："我要听他挨打的详细过程。"

"您可真是……"

小侍女对我喜看热闹的行为表示无可奈何，但是她向来是个小话痨，对着我更是憋不住话。

"说来话长，是将军刚打仗回来的时候，带回了个怀孕的女子——"

说到这里，善善吐了吐小舌头，见我听得津津有味，继续说道："母主容人，替那女子抬了个贵妾名分，安排了上好的院子给她养胎。小郎主心疼母亲，却又不能置喙什么，那日入学，态度便不好了些，所以才顶撞了夫子几句，引来了一顿好打。"

我听母亲说过，程憺的妻子姓王，比他大了十岁，两家早就订好了婚约，以程氏母主的要求教养王氏嫡长女郎，却没想到程憺在王女郎十岁的时候才出生。王女郎的年岁虽大了些，但这婚约不可废除，于是程憺在十五岁的时候迎娶了二十五岁的王氏女郎，第二年便生下了孙辈的嫡长子程潽。

善善还在讲:"小郎主虽有些年少气盛,可也是有真才实学的,倒也能算得上文武双全。不过,京陵的人一提起他,印象最深的倒是他因少年气,挨了不少打。"

"我也才来京陵一年,可听说小郎主挨打就听了七八次……"

我捂住嘴乐得不行,典型的幸灾乐祸。小侍女十分谴责我这样的行为。我心里觉得好笑,又想起我现在是程憯的外室,若是他知道我的存在,定会再闹出些事,又挨一顿打?反正是不得而知的了,何况程憯出去打仗,也动不了手。

"对了,那个妾是怎么回事啊?"

我是真的好奇,而善善一开始还以为我是在吃醋,也不知道她小脑袋里面到底装了什么,老是想到这些事情。她嘿嘿一笑,促狭地看着我,可爱的小脸上竟然隐隐显得几分猥琐……

"夫人——"她拉长声音,"要说将军这妾嘛,我也不是很清楚。不过在我刚刚进来前,京陵就已传得沸沸扬扬,说是将军去燕原平反时结识了燕原令家的这位女郎。一说是那女郎心悦将军,自己爬上了将军的床。还有一说是燕原令摇摆不定,于是将自己家的女郎献给了将军,作为试探。将军为了安抚他,不得不接受这个女郎。再加上这个女郎怀了将军的孩儿,于是将军将她带了回来。母主念及她父亲的身份和肚里的孩子,便给她抬成了贵妾,倒是比一般的妾的待遇好些……不管怎么说,将军真的是太辛苦了,那燕原令真是可恶!不管是哪种情况,将军都要为此负责。还好百姓都知道将军是什么人,不然还不知道怎么传闲话呢!"

善善这话说得程憯多贞烈似的。

我无语,他辛苦?这算辛苦?不仅白得一个美人和孩子,所有的坏名声还被推到了别人身上,自己倒是干干净净的,装什么无辜、清纯?那女郎知道自己被百姓如此嫌弃,怕不是要哭了。

不过——

外面的人对程憺的印象竟都如此好吗？这可不是一朝一夕能办到的事情，该是用了不少心思。

果然，程憺这厮心机深沉，惯会做戏。

十四

可我没想到，程憺这一去便是两年。于我来说，这可真是……意外之喜！

这两年，我过得极快活。或许是心宽体胖，自十五岁起便没有再生长的我竟然长高了一指。最重要的是，胸衣的尺寸大了不少，穿衣裙显得腰更细，更好看了。于是又做了好些裙摆宽大的衣裙，毕竟我爱美得紧，反正院子里没有别人，我便热衷于打扮自己。

虽然还是不能出府，可好在有善善在，院子里近身的侍女仍是来来去去，但是善善一直留在我身边。她在，我便极少有无聊的时候。

我们把府邸能玩的地方折腾了个遍，且越发异想天开，后来直接发展到把花园里的泥巴挖出来造一座鱼塘。我每天都会弄出些幺蛾子，管家被我们搞得实在头疼，说又说不得，去信给程憺，程憺说无碍，便只好任由我们去。

程憺的私侍每月都会送来一封信，我向来是不会主动去看的，善善拿我没法儿，便念给我听。

我也不是很想听，左右不过一些询问、叮嘱，长辈似的口吻，听了就烦。

可善善说，我不回信便罢了，人家来了信，我连看也不看，实在失礼。

这两年，善善越发像个大人般管着我，我却还是以前的性子。她老是唠叨我冷淡，我听得头大，都怕了她了。待程憺冷淡这一点，我无法否认，确实，除非来信，不然我绝不会想起他，我又不是吃饱了没事干，想他做甚？

善善便絮絮把信念出来，逼着我听。

刚开始我还生气，问她到底和我好还是和程憺好，老是向着程憺说话。

小侍女不服软，说自己才不像我一般不讲理。接着好几天，善善都不理我，后来还是我巴巴地去找她，不说话，却老是在她眼前晃，两人都忍不住破了功，然后各退一步，约好：我听她念信，她便不再和我生气。

其实也没什么，不过是听她念几封信而已，又不会少几块肉。我隐约猜到这是善善留在我身边的条件之一。

罢了，糊涂点儿好。

程憺哪里有玩伴重要呢？

而此时我坐在秋千上，慢悠悠地荡着，善善几乎是凑在我耳边，声音像打雷，一字一句念完了那封信。

"你说什么？！"我手一抖，差点儿从秋千上掉下去，"……程憺要回来了？！"

"夫人这么激动做甚？"善善看着我得意地笑了，接着促狭道，"看来是得知将军要回来，太过惊喜，才如此失态？"

我平复了一下心情，突然得知程憺要回来，我确实深感意外，以至善善说我惊喜过度。

只惊不喜。

我巴不得他别回来，免得烦我。

十五

程憺说他要回来,却没说什么时候回来。我提心吊胆了半个月,见他一直没来,索性把他抛到脑后,和善善继续过起之前的日子,每日把府里弄得鸡飞狗跳,人仰马翻。看见管家和侍女们忙成一团,我心里总有种恶作剧得逞的快感。

第一次有人陪我这般长久,和善善在一起玩耍真是快活极了。

我喜欢善善。可我才不要告诉她,若她知道了,心里得意,怕是身后的尾巴都要翘到天上去。想到小侍女神气的脸,我可没忘了她今程憺却说我不讲道理的时候。

时间一久,我便忘了程憺要回来的事,可事实证明,人不能高兴得太早。

翌日一早,善善便拉着我来到花园。之前我们命人用泥巴堆的池塘早就养了好些鱼。昨晚上突然想起里面还没有栽藕花,如今不冷了,最适合摸鱼。我本不想去,站在淤泥里摸鱼,把自己弄得脏兮兮的,狼狈得很,可架不住善善的奇思妙想。

她贼溜溜地转着眼珠,劝我:"夫人去玩一玩嘛,反正也没有别人看见,试一试喽。

"善善和您一样,还没有摸过鱼呢!

"我们把鱼捉上来,再自己生火,架上烤着吃。"

我不可避免地心动了,但还是有一点儿纠结。善善一眼看出我摇摆不定,立刻把理由推到别人身上:"之前管家命人挖池塘的时候,心痛得快滴血了,咱们去抓鱼烤了吃,正好可以安慰管家,这是物有所值。"

我半信半疑，想起管家之前怪罪我们暴殄天物的眼神，以及被我们气得皱皱巴巴的苦脸……真的会被安慰到吗？

小侍女肯定地点点头。

我立刻抛去那点儿疑惑。管家一直任劳任怨，为了让他老人家开心，我便牺牲一下自己，奋不顾身一次，去摸摸鱼好了。我和善善在衣柜里左挑右拣，就是没有找到简单方便的裙子。

善善无语："就真的一件也没有？"

"好看嘛……"

我小声辩解。

不得不承认，我是个极爱美的人。柜子里全是精致华美的衣裙，虽然不善舞，却做了好多繁复飘逸的舞衣，除此之外，还有更多拖曳累赘的裙子，只为了穿着好看，近来更是喜爱裙摆宽丽的破裙。要想找出一件不繁复的简装，还真是有些困难。

不过，什么都难不倒善善，她给我找了一套侍女们穿的新衣服，我也不嫌弃，试了试尺寸，发现正合身。穿上后，我便跟着善善去摸鱼。

此刻我脱了绣鞋，蜷着脚趾，站在鱼塘边上，还是有些犹豫。善善倒是脱了鞋，跳下去了。

我看着她的脚踝一下陷在淤泥里，惊了一瞬。

好脏！

可小侍女转身期待地看着我。我咬了咬牙，一只脚试探性地慢慢踏进泥里，冰冰凉凉的塘水霎时没过我的小腿，整只脚已看不出原本玉白的颜色。反正已踏入一只了，我索性不去想太多，干脆另一只脚也踩了进来。

其实感觉还不错。

然那些鱼实在狡猾，我和善善徒手去抓，居然一只都没有抓到。还说去烤鱼吃，结果连鱼鳞都没摸着。不过我玩儿得倒是极快活，心里隐隐有种打破了规则的快乐。

人不能得意忘形。我正在兴头上的时候，有条鱼游到我旁边，慢悠悠地晃荡，我心里自信，觉得自己定能捉住它，却没想到那鱼在我捉住它的一瞬间迅速扭了个身，从我的掌下逃脱了。而我一个不稳滑坐在淤泥里，裙摆和袖子湿透了，糊上黏糊糊的淤泥，脸上也溅了泥点。

我还从来没有这么狼狈过，身上脏得不行。

善善赶忙来扶我。我懊恼极了，又庆幸还好没人看见。可就在我带着一身泥从水里站起来的时候，不经意地转头，看到了站在廊桥里的程憺。

我还以为自己眼花了，闭上眼睛，再睁开，程憺已经朝我这边走过来。

他真的回来了！

我面无表情，心里却觉得丢脸。

程憺总是三言两语便能挑起我的怒火，所以我不能轻易被他激怒，这样显得我心胸不够坦荡，会更没面子。

他径直走到塘边，离我不过三步之遥。

"织织，我回来了。"

我站在泥水里看着他，两年未见，竟有些认生。

程憺好像黑了不少，下巴上布满淡青色的胡楂儿，眉目硬朗，整个人的气势更加凌厉，如宝刀出鞘。他蹲下身，朝我伸出大手："我回来了。"

我没理他，眼角余光里善善在悄悄溜走。小侍女把我给卖了，卖得干干脆脆。没来得及细想，下一刻我被程憺一把抱起，裹着拖泥带水的衣裙缩在他怀里，难得没有顶撞他。不是因为感动，也不是因为弄脏他的衣服不好意思，而是因为眼前的程憎于我而言太陌生了。

我想顶撞他，都不知道拿什么做筏子。

就这样，我被他一路抱进了院子。侍女们已然备好了温水。程憎把我放在院子里的凳子上，接着蹲下来，给我洗脚。那双大手捏着我的脚，轻轻搓了搓，露出了原本白皙的颜色。程憎把我的脚放在手掌上，他的手太大，比我的脚还要长。

他盯着我的脚，看得极认真，视线太热烈，刺在我脚上，我忍不住动了动脚趾。

程憎伸出修长的食指点了点我的脚趾，抬眼看我。不等我发怒，他又迅速给我穿上干净的绣鞋，抱进了屋子。他一出去，侍女们就动作麻利地为我沐浴洗头，换上衣柜里的干净衣裙。那套侍女衣裙被我留了下来，吩咐她们洗干净后放在箱子里。等我弄完，程憎早已收拾齐整。

他在等我。

两年未见，我对他的厌恶，似乎淡了一点点，取而代之的是茫然，以及距离感。

十六

我最想不通的便是，我明明长了一指，可站在程憎面前，仍旧只到他胸膛。但我知道自己一定好看了不少，毕竟程憎看着我时眼里的惊艳毫不掩饰，还夹带着吾家有女初长成的欣慰。

"织织真好看，身上的衣裙也美。"

我不屑理他，程憺夸得太刻意，明眼人都看得出来我好看，也不差他一个。

"……是新做的吗？"

之前的距离感突然消失，眼前的还是那个自作多情的程憺，这话听起来，好像是为着他做了裙子似的。不过我暂且忍下了要顶回去的话，眼皮一颤，躲过程憺伸过来的手，自然地走到院子里。现在虽是白日，可若一直待在屋子里，依着程憺那不知羞耻的性子，还不知道要做出什么下流的事情。

也不知道程憺看出我的小心思没有，才不管他呢，就算他看出来了，我也不怕他。

到了院子里，我坐得离程憺远远的，他好笑地看着我："织织离得我这么远做甚？"

淡粉色的指甲刮石桌上的纹路，我连眼皮都不抬。

"避嫌。"

程憺不可思议地看着我，该是万万没想到我会丢给他这两个字，继而朗笑出声。他朝我走过来，强硬地把我搂到怀里，在石凳上坐下："……我们避哪门子嫌？你哪一处我没有见过？嗯？"程憺鼻尖碰着我额头，轻轻开口反问我。

言语露骨，我一时找不到话来反击，只能梗着脖子胡搅蛮缠："就是要避嫌，哪个像你一样，不知羞！"

我可以清楚地感觉到自己的脸开始发热，不用想，肯定是红了。暗暗恼恨自己不争气，可也意识到程憺比起以前更不知廉耻了。之前的程憺都让我头疼得不行，如今他越发难缠，今后怕是要烦死我了。

他果然不依不饶，非缠着我取笑："织织脸红做甚？可是害羞了？"

我恼火得不行："你好烦啊！"挣扎着想从他怀里下来。可程憺不许，他紧紧抱着我，与我贴得近，自顾自地对着我说话，也不管我听不听。

"两年不见,织织长大了。管家来信说,你在府中调皮捣蛋,日日胡闹。我刚才在廊桥上看着,你确实是比从前活泼了许多,连泥巴都不嫌了……虽然看着长大了,却还是个孩子样。"

我听他絮絮叨叨的,实在扰人,出声打断他:"别的不说,比起你,我倒的确是个孩子。你都三十三了!"

程憭被我堵住,耳边终于清静了,但没过几息,他幽幽的声音自我头顶传来:"……织织这是嫌弃我老了?"

他的语气有点儿不对,我心里发毛却不愿低头:"本来就是,再大上一两岁都可以做我父亲了……"

话虽难听,却是事实,只是别人不敢说,我坦诚,敢说出来罢了。可程憭不够大度,极介意别人说他老,靠着我的耳朵阴沉沉地低语:"织织的父亲倒是不敢当,可织织孩儿的父亲,却是可以当一当的。"

我心里当即便有了不妙的预感,下一刻程憭抱着我起身,果断地朝屋内走去:"看来织织想做阿娘了,旁敲侧击地提醒我,倒是我的疏忽。"

我睁大眼睛,这人好生不要脸!

"既然织织求子若渴,那我只好辛劳一下了。"

十七

以前善善给我讲小娘子私奔的故事时,总是会因故事结尾男人背信而愤愤不平,她还和我说,男人说话算数,母猪都能上树。

想来这句话确实有其道理。程憭说他"辛劳"一下,却不想这一下就"辛劳"了好几日。我揉了揉腰，酸痛得我差点儿叫出声，心里冷笑，可真是太"辛苦"他了！这几日来得这么频繁，倒也不怕闪了他的老腰！

善善捧着绣女刚做好的一双鞋，兴冲冲地跑进来，看到我面上的冷笑，抖了抖小身子。她小心翼翼地问我怎么了。我哽住，不知如何开口，压下心里的火气，默念道："不能教坏小孩子，不能教坏小孩子……"等到平息下来，才看着善善手里的绣鞋道："这么快便做好了吗？"整日无聊，我只能把心思都花在穿衣打扮上，借以消磨时光。

小侍女见我恢复正常，快活地回我："夫人，您看，这里绣的小兔子和桂花，真不真巧？拿来配您那套嫦娥抱兔的破裙，倒是相宜得紧。"

我想了想自己那些好看的衣裙，心情终于好起来。刚好善善问我要不要试，我便立刻从躺椅上直起身，连袜子也不穿了，接过来便穿上，心下满意，这双绣鞋确实好看。

善善见我开心，也出声夸我："夫人穿什么都好看。"

我脸上的笑意淡下来。

小侍女鼓着脸颊，看看有些委屈，不知道自己说错了什么。其实真的与她不相干，都是程憺惹的。看着小侍女可怜兮兮的样子，我扶了扶额，安慰她："不干你的事，是其他的原因……算了，我想静静，你先自己去玩吧。"

于是善善一头雾水，委屈巴巴地出去了，隔一会儿又探头进来说："将军让私侍回来转告您一声，不必等他用晚食，今晚他不来。"说完又脚底抹油似的溜了。

我无语极了，程憺莫不是以为，他若回来，我就会等他？真是思虑过多，我压根儿就不在乎他来不来这里……不，他不来更好。还臆想我会等他用饭，疯了吧？他什么时候能改改这个自作多情的毛病？

我脱下绣鞋，继续趴在躺椅上，有点儿气又有点儿闷，可气着气着……就睡着了。醒来后，天已经暗了，整个下午都被我睡过去了。今天下午睡得太久，晚上怕是睡不着了。我打了个哈欠。算了，先用晚食最要紧。

动了动鼻子……是红烧兔子！

小兔子可爱啊，简直是可爱到我心里去了。于是我开开心心地吃了两碗饭，把自己吃撑了。晚食后，我在屋子里走着消食，等到差不多了，又收拾好了上床睡觉。我看了看帷幔，心里又开始难过。

饱食终日，无所事事。

如此还要几年，又或者几十年？

大抵我真的只能稀里糊涂地过完这一辈子。

十八

程憎是隔了十几日才再次来到府邸的。这回他一来便告诉我，要我离开府邸，去往程府。

我乍一听还反应不过来，等听明白了，心里却五味杂陈。

明明盼了这么久想要离开这里，可如今真要离开了，我却胆怯了。在这座府邸待得太久了，而程府又是一个我不熟悉的所在。

程憎见我脸色不好，抱着我哄劝。

"织织莫怕，里面的人都不敢欺负你的。你若去了，还可有人陪你玩耍，不如这府中寂寞，我也能时时见到你。最近有极其重要的事情要做，忙碌得很。织织在我眼前，好叫我安心。"

我不说话，其实我也不知道要说什么，最后我问他："那我可以时时去昌延街玩吗?"

程憺说外面不安全,恶人会掳走我的。

我又问他:"那我可以不去吗?"

他微笑着,坚定地对我说,不可以。

"你看,我想不想去有什么要紧呢?"我心里早知如此,语气清冷,"你每次都是这样,从来不会真正在意我的感受。"

不过是从这一个笼子出去再住进另一个笼子罢了,我还是那只雀儿。不同的是,这个笼子只有我一只雀儿,另一个笼子里却住了更多的雀儿,挤得让人喘不过气。

我看着程憺的眼睛,清清楚楚地告诉他:"我不想去。"

程憺的笑意渐渐消散,他深深地凝睇着我,良久才开口:"织织听话。"

听后心里便烦躁,每一次都是这几句话。"织织要乖""织织听话",翻来覆去,直听得我胸口发闷。我有任性的选择吗?程憺从未给过我真正任性的机会!

就如同此刻,程憺只给我一句"族中长辈已知你的存在,织织,我不是在询问你"。他是在告知我。

"你要听话。那里早已准备妥当,只需要你过去便可。"

他的语气很淡,我知道他没有生气,他只是觉得我听不听话也不要紧。程憺说了要我去,就不会只是说说而已。

那个笼子华丽吗?

那里的人和这里的人一样吗?

别人看我的眼神是怎样的呢?

这些我都不得而知,我也不问他,只是心里又开始难受,又想大哭一场。虽然知道没什么用,也知道不会改变程憺的决定,但是让他烦一烦也是好的。所以我不看他,也没有哭出声音,就只是坐在他怀里大颗大颗地掉眼泪。

果然，程憺见不得我这般，他抱着我的手紧了紧，拍着我的背，无奈极了。

"怎的委屈哭了？"

心里的烦闷使我的泪水十分丰沛。我不理他，继续掉眼泪，反正不能我一个人难受，也要折磨他一番才好。可程憺哄了我好长一段时间，还是一副看似很好说话、实则油盐不进的样子。

我都哭得厌烦了，他还没哄得厌烦。

好没意思。

干脆地收住眼泪，我又不傻，既然对他没用，我又为何白费力气？这些无根之水留给程憺，还不如留给我五脏六腑里的小兔子。

我从他怀里站起来，把他推到门外去，再将门重重关上。他也算识趣，不曾反抗，随着我的动作出去了。我没想太多，管他会不会生气呢，至少今晚让我可以不看见程憺，免得让我更憋屈。

可程憺就是有让我更憋屈的本事。

第二日，我是在摇摇晃晃的马车里醒来的，头还枕在善善腿上。从她身上爬起来，我有一瞬间的错乱。

善善嬉皮笑脸地唤我："夫人……"

这时候程憺掀开帘子进来了，再对上善善心虚的脸，我好像明白了什么。怪不得……我昨天晚上睡得那么沉，善善居然又把我卖了！

程憺让善善出去，小侍女忙不迭地溜了。

看着我明显已经黑了的脸，他觉得好笑，搂住我，脸不红心不跳地哄骗："大概是昨天厨女刚好做了些助眠的饭食，才让织织睡得这般沉。"

我盯着他，半响："我看起来很像傻瓜吗？"

程憺厚着脸皮承认："可织织上了这马车，已经回不去了。"

我低头看了看自己，穿得整整齐齐的，又伸手摸了摸头，发髻都给我绾好了，还说他不是早有预谋？程憺只当没看见我的眼神，拿起一旁的珠钗，帮我一支一支戴上。

事已至此，再闹便是和自己过不去。透过窗棂看了看天时，微微亮，想来该是还在路上。我闭上眼睛，轻轻靠在软枕上，懒得再同程憺缠缠绵绵地吵架。他也算知趣，见我不再准备抗拒，便喊来善善，自己下了车，去骑马。

善善一上来，我便睁开眼，似笑非笑地看着她。

她自知理亏，"嘿嘿"一笑，开始狡辩："好夫人，人家也是没办法嘛！"

我不说话，就那样看着她，看得她心里毛毛的。过了好一会儿，我才"哼"了一声，复又闭上眼睛。

"偏心。"

十九

到程府大门的时候，天已经亮了。

善善扶着我下了马车。站在门前，我迟迟不肯进去，突然就想缩回马车里，把自己藏起来。

这个笼子，不是我住惯的那一个。我是以什么样的身份进去呢？程憺的外室吗？直到此刻，我才清楚地意识到，我已是程憺的女人，无论他要我如何，我都拒绝不得。他若不许我出去，那我这一生便都要待在这里面。而我不愿意承认甚至抗拒自己是属于他的。

我不想，不想，不想，一点儿都不想这样。

为什么要禁锢我的自由?

或许是我的抗拒太过明显,程憺走到我身边,强硬地拉住我的手。他眼神深邃,看了我半晌:"织织,你回不了头了。"

是啊,我回不了头了。从变成阿织那一天起,宋知弗就已经死去了,而当我成为织织那个晚上,阿织也不见了。

那……我是谁呢?

我不想做程憺的织织,我又能做谁呢?

我失魂落魄地任由程憺拉着,走进大门,走过廊道,最后走进一间正厅。这里是程憺的祖母住的地方,是她提起让我到程府来,而此刻我只是程憺的外室,连妾都算不上。原来我这么弱小无力啊,谁都可以左右我的来去,只有我自己不能。

程憺拉着我的手一直没放开,直到一个侍女打起珠帘,朝他盈盈一拜:"郎主,祖老有请。"对我则是完全无视,好似我只是程憺的一个玩意儿。

我不是个大度的人,相反,我又骄傲又小气。虽然我知道外室身份真是算不得光彩,可在今天之前,还没有人敢用这样轻慢的态度对我。就算是程憺,也不能!

程憺也感受到侍女对我的轻视,知我此刻定然极不开心,他拉着我的手继续向厅里走去,路过那侍女时,淡淡一句"自去领罚"。

侍女倏地脸色苍白,却只能恭敬地应下。

这次我没有挣扎,和他进去了。一进去才发现,里面除了祖老,还有一位年长的妇人坐在下首。她眼角虽已有了纹路,却还是气质雍容,脸上带着温柔平和的笑意,让人见之可亲。想必这便是程憺的妻子了。

不知怎的,对着她,我心里涌起一阵阵羞愧,程憺明明是她的夫君……我挣开程憺的手,继而跟着程憺俯身一拜。我很久不曾对谁行过礼了，动作透着一点儿生疏。坐在上首的祖老冷然地看着这一切，我可以感受到她对我的不喜。

她大概是觉得是我勾引了程憺。事实上她确实这般想，一开口便是："怪不得日日往京郊跑，倒是一副好容貌。"

程憺敬重自己的祖母，同时也没忘维护我："祖母，她只是个孩子。"

祖老"哼"了一声："希明十四岁，你便说他是个大人了，她二十岁，竟还是个孩子？你倒是偏心得很。"

希明便是程潽的字。

程憺也不正面应对，转而提起其他的事情："……织织的身世，祖母也清楚，不必再提。从今以后，她便是我的侧夫人。"

祖老轻飘飘地扫了我一眼，竟没有反对，只是说："你心里有章程即可。"说罢端起手边的茶盏，轻轻吹气，要喝不喝。

我简直一刻也不想再待下去。在她眼里，我竟低贱如尘埃一般，又不是我求着要来这里当这个侧夫人，谁稀罕！程憺在她那儿是个宝，在我眼里，还不如一棵绵绵草！至少绵绵草还能让善善给我编一条手链，换我一下午的欢快。

不等我出声，祖老又淡声道："都退下吧，晏清留下。"

坐在一旁的妇人终于起身拜别，离开之际对着程憺笑道："不若让侧夫人跟我一同吧。"

看得出来，程憺对她极为放心，点头示意："劳烦姐姐。"

这时上首突然传来茶盏碰撞的声音，只见祖老面无表情地看着我们。

她生气了。

我感受得到。心里忽然就没有那么气愤了，原来也不过如此。

二十

跟着母主,一路走进了她的院子。

我的直觉总是非常敏锐,这大概是我为数不多的能力之一,能分辨得出别人对我的善意和恶意。

走在我身前的母主,姿态端丽,眼神温和,我可以感受到她对我散发出来的善意。

为什么她不讨厌我呢?……我不明白。

小时候,我从未看见父亲除了母亲,还有其他的女人。母亲说,爱是霸占,是独享,容不得他人一丝觊觎。

我对程憺没有这些感觉,我不爱他。她可以为程憺的妾安排上好的院子,可以为我解围立威,是因为她也不爱他吗?还是说爱屋及乌?我不知道,但是不重要,我知道她对我没有丝毫恶意,这就够了。

程氏母主没有带我去正厅,而是去了她的屋子,直到现在,她才真正放松下来。

"祖老年纪大了,性子越发地执拗了,见不得小辈忤逆她。今日之事,你无须放在心上。"

这意思是他们都只是碍于尊老,所以祖老并不能拿我怎么样吗?她安宁地望着我,走到我面前,温柔地托了托我的脸颊,柔声道:"知弗。"

已经十二年没有人如此唤我,乍一听,我还未反应过来。

"你和你母亲长得一样,一样好看。"

我不想哭,可眼泪就这样落了下来。

她没有诧异,也没有丝毫不耐烦,更没有制止我,只是轻轻地替我擦眼泪。我泣不成声。她好温柔,给我擦眼泪的时候像极了母亲。等勉强平息下来,我才颤着声音开口问她:"您认识我阿娘吗?"

她见我不哭了,暖暖的手拉起我,在窗边的小几上坐下,眼神看着我,又像是透过我看母亲。

"年少时候,我和她一同长大的……你母亲既是我的好友,也是我的表妹。若按辈分,你得叫我一声'姨姨'。"

我不知道这些,也没有见过她,其实我小时候见过的人实在太少。母亲不爱出门,只带我上过三四次街,也没有人来拜访过我们。外祖家的人,莫说我见过,母亲提都不曾提起。

我不愿以程憯侧夫人的身份面对她,所以我唤她"姨姨"。她"嗯"了一声,回应了我,似乎是看穿了我所有的想法,包容了我的固执。

"对不起。"我讷讷道。心里只觉得羞耻,不知道该怎样面对自己的姨母。

她一直没松开我的手,我清清楚楚地听到她说:"知弗,你是个好孩子。你与我如今的关系虽复杂,但你不必为此感到羞愧。生得美丽,从来不是你的过错。"

我又想哭了:"可是别人都觉得是我的错——"

"别人觉得,事实便如此吗?"她打断我,"你也觉得是自己的错吗?"

我坚定地摇头:"我从不觉得是自己的错。只是我怕别人看向我时,投来的是鄙夷的目光……"我低头,把脸贴在她手上,"姨姨,我不喜欢。"

她摸摸我的头:"不要怕,孩子。有我在,这府中便没有谁能轻慢你。"

至此我有了姨母——和母亲一样包容我、爱惜我的姨母。我忽然就不怪程憺逼着我来这里了，若我一直躲在那笼子里，我还会知道有这样一位挂念我的长辈吗？我还能了解到关于我父亲母亲的过去吗？

我承认我心里有些庆幸。祖老不喜我又如何呢？这偌大的程氏，再也没有能让我害怕的东西了。

二十一

善善来接我时，我正在听姨母讲母亲小时候的趣事。

"你母亲小时候喜欢吃梨花巷的桃酥，可是家中管教甚严，只好靠着我去看她，她才能尝上些许。每每我的侍女买来，我便带着，去同她玩耍。"

"阿娘小时候竟这般贪食吗？"

"她喜欢的东西不多。"姨母递给我一块桃酥，"我对你母亲又从来狠不下心肠，可自她九岁那年吃了桃酥腹痛，无论她怎样央求，我都再也没有给她买过。"

我咬了一口桃酥，香甜的滋味在舌尖蔓延开来，怪不得母亲爱吃。

"姨姨，您也是为了阿娘好。"

姨母看着我摇头："不，所谓的为她好，只是我以为罢了，因着我所谓的为她好，你阿娘再也没吃到过梨花巷的桃酥。"

我看了看手里的桃酥，却听到姨母说："你手里这桃酥是我做的，梨花巷早在二十多年前便被毁掉了。"

哪里还有什么桃酥呢？

看着有些伤感的姨母，我一时不知道说什么好，只好拉住她的手。

"后来我嫁到程氏，做了母主，终于可以学做桃酥，你母亲却再也没有机会吃到了。可如今能做给你吃，也是极好的。"她摸摸我的头，"好孩子，姨姨这里的桃酥等了你十二年。"

我鼻头一酸，若我十二年前便来到姨母身边。想念父亲母亲的时候、打雷惊惧的时候、孤独哭泣的时候，她一定会把我搂在怀里，对我说："姨姨在。"

可如今我终于来到姨母身边，吃到了她做的桃酥，却是在这般不堪的境况下。

"夫人，咱们该走了。"善善低声催促我。

我不想走，不过才半天的时间，我已经开始舍不得姨母了，可姨母亲手包好一份桃酥，递给我。

"知弗，你该走了。姨母许诺，你想知道的，姨母都不会瞒着你。"

她的脸慈祥又美丽。

"那我还能再来找您吗？"我想要一个确定的答案，而姨母眼中盛满温柔的笑意。

"只要你想。"

于是我放心地跟着善善走了。在路上，小侍女兴奋地向我描述程憎为我准备的院子多么精致、多么有趣。但我满脑子都是母亲、姨母，根本没有心思在意这些。

若是我可以和姨母住在一起便好了，可我知道这是不可能的。

善善见我沉默着，不如往常活泼，又努力挑起其他话题："夫人现在也有亲人了，真好。"

我开心起来，重重点头："嗯！姨姨还给我做了桃酥，我只分你一块,谁叫你之前帮着程憺糊弄我!"

善善连忙向我保证:"好夫人,这是最后一次了,真的!"

我弯弯眼睛,勉强相信了她。小侍女看我的心情终于明朗起来,也放松下来。

带路的侍女说,为我安排的院子到了。

我下了轿椅,走了进去。入眼是一院子怒放的红蔷薇,映了我满眼。东南角种着一棵粗壮的榕树,枝丫上面挂着一架秋千,另一旁摆了石桌石凳,连棋盘都准备好了,和之前我住的地方像极了,只是主屋前仿造了护城河的样式,要进门,必先走过一座木桥。

这桥不长,不过十几步路,桥下养了许多锦鲤,旁边尚有新泥,看得出来,是用了心思的。

程憺正站在屋内等我。

"织织可喜欢这里?"他走到我身边,伸手便想搂抱我,手还没有碰到我的肩膀,便被我侧身躲开。他也不恼,改换拉住我的手,这次他没有允许我挣开。

我抬眼问他:"这些都是姨母为我准备的吗?"

程憺听到我唤"姨母",笑容微顿:"以后只可在无人处这般称呼。"

我看着他,没说"好",也没说"不好"。他知道我是在等他的回答,无奈极了:"是。"

"那我便喜欢。"

说完,我眼神扫过四周,院子里配了我喜欢的颜色,还摆了许多有趣好玩的东西。

程憺继续讲着:"这个院子虽离得有些远了,可环境清幽,景致别丽,不会有人来打搅你。"

"前些日子,得知你要来,"他停了一下,才继续道,"……你姨母特意问了我你的喜好，把这座院子改成现在的样式。"

心里一热，我只想哭。在我不知道的时候，竟有人这般真心爱护我，会在意我喜不喜欢。我向来偏心，突然便觉得，程憯配不上我的姨姨，这般好的姨姨，他却如此不爱重。在他面前，我也懒得口是心非，索性直接问他。

"你为什么会有妾呢？"

二十二

我只是把自己的想法说出来，可程憯看起来似乎很快活。他一把抱住我，忍不住轻吻我的额头，又看着我的脸，眼神快要把我溺毙："织织很在意？在意我是否有其他的女人？"

我点点头："嗯。"

程憯的眼睛一瞬间亮得惊人，好像撒进了一把夜萤石。他抱着我极轻快地转了两圈，在床边坐下，深深地看着我，问道："那织织明白自己为何会在意吗？"

我坚定地继续点头。

他似乎是很激动的模样，看着我，忍不住连着亲了好几下。

"织织好乖，告诉我。"他诱哄着我，我看见了他眼里的某种期待，"告诉我，为什么在意？"

他眼里的光太明显。

我忽然发现，或许程憯对我是有情的，至少他对我的容忍度远远高于其他人。便是这个时候，我的心中住进了一只小鬼，不，或许它一直都在，只是一直藏得严严实实。这只小鬼恶劣又乖张，它知道程憎爱我，便以此作为报复程憎的资本。

它教我，瞧，这就是他的弱点，弱点可以让他求而不得，让他心如刀绞。

所以我看着程憎的眼睛，听见自己极认真地说道："你应该只守着姨母一个人。"

刹那间，他眼里的光熄灭了。

我仍看着他，一字一句地说："你应该只爱自己的妻，而不是纳一堆妾，更不该来招惹我。"

他的手放在我腰际，收得越来越紧。

"织织没有心。"

程憎面目微微扭曲，却还是硬扯出实在算不得温良的笑，可我一点儿都不害怕。或许从前我还会有些忌惮，尽量克制自己的言行，如今却是丝毫不惧。

这大概便是有恃无恐。

我看着他额头微微暴起的青筋，忽然甜蜜地笑了，任由自己被心中那只小鬼驱使，双手攀上程憎的脖子，与他的脸紧贴，唇凑到他耳边，是极亲密的姿势。

这还是我第一次与程憎这般主动接近，可说出的话却如同淬了毒："我有心的。

"我有心。

"只是它永远都不会属于你。"

程憎怒极反笑，紧紧抱住我，似乎要把我揉进身体里。

"织织是在恃宠而骄？"他的声音低沉，听不出情绪。可我知道，他心里远不如声音这般平静。

"的确如此。"我没有挣扎，即便他已经箍得我生疼，"……那程叔叔爱不爱我？"

程憺放开我，眼神深邃。

他看着我的眼睛，我无辜地回视。

"爱。"

良久的凝视之后，程憺输得一败涂地。

我赢了。

心中的小鬼哈哈大笑，得意极了，说话越发没了顾忌。

"程叔叔真好，可若您爱我，就应该放开我。反正我喜欢不上您，说不定会喜欢上别人呢。

"您还是我的好叔叔……这般岂不是皆大欢喜？"

我知道这是不可能的，程憺本就是个控制欲极其强烈的人。"爱是霸占，是独享，容不得他人一丝觊觎。"这句话在他身上体现得淋漓尽致。

可我不爱程憺，便觉得他一厢情愿的爱只会给我带来烦扰。

程憺贪婪，要我的身体，还要我的心。我虽脱离不了他，却绝不会爱上他。我心里不痛快了，便要在他心里使劲儿捅几下，找补回来一些才好。

程憺自然不会任我宰割，他将弱点袒露在我面前，便不怕我伸出利爪。

我可以让他疼，却不可能让他一直疼。就比如现在，他的神情已没有丝毫的异样，仿佛刚刚什么都没有发生过一样。看吧，他就是这样的，把真实的自己藏在层层面具之下。

"织织又不乖了。"

程憺俯下身，鼻尖点在我胸骨上，深深吸气，声音里带着淡淡的沉醉。

"程叔叔喜欢你，程叔叔爱你，织织当然可以肆无忌惮。

"我知道织织被关着不快活，是程叔叔不好。

"你想怎样对我都可以，嗯？"

话里话外全是纵容。

我明白他的意思，他不再掩饰对我的迷恋，也承认我的报复确实会伤到他。可那又如何呢？

困兽的爪子再锋利，也划不破笼子。

在程憺眼里，狸奴不懂事，主人不会因为它顽劣就不疼爱它，因为它的野蛮脾性在主人意料之中，甚至可能是计划之中。我还是太沉不住气，但也没有沉住气的必要，干脆一口咬在他脖子上，我越用力，他便越快慰。

我闭着眼睛，浑身被他的气息包裹，心里默念道："日子且长着呢，大不了，你我两败俱伤。"

二十三

程憺说他近来忙得很，确实不是骗我。十日之内有七八日，他都是不着家的，即便回来也是待在书房里与谋客们议事。这样也好，我本就不想看见他。

我原以为自己会被束缚得紧，可姨母说，在这府中，我无须忌惮，只要她在，谁都不能欺负我。如此，我竟和从前在府邸里一般，不，比之前还要快活。这里有姨母陪着我，整日无事可做，我总是往姨母屋里跑，早晨睡醒了便坐着轿椅去她的院子，等她向祖老请了晨安，再回来陪我聊天玩耍，与我讲父亲母亲。

这些天我还不曾给祖老请过晨安，我又不傻，去的话只是给自己找气受。也不知姨母说了什么，竟也没人指摘。我乐得自在，每日去找姨母，经常是蹭了午食晚食才肯恋恋不舍地离去。

我黏她黏得紧，而姨母从来不嫌我烦人，亲手为我做了好些小食，尤其是桃酥，不曾断过。

她对我的疼爱与日俱增，恨不能把所有的好东西都送到我那里，仅仅一个月，便为我做了三十多套衣裙，好几个妆奁都被珠钗塞得满满的，院子里的库房也显得越发狭窄。她仍嫌不够，还是我说了自己不盘妇人发髻，一个头戴不完的，她才勉强住了手。

我不曾怀疑姨母对我这般好是另有所图。她眼里的珍爱、怜惜，我看得见，和母亲看我的眼神极其相似。

姨母爱我，我也越发依恋她，只想同她住在一起，不要分开。

可程憺是我心里的一根刺，拔除不得，时不时地还刺我两下。虽说如此，可不见着他，长日光阴仍旧快活，直到善善告诉我，于娘子回来了，日子才起了一丝波澜。

善善说的于娘子，便是那个燕原令的女儿、程憺打仗带回来的贵妾。此次她回燕原母家，一来一去花费了不少时间，故而未能见到我、向我请安。

于娘子身份确实不一般，她是唯一有资格向我请安的妾室。

"不过知弗不想见便不见，免得惹了你生气。"

姨母说这话的时候，正在为我绣一方手帕。她脸上带着漫不经心，随意与我说了两句，便转头问我喜欢什么颜色的蝴蝶，丝毫没有把于娘子放在心上。

我便没有多想，她爱来请安就来，我无所谓。这府里能让我在意的，只有姨母，以及在外历练的程潏——这是母亲嘱咐过的，让我见到后要对他好的人。

我只依齿序，他便是我的阿弟。

姨母说，他结业了才能回府，怕是还要再等上半个多月。得知程潘即将回来，我心里居然有些紧张……他会怎样看待我这个姐姐呢？善善说他极为厌恶程憺的妾室们，且脾气刚直，不愿低头。那他会不会讨厌我？

别人对我轻视、慢待，我可以发脾气，甚至报复回去，可程潘不行，我心里已经把他当成了阿弟。我在意他，便会为他的态度所伤。更何况，我心里总盼着他可以同我要好，如此我便可以多一个亲人。

他虽是程憺的儿子，但显然，他更在乎姨母。也正是因为在乎姨母，我怕他会更讨厌我这个成为程憺侧夫人的姐姐。

我心里乱糟糟的，一时希望他回来，一时又想他在外多待上一段时间。

姨母似是看出了我的心事。她手下动作不停，只慢悠悠地绣好那只蝴蝶的骨架，边选丝线边对我说："知弗放心，希明一定会喜欢你这个姐姐的。"

我捏了捏袖口，问姨母："姨姨……从前希明知道我吗？"

这个"从前"自然是指我还没来到程府的时候。

姨母选好线，看着我温柔地笑，"……他知道自己有个姐姐的。"

"那他知道……我如今的身份吗？"

我说不出"他知道我是程憺的侧夫人吗"这句话，实在是尴尬得难以启齿。姨母敛了笑，认真地看着我，她说："知弗觉得自己是姐姐，那就只是他的姐姐。你如何想，便如何做。只要我在，无论什么时候，你都不必瞻前顾后。"

我眨了眨眼睛，酸胀酸胀的。

"我想做一个好姐姐，如果希明愿意，我就是他最好的阿姐。"我松开袖口，极认真地发愿。

"好孩子，"姨母不再绣蝴蝶，而是轻揉我的头，"知弗是世上最乖的小女郎，谁见了都会喜欢。"

我被姨母顺毛哄，只觉得浑身软绵绵的，耍赖似的趴在姨母腿上，心甘情愿变成她怀里的一只狸奴，任由她捏捏我的耳朵又摸摸我的头。

如今我往姨母怀里滚的姿势越发熟练了。

一开始其实我不好意思这般小孩子气，只是总忍不住想对着她撒娇。而姨母很是欢喜我黏她，对我纵容得很，我知道自己被她偏爱着，便自然而然地娇气了，这大概就是被疼的孩子才会有的安心感。

我拿起一块桃酥，头仍枕在姨母腿上，不再去想希明会以何种态度对我。

既然控制不了，那就顺其自然吧。

二十四

我真是没料到于娘子原是这般妙人，且这妙只可意会，不可言传。难怪姨母说起她，只淡淡两三句带过却不愿多谈，想来定是也被烦得要死。自她回来第二日起，每每寅时刚过，她便借着礼不可废的由头，带着她不满两岁的小儿来向我请安。

寅时啊……正是我睡得香甜的时候，可她硬是要来我的院子，扰我清梦。

起初那一日，我以为她这是向我示好。伸手不打笑脸人，我便忍着困倦起来了。可我看着她抱着孩子坐在那里打哈欠，眼神极其不耐烦，也是困得不行。不情不愿行过礼后，她说话夹枪带棍的，总带着一股酸味儿，让人不舒服极了。反正我是看不出半点儿的真心实意。

我想不明白，她明明十分厌恶我，却偏偏要往我这边凑，又装不出恭敬的模样，话里话外总要呲儿我一下，给我找不痛快，也给自己找不痛快。善善转告她不必请安,她也不听。

从那以后,我便由她去,只是再不起身,自睡我的觉。

可她还是日日寅时一过就站在院门口等着给我请安,有的时候孩子哭闹,声音传得远,吵得我头疼死了,偏又不能责怪一个小孩子。之前我每日都能睡到辰时过一半,但从她带着儿子来给我请安,再无好眠,如此我起得更晚了,可她倒真等得住。

若她只是在我院子里这般姿态便罢了,可她竟是不会看人脸色般,我去姨母院子里玩耍,她也硬跟着我一同去,还赖着不走,蹭饭吃。在姨母面前,她规规矩矩的,不曾放肆,全然不似在我面前那般尖酸、幽怨。

姨母明里暗里敲打她了一番,不知道她是真不懂还是装不懂,硬是厚着脸皮待下去。

我不想让姨母为了我做出不合身份的事情,姨母待我好,我便舍不得她的羽毛因为一点儿小事便被脏污。可心里早已十分不快,她在这里,我连"姨姨"都不能喊,还怎么和姨母撒娇亲近?

对小孩子,我本就真心嫌弃、烦恼。那孩子一哭又哭个没完,她不肯让侍女带,自己哄了半天,孩子反而哭得更大声了,吵得我耳朵痛。给孩子喂饭也弄得满地都是,看得我食欲都消退了。

托她的福,我又清减了不少,把姨母心疼坏了。

实在是忍受不了了,我索性直接当着姨母的面叫她不要跟着我,也不许带着孩子留在这里。于娘子便摆出一副委屈的模样,眼中含泪欲说还休,好似是我们做了对不住她的事情,开口便是"礼不可废,为妾的本分"。

第二日,她又跟着我,撵都撵不走。

于娘子像个黏巴糖似的跟着我,还带着个小黏巴糖,真是令我硌硬得紧。我心里已经气得要死,越发讨厌她。于娘子拖儿带婢扰我快活,一直到程潽回来那日才消停。

而程潽一回来便看见了我飞扬跋扈的模样。

这次倒不是我不讲道理。

连日早起,于娘子又不是真有耐性的人,估计也是受不住了,刚走出姨母的院子便忍不住把怨气发泄到我身上。我又不是受委屈的性子,自然得还回去。一来二去,见她被刺激得快晕厥了,我心里一万个舒爽,刚转身准备离去,背后于娘子气得失去理智,口不择言,直接戳中了我的逆鳞。

"你得意什么?!不过是个野种罢了!

"也就会这点子勾引人的本事了,这府中谁不知道你是个有娘生没娘教的玩意儿?!

"真把自己当侧夫人了?也不看看自己配得上吗?!"

我沉下脸,转身看着她,淡淡开口:"哦,这样吗?"

于娘子手里还抱着孩子,咬牙切齿地看着我,眼里是明晃晃的厌恶、憎恨、鄙夷。

人愤怒到极点的时候反而平静下来了,我有条不紊地让善善抱走了她手里的孩子。趁于娘子没反应过来,我示意两个侍女摁住她,而后走到她面前。于娘子还是不肯示弱地看着我,于是我很用力地亲自扇了她一记耳光。

她愣住了。

自持身份让别人动手可不如自己上手来得爽快,虽然我的手掌已经疼得发颤,定是红肿了。不过于娘子比我惨多了,脸上的巴掌印怕是能令她好几日不能见人。她不可置信地看着我,我没忍住,又给了她记一耳光,心里那口气才顺了些。

她愤怒道:"你打我……你竟然敢打我……"

这有什么好奇怪的?我连程憯都打得,还打不得她了?我捏着她的下巴,笑嘻嘻地同她说话:"我不喜欢,这就够了。你让我不开心了,我不管,我也要让你不开心。"

两巴掌下去,于娘子的气焰还是没灭。

"我父亲可是燕原令!我是将军孩儿的母亲!你!你怎么敢!"

听得厌烦,我干脆又给了她一巴掌,心里克制不住地升起一阵快感,以及毁灭欲:"……你好烦啊,一直说话一直说话,聒噪!"

我不知道自己是怎么了,心里隐约有些害怕这样的自己,但更多的是觉得刺激。姨母说我是世上最乖巧的小女郎,那这样做就是不对的,随意伤害别人是不对的,可我觉得这样做也不是错的。

那我以后便只对一些人如此好了,譬如程憯、于娘子。虽说打人的话,自己的手确实会疼,但是心里会很舒服。

正思忖间,不远处传来一句:"母亲,希明回来了。"

二十五

这声音陌生,可"希明"二字,我在心里快念烂了。

程潜硬是看完了好戏,才出声示意自己回来了。我看到他的时候,他正对着院门端端正正地行礼。没隔多久,便有一个大侍女脚步匆匆,来请程潜进去,然后又走到我面前,一俯身:"母主也请您和于娘子进去。"我示意侍女们松手,气哼哼地跟着进去了。

就算程潜看见了,我也不后悔,这于娘子就是该打。

进了正厅,刚见着姨母,我心里的委屈就冒出来了,想憋住,却越发觉得委屈。姨母问起,我本想告诉她于娘子有多过分,但才开口,眼泪就掉了下来。

姨母神情立即一凛，仰头示意善善说明是怎么一回事。善善逮着机会，拼命给姨母上眼药。

"母主，您一定要为夫人做主！于娘子僭越，指桑骂槐明嘲暗讽夫人是狐狸精便罢了，可她竟然……竟然说……"

"说什么？！"

姨母严厉起来的样子原来这般可怕，可我只觉得安心。

"她说……"善善跪在地上，"她说我们夫人是有娘生没娘教的野种！"

话音刚落，便是一只茶盏碎裂的声音。我泪眼蒙眬去看时，发现于娘子头上淋满了茶叶，衣肩都湿透了，额头上多了一道红痕。她有些呆滞，似是没想到姨母会发火。也难怪，这京陵的人，谁不知道程氏母主温和端丽、大气稳重？

还不等她开口辩解，姨母便厉声道："于娘子怕是嚣张惯了，我这个母主都管不得！你父亲是燕原令不假，可你嫁到了程氏，便要恪守做妾的本分！就算多了个'贵'字，生了个儿子，也是妾！"

姨母慢慢走到于娘子面前。

"侧夫人不喜你，你便要躲得远远的才是！从前我不说是希望你自己想明白，可你倒是好威风！竟把自己当成了个人物？！燕原令倒是教了个知礼的好女郎！'贵'字迷了眼，从今以后，你便当个普通的姬妾吧！"

于娘子震惊得睁大眼睛，不自觉摇头："不……不……您不可以这样，我父亲……"

姨母神色满是厌弃："你不过是个庶出都算不得的妾生女罢了，如何来到程氏的，你自己心里不清楚吗？"

大家族里的妾生女地位低下，通常都是被当作筹码或礼物送来送去，姬妾也差不多。我从前觉得她们也是无辜、可怜，可如今看来，有些人天生便卑劣不堪，不值得同情。

姨母身上散发着寒意，毫不留情地吩咐年长的侍女把于娘子拖出去，等回了她的院子，再掌嘴二十。我看着于娘子被不体面地拖下去，心里却没有丝毫不忍，仍嫌不够。

她骂了我阿娘，我真是恨不能把她的舌头都割下来，又怎会去可怜她？只是好不容易止住的哭声，在姨母抱住我的一瞬间又跑了出来。我趴在姨母肩上，心里难受得不得了，颤颤地告状："姨姨……她骂……她骂我阿娘……她骂我阿娘。"

"我……我讨厌她……讨厌死她了！"我边告状还边吸了吸鼻子，哭得太过投入，已全然忘记了程潏的存在。

姨母轻拍着我的背，又托起我的脸，拿软帕擦干我的泪珠，眼里是毫不掩饰的心疼。

"知弗不哭，姨姨知道，你受委屈了。我已然罚了于娘子，定叫她再不敢来招惹你。"

委屈巴巴地"嗯"了一声，我又把头靠在姨母身上，也亏了姨母身量高挑，不然哪禁得住我这般歪缠。姨母好像也忘了程潏还在这里，只是安慰我。

直到程潏冷淡地说出一句："多大的人了，还哭得像个小孩子。"

我一时没反应过来，也不管是谁说的，只顾着转头反驳："我才没有！"

等反应过来，心里又有一点点委屈，我知道自己身份尴尬，程潏极有可能不喜欢我。可是姨母说他会接受我这个姐姐，我也已经把他划到自己的领域了，心里都默认了他总会向着我的，乍然听到他这冷淡的语气，我竟有些受不住。

巧了，又刚赶上我娇气得紧的时候。

"你凶我！"我直接控诉他，"你不喜欢我！你不喜欢我这个姐姐……"

程潸皱紧眉头："我看不出你身上哪里像个姐姐，这般大的人了还在母亲身上哭闹痴缠。"

他本来只有三分像程憺，可这皱眉的本事倒学得七分精髓，可我对他怎么也讨厌不起来。

这是我的阿弟呀，是姨母的孩子，我想，我大概这一辈子都不会讨厌他，除非他做了让我讨厌的事情。我极力忍住自己喉间的哽咽，委屈地看着他："现在像姐姐了吗？"

他沉着脸："不像。"

耐心告罄，我凶巴巴地朝他喊："你不喜欢我，我也不喜欢你了！"说罢觉得没有力度，又吐出一句，"我讨厌你……"

姨母见我又要哭了，心已经偏到我这儿了。

"希明住口，你就不能让着姐姐点儿？"

程潸果然刚直，对着姨母直接指出："您太过溺爱她了，这样是不对的，现在就这般小意，以后怕是更娇气。"

我听着，心里不伤心是骗人的，虽说没指望程潸一回来就和我相亲相爱，可至少也是以礼相待吧！没想到他一回来就教训我，整个人冷冰冰的。

程潸不要我这个姐姐，他是个傻瓜！

二十六

那天，我和阿弟可以说是不欢而散。

他似乎不想见到我哭闹的样子，极其冷淡地离开了。我当时想着，程潇这般冷待我，我再也不要理他了，我才不稀罕这个弟弟，反正之前也没有。

可是第二天，姨母拿出一套新奇的黄胖来，告诉我这是程潇特意从康西带回来的，要送给我。

我不信，他明明那么不喜欢我，怎么会给我带礼物呢？还是特意为我挑选的，甚至……选得还这般合我心意。

这套黄胖可爱得不得了，我要说不喜欢，那就是骗人，事实上我爱得不行。

精致的小娃娃们身上系着小兜兜，还有肥嘟嘟的小脸，虽说是泥土做的，但是比起我之前那些金娃娃玉娃娃，它们更真实。即便他送给我这么可爱的黄胖，我也不会主动和他好，我才不是个容易被收买的人，不过心里的气好像已经消了一大半。

姨母拿起其中一个小郎君，和我说着悄悄话。

"希明呀，他其实是个别扭的孩子。他很小的时候就知道自己有个姐姐了，一直盼着能见到你，虽然他嘴上不说，但他心里是念着你的。如今这般局面，他心里未尝好受，可希明绝不是讨厌你，他只是不知道该如何与你相处。"

微微一笑，姨母把这个小郎君和一个小女郎放在一起。

"况且呀，他表面上看着清冷，其实背里也是个极容易羞涩的小郎君呢。"

羞涩？我可看不出来，对他的铁石心肠倒是看得清清楚楚。

"知弗是姐姐，要包容弟弟的任性，指不定他心里如何懊恼呢，知弗要因为这一点儿误会便不要弟弟了吗？"

姨母用信任的目光看着我，里面带着鼓励的意味。

我霎时便被说服了。

是呀，我可是姐姐，怎么能因为这一点儿小事便生程潇的气呢，我应该大度的。要是连这点儿小脾气都忍不住,还怎么去亲近害羞的希明?

我把小郎君和小女郎都拿起来,仔细端详,越看越喜欢。

"姨姨,您说得对。希明真是个别扭的孩子,不过我是个好姐姐,总是要主动一点儿的,不然依他的性子,我们如何亲近呢?"心里已经想着要去找程湝玩耍了。

他喜欢放风筝吗?还是荡秋千?又或者是写字画画?不对不对,他都因为顶撞夫子挨过打了,怎么可能还喜欢这些。我没来得及想太多,只觉得他肯定也爱调皮捣蛋。我已全然忘记善善曾说过程湝文武双全,他挨打已是两年前的事情,如今程湝都十七岁了。

我脑子发热,只想着玩儿。姨母也不再说什么,让旁边的侍女呈上一方丝帕,是之前她为我绣的那一方。我接过来,细细地看,上面的蝴蝶好看得紧,伏在一朵浅红色的海棠花上,两者颜色也相宜,还有一股淡淡的香气。

姨母见我爱不释手,便也欢喜,用手轻轻摸我的头,她微笑着看我摸摸黄胖又嗅嗅帕子。

良久,她才轻轻说道:"康西繁华,胡安寺的海棠花极美,可过季了便带不回,下一季的也等不到。可百礼街的黄胖不会,希明也不会。"

二十七

我说了要和程湝好好相处,便不只是说说而已。反正这两日程憯不在家,于娘子吃了挂落,也不敢来烦我,时间有的是。

程湝每日都要向姨母请晨安,可他起得太早,我又贪睡,等我去时，他早离开了。如此，连着好几日都错过了，我每每扼腕叹息，发誓第二日早起，然而第二日仍旧是周公留客。

"明明就是您自己赖床，怎么能让周公他老人家背黑锅？"善善颇有些恨铁不成钢。

我嘴噘得老高，忍不住发脾气："可……可我就是起不来嘛！"又忍不住小小地抱怨一下，"程潘早上起得也太早了……星星都还亮着呢。"

善善继续拆我台："不是小郎主起得太早，是您醒得太晚。好夫人，您自己说了多少次要早点儿起身去母主那里，可没有一次是算数的。"

我知道啊，可是真的起不来，就是想睡觉嘛！

果然善善不愧是我的狗头军师，她总能在我苦恼烦闷的时刻为我贡献出各种各样的主意，有的还真的管用。

这次她叫我晚间早些睡觉："您每天从母主那边回来后总是玩上许久才肯睡，可不得起晚了？以后您用过晚食早些回来，晚间快到酉时便沐浴净面，上床休息，第二日保管起得早。"

好像是这个道理……于是我按照善善说的去做。

真的有用！

可是效果太过明显，我寅时才过几刻便醒了，睁着眼睛躺在床上，呆滞地望着漆黑的床幔。过了一会儿，我慢慢地清醒了，想起昨天晚上轮到善善睡隔间。我下了床，没唤人，也没穿鞋子，赤着脚绕过守夜的侍女，走进隔间。

凭着感觉找到了床，见小侍女睡得正香，我就站在床头，俯身看她。其实看不到人，但是我睡不着，这么早姨母肯定没有起身，我无聊得很，那就等善善起床好了。

善善睡得甚是香甜，喉间发出模模糊糊的咕哝声，像只小狸奴。

我觉得有趣，索性蹲下来，听善善打小呼噜。蹲了有一会儿，又觉得腿有些胀胀的，不舒服，我索性站起来，轻轻地坐在床边，却不想善善刚好翻身，一只手搭在我身上。

她先是动了两下，突然顿住了。

我好奇地看着她，天已经微微亮了，但模模糊糊地能看见她的轮廓。然后我就听见她发出凄厉的一声惨叫。我吓得一蒙，下意识地朝她伸出手，却不想她叫得更厉害，还抱着被子缩到了床脚。

这到底是怎么了？

善善抖着声音呜咽："鬼……呜呜呜……鬼……有鬼……"

我这才反应过来，连忙出声："是我是我，没有鬼，别怕。"

一刻钟后，善善鼓着脸颊从镜子里控诉般看着我。梳头的侍女给我挑了一对兔儿簪，红宝石镶的眼睛，倒是可爱。

我乖乖坐着，任由她们摆弄。

感受到善善幽怨的视线，心里不是不心虚，我用余光悄悄去瞄她，却立即被她抓住。她颊边动了动，似乎憋了一肚子话要说，最终再三向我强调，以后不可以大早上跑去装鬼吓她。

善善真是误会我了，她肯定觉得依着我调皮捣蛋的性子，今天早上又是恶作剧。可这真的是个意外呀。

"昨天晚上睡得太早，我醒了就去找你，也没有想到会吓到你嘛。"我表示很委屈。

"您穿着白色寝衣，又散着头发，背着光坐在那里，不吓人才怪！人家本来就胆小……反正您以后不许这样！"

看来善善真是被吓到了，我心里有些愧疚，这个时候她说什么就是什么吧。

"对不起，好善善，我以后不会再这样了。"

我只差对天发誓了。善善得了我的保证，干脆地原谅了我。于是我俩又欢欢喜喜地和好，等收拾好，就动身去姨母那里。

这回总不会错过了吧？我和善善笃定，今天早上去得绝对比程潘早。

事实上，我们去得不仅比程潘早，到的时候，姨母还未起身。所以侍女禀报的时候，姨母惊讶极了，匆匆起身。我也不用别人带路，走进姨母的寝屋。姨母穿着寝衣，还没来得及梳洗，她走过来摸摸我的手，又拉着我在床边坐下。

"今日怎的来这般早？"

姨母也觉得不可思议，往常我最是贪睡，没有一天早起，今天却一反常态。

对着姨母，我向来是想到什么便说什么。

"之前每早起得太晚，错过希明了，我想着以后早点儿来您这里，就可以同他一道玩了。今天是不是吵到您了？"

姨母摇摇头，又嗔怪我："哪里须得你起这般早呢？你若是想见希明，直接去找他便好了。"

是呀，我可以去他的院子找他呀。

但旁边的大侍女有点儿迟疑，提醒道："母主，这恐怕不合规矩……"

姨母不看她，只是拉着我的手教我："知弗，规矩是做给外人看的，而不是约束自己的。固然条条框框多，但是利用得好，谁都不能说你逾矩。"

"再者——"姨母顿了顿，"我还是程氏的母主，有我在，规矩就束缚不了你。"

姨母溺爱我，为我考虑周全，只要她还在，程氏便没人能用"规矩"二字来拘着我，我是有人撑腰的。

我见姨母起得早了，也心疼她："……姨姨，您还是再睡一会儿吧，本来就事务繁多，却又被我吵醒了，我以后不会来得这般早了。"

姨母伸手摸我的兔儿簪，我极配合地低头。

"傻孩子，你来找我，我心里欢喜得很。"她又说道，"你起得也早，同姨姨一起再睡会儿吧。"

我其实不困的，但是我想和姨姨待在一起，还希望她可以抱抱我，所以我干脆卸了发簪，脱去外面的衫裙，缩进姨母怀里。姨母果然顺势抱住我，手轻拍着我的背，口中还哼着柔软的曲调。

好久没有人这样温柔地抱着我了。

姨母怀里香香暖暖，有母亲般的味道，我沉迷于这种感觉，觉得自己又困起来。我记不清楚自己睡过去前是不是迷迷糊糊地叫了一声"阿娘"，可我听到姨母在短暂的沉默后轻轻地"嗯"了一声。

真想母亲啊，她现在会不会和父亲待在一起呢？

以前父亲忙碌，没时间陪着她，如今，他们总算能长长久久地厮守了。

只是，落下了我。

二十八

程潜来请晨安的时候，我刚被侍女打理好，准备去正厅。

即使听到他来了，我……还是没精神起来。等到我慢悠悠地晃去正厅，姨母已经向祖老请过晨安，回来坐在那里很久了。我没忍住，捂着嘴打了个小小的哈欠。

平时只有我和姨母在时，我基本不拘什么礼节，不过今天程潜在，我想起他那天严厉的样子，所以乖极了，向姨母端端正正地行了礼。

姨母朝我招手，我欢快地跑去，在她身边坐着。和姨母在一起时，我总是忍不住想和她黏在一起，不管她走到哪里，我都要跟在后面，眼巴巴地瞅着她。善善说我像条小尾巴。

程潜似乎很忙，请了晨安，问候了两句便准备离去。

我今天来这么早，自然不会轻易放过他。于是我留下一句"姨姨，我也走啦"，便提着裙子小跑着跟在他身后。

程潜大步走出了院子，看着速度极快，可我却轻轻松松地跟上了他。

我无暇去想这些，满心都是紧张，不知道怎么和他相处。或许是姨母和程憺都生得高，程潜也生得高，我竟然连他肩膀都不到，说话得仰着头才行。我纠结着要不要喊他，不知为什么，我总觉得程潜身上有种隐隐的熟悉感，可又不明白哪里熟悉，只是忍不住想靠近他，还想让他不要讨厌我。

我不喜欢程潜讨厌我。

眼看着快要拉开距离了，我终是没忍住，抓住他的衣袖扯了扯，小声又急促地唤他："希明，希明。"

程潜竟没有甩开我，还放慢了速度。

他没有生气！也不抗拒！我感受得到，虽然他没有笑，还是严肃的模样。心里霎时便安稳了，我一直抓着他的袖子，也不放开，就这样与他说话。

"希明，你和我想象中的不一样呢⋯⋯你以后可不可以和我一起玩？"

"希明，你以后不要凶我好不好？我不喜欢这样的。"

"希明，希明⋯⋯"

一路上，我都在喋喋不休，程潜没有回我，但是也没有阻止我。而我的态度也从一开始的可怜巴巴变得理直气壮。

得寸进尺，大概说的就是我这种做法。

程潘没有想到我这么缠人，仍旧绷着脸，可我却眼尖地发现他的耳根红了。姨母说得不错，这孩子心里别扭，之前对我刚直，此刻定是拉不下脸来和我说话。唉……跟姐姐害什么羞呢，这孩子。我慈祥地看着他，已经把自己当成一个贤惠、包容的阿姐。

"希明不要害羞呀，阿姐都明白的。"我一副心知肚明的模样。

程潘踉跄了一下，组织好语言，这才开口与我说了第一句话："……你又明白什么了？"

他看见我的眼神，复又无语。

"……别那样看着我。"

我心里暗暗发笑，嘴上满口答应，面上仍旧是"我明白，我知道，我清楚"的模样。

程潘见状，索性不再执着于纠正我，只管走自己的路。我也继续碎碎念。

"今天天气这么好，我们找点儿什么好玩的事吧？

"……荡秋千去？你先推我，我再推你，怎么样？

"要不去花园摘些月季编花环？给你编一个花少的怎么样？你喜欢淡粉色还是深红色呀？"

身旁的郎君停住脚步，沉沉地呼出一口气。我以为他要说些什么，也停下来看着他。可他什么都没说，无奈地看了我一眼，继续向前走。

我跟上他。

"你告诉我喜欢什么，我给你买！

"我还没送给你见面礼呢！

"希明，你喜欢吃梨膏糖还是八珍糕？

"我觉得姨母做的桃酥最好吃！"

说了这么多话，一句回应都没有，我有些泄气："……希明，你不要不理我嘛！"

他放慢速度，可没有回头看我。

"我从未尝过母亲做的桃酥。"他的声音淡淡的，听不出情绪，"母亲为之做桃酥的人，从来只有你。"

我不知道，我以为程潜定然吃过这桃酥的，可他却说没有……这般好的东西，我有的，他也应当有。松手停下来，我解开荷包，从里面拿出一块桃酥，手背在身后，唤他："希明！"

等程潜回过头来，我马上小跑过去，踮起脚把桃酥喂进了他口中，手掌迅速捂住他的嘴，防止他吐出来。但是并没有出现我想象中的抗拒场面，他极自然地咀嚼再咽下。

我可以感受到他的唇不时碰到我手心，带起一阵阵痒意，我索性放下来，继续抓住他衣袖。

"好吃吗好吃吗？"我期待地看着他。

程潜低头看向我："嗯，好吃。"说罢，突然转身大踏步离去，衣袖也淘气地从我手中溜走。

明明是一样的步子，可这回我没能追上他，只能眼睁睁看着他走远。我百思不得其解。

他这是，怎么了嘛……怎么就突然跑掉了呢？

二十九

姨母说我可以随意进出程潜的院子，我便不客气，选择性地忘了"避嫌"二字。所幸程潜近来都无事可做，待在府中。如此，我可以不必早起寻他。反正他就在院子里，我不怕他跑了。

自此我每日的安排便从之前时刻黏着姨母变成了早晨向姨母请过晨安后时刻黏着程潇。

不过，也不是日日如此的。十日之内总有五日是要陪着姨母的，一碗水要端平，我可不偏心。毕竟姨母没有我的陪伴会很寂寞的。再者，我若是和程潇玩得太好，姨母吃醋了怎么办？

啧，真是苦恼。

都怪我太讨人喜欢，若是世界上有两个我，便不至于分身乏术。不过仔细想想还是算了，若是真有两个我，不管姨母和程潇谁对另一个我好，我都会被醋哭的。我吝啬得紧，怕是要自己和自己打架，估计不出半个月，不是我被另一个自己打死，就是另一个自己被我气死。

姨母和程潇只能疼我一个，至于程憺，我已经很久不曾想起了，听善善说，他又出征了。

也是，将军嘛。

善善每日里总有自己的事情要做，我并不强迫她必须陪着我，尤其是我黏着程潇后，她便空出了很多时间。有的时候她会做自己喜欢的事情，但更多的时候是做我的耳朵和眼睛。我不关心这府中如何、这府中的人又如何，可善善关心。她说我懒我便懒吧，她勤快点儿，也不至于让咱们的院子落到个耳聋眼瞎的地步。不过她本也喜欢做个百事通，我便随她去。

总之，日子还算愉快。

尤其是这段时间我和程潇的关系可以说是突飞猛进，从一开始的三言两语到如今的……冷言淡语。

他仍旧是淡淡的，与我相处并不热络，可只要我与他说话，他总会回我。

我问一句，他回一句。

虽然他还是少言，可是比起之前寡淡的模样，已经算是有进步了，他本不是活泼的人。这让我好奇为何当年他会挨那么多打，以致成了京陵出了名的意气郎君。

我托着腮，问正在翻书的程潽。

他说："父亲不完美之处便是太完美了。程氏需要一个不完美之处，父亲需要一个完美之处。"

环环绕绕的，我有点儿听不懂，也懒得去想，只理解为这是程憺的意思，用程潽的缺点去衬托他自己的优点，心里只觉得他父德有缺，又心疼程潽小小年纪便要承受这些不公平的眼色。

程潽和程憺在我心里总归是不一样的。前者是我的阿弟，我自然疼他。可他反而比我稳重，让我不知道如何以姐姐的姿态去对待他。或许是程潽的身量太高，又或许是他的气质太沉稳，我总是不自觉地朝他撒娇耍赖。

他说话利落、简练，不多说半个字。但不管我问什么，他都会认真回答我，对我极有耐心，也绝不会嫌我烦扰。

更重要的是，他不会把我当成什么都不懂的孩子，从不糊弄我，也从不欺骗我。

我不喜欢对我撒谎的人，也不喜欢对别人撒谎。

程潽恰巧顺毛捋了，所以在程潽面前，我也是很乖很听话的，全然不似在程憺面前那般暴戾。他给了我与姨母一样的安心感。若说姨母给予我的是云朵般柔软的包裹感，那程潽便是沉固的巨石，虽然坚硬，却令我感到很踏实。我总会捕捉到程潽藏在沉默、冷淡之下的温柔。

希明呀，他肯定不知道自己害羞的时候，耳垂会泛红。可我知道。

在他悄悄看我而被我发现却又装作若无其事的时候，我就知道他是个害羞的孩子。但这是我的秘密，只要想到害羞的希明只有我一个人见过时，我的心里便会有一种隐秘的欢喜。我说不清，或许……这便是当姐姐的感受吧？懒得再去想这些，春光明媚，这般好天气，最容易滋生困意。

程潜背肩挺直，在窗边的书桌上写字。

我坐在他旁边，侧头枕在手臂上，看着他极认真地蘸墨，再一笔一画稳稳地落下。他的手指修长、匀称，指甲修剪得干干净净，看着秀气又好看，可是手掌却有薄茧。

程氏尚武，身为未来的下一任家主，程潜每日晨起都要练武，午时后又要练字，怎么可能会有一双单薄的手呢？

这双手可弯弓射箭，也可行笔为刀。它们的主人生得眉目俊朗、气宇轩昂，二者相得益彰。这般出色的小郎君竟然是我的弟弟，叫我如何不骄傲？

我看见光落在他脸上，弯了弯嘴角，越看越觉得，程潜没有一处是不好的。

本想一直看他写字，只是午后睡意越发汹涌，我的眼睛眨着眨着，慢慢地便睁不开了，最后还是伴着暖阳，俯在桌案上入了迷梦。

梦里海棠花开得缱绻，黄胖变成了一对真的胖娃娃，在树下荡秋千……只可惜海棠没有甜蜜的味道。

但哪里来这么多完满呢？毕竟不完满才是常态。

我觉得足够了。

三十

随着去程潜的院子次数增多，我发现，他屋里有意思的东西太多了，有许多我叫不出名字的玩具，还有我认不得的一些小物什。我简直是被迷得七荤八素,连自己的院子都不想回了。

程潜也大方,只要是我看上的东西,我就可以随意拿走。他说,这都是他小时候玩的东西,如今大了,很久没有再碰过了。于是我从他那里寻了好些玩意儿,此刻我便拿着程潜所说的九连环扯来扯去。

精巧是精巧,可惜我不会玩。

程潜看我垂头丧气的,拿过来给我演示了一遍。我只看见他的双手这里碰碰,那里动动,霎时便解开了。等他再递过来时,我还没反应过来。于是程潜不厌其烦地一遍又一遍教我,直到我成功地解成了两部分。

"希明,你的这些小玩意儿都是从哪里来的呀?我连见都没有见过呢。"

我举着九连环翻来覆去地看,依我多年来的经验,极为确定别处是绝对没有的。

程潜拿着兵书端端正正地坐在书桌前看着,听见我问他,手上翻了一页,也不看我,说道:"府中的一位谋客极善工巧之事,这九连环便是他做出来赠予我的。"

程氏养了许多幕僚,想来有一些奇人异士也是正常,只不过这个人擅长的刚好是我喜欢的。

我凑到他身边:"那位先生何许人也?"

"白冰,字艾思。"程潜手上动作不停,耳垂却悄悄红了,"艾思先生在府中,既是谋客,也是匠士,箱子里的那些东西都是他做的。"

此人倒是有趣。

不过我没有追问程潜这位先生如何如何,而是拿起我从他书案上找到的一本游志,津津有味地看起来。之所以不问他嘛……毕竟身边有个现成的"百事通",不仅能收集消息,还能讲得绘声绘色,起承转合。

等晚间回到自己的院子，我刚起了个头，善善便拿腔拿调，开始给我讲话本子。

"这便说来话长了。要说艾思先生此人，那是极善工巧之事，也擅长测算之术，且来历更是奇特。"

善善像模像样地拍了一下桌子，压低声音，神神秘秘的："……无人知道他是何方人士，听说他刚遇见将军时衣不蔽体，身上的上衫连衣袖都没有，头发也不知被哪个恶人绞断了，怕是因为这个才疯疯癫癫的。"

在大齐，身体发肤受之父母，不可轻易毁损，且头发有着特别的意义，若不是极其要紧的原因，绝不能断发。就连我梳头时掉落的头发都是要被侍女收集起来，妥帖保存的，若不得已断发，便要沐浴，斋戒三年，祭祀先祖，写罪己书，求得长辈祖宗的原谅。

"问他从何处来，他说是什么县带，总之，一副得了癔症的模样，口中不住说着'我要回家''我要回家'。"

"后来呢后来呢？"

我好奇极了，不过想来他应该已经恢复了神智，不然如何会有现在的艾思先生。

"后来嘛，捡到他的士兵把他带到将军面前，也不知他说了什么，便被将军带回府中成了谋客，一待便是十五年。"

十五年，真久。

"不过，也不知为何，艾思先生一直不娶妻，也不纳妾，整日里只自己待着，偶尔做了小玩意儿，便给小郎主送去。"

善善说完，一口气喝完面前的茶水。

"不愧是善善！"我由衷地夸奖道，"不出户而知天下事！"

善善摆摆手："夫人谬赞，夫人谬赞！"又甩了甩衣袖，假装自己穿的不是窄袖。嘴上谦虚，脸上的得意之色却毫不掩饰。她行了一礼，又来一句："若不是夫人慧眼识珠，哪有我的用武之地呢？"

我"啧"了一声，扶起她，表示不认同："明明是你本事出众，才能让我注意到你，你何必妄自菲薄？"

紧接着便是一轮又一轮的互相吹捧。

旁边的侍女早已见怪不怪，只面目平淡地站在那里，等候差遣。

晚间入睡前，我想起程潘说最近艾思先生在做什么算珠。不知道这又是个什么新奇的东西，等他做好了，我一定得拿给姨母看看。

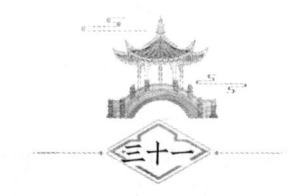

三十一

我没想到，很快便见到了传说中的艾思先生。

三日后，那算珠做好了。彼时我正在程潘院子里看他练剑。程潘的私侍进来禀报说艾思先生来了。

按理说，我是要避见外人的，何况那人还是个男子。可程潘说，这府中的谋客都知道我的存在，也知我的来历，艾思先生是不拘小节之人，让我不必担心。

我本就不想藏起来，也确实想见见这位先生。所以他进来的时候，我就站在程潘身侧，好奇地打量他。他有点儿瘦弱，穿着样式有些奇特的衣服，不过看起来很方便、简练，头发扎成一个奇怪的发式，三十多岁。他先是行了一个礼，接着开口，声音洪亮："小郎主，近日可好？"

程潘扶起他，邀他进屋一叙。

艾思先生直起腰，看见我时愣了一下。

"这位是……"可还不等程潜回答,他又自己答道,"这位便是织夫人了吧?"

我看着他,好奇地问道:"你怎么知道是我?"

程潜用一根手指把我的头点正:"除了你,哪个女郎敢进我的院子?"

好像是这样。

艾思先生拒绝了程潜的邀请,把算珠留下便走了。临走时,他不经意地看了我一眼,又极快地回头。那个眼神沉甸甸的,复杂得很,似乎有些恍然,又有些怜悯。我看不懂。难道他是怜悯我的身世?或许吧,我不得而知。

算珠吸引着我的心神,让我无暇顾及其他。

程潜在院子里的石桌前坐下。我挤到他旁边,他耳垂又红了,脸上却极严肃、认真。他把算珠递给我,打开写着"说明书"三字的信封,细细读起来。

我把玩着这个东西,不知道它有何用处。珠子被固定在四四方方的木架上,但是又能顺着木签上下移动。珠子是圆的,难道是为了让它滚来滚去?

不懂就要问,于是我问程潜:"希明,这个是做甚用的啊?"

程潜继续看手中的信,不肯睬我:"艾思先生做出来的算术工具比算筹更加省时、简单……你若是想学,等我学会了便教你。"

我使劲儿摇头摆手,敬谢不敏。我可讨厌算术了,主动去学更是不可能。不过这个算珠放在桌子上滚得还挺快……不知道这个绑在脚上能不能滑来滑去呢?

我把这个想法和程潜一说,果不其然,他端起姿态又开始教训我:"厌学贪玩,今日罚写五十个大字。"

就是说说而已嘛……又不会真这么做,就这么一个,我还要拿给姨母看呢。算了，不就五十个字嘛，一刻钟就写完了。这点儿惩罚简直是小菜一碟，所以我爽快地应下。

程潜见不得我不痛不痒的样子，又给我加码："一百个，明日我要亲自过目。"

一百个就一百个。我撇撇嘴，程潜心胸真不如我宽广。见他又要再开口，我立马开始其他的话题："为何那些谋客都知我的来历？"

虽然说写字简单，但是枯燥呀。

程潜觑了我一眼，便看穿我的小把戏，不过没拆穿："……很久以前便知道了，父亲带你回来的时候，他们也很诧异。"

我睁大眼睛，不明白："为何要诧异？"

程潜刚直，从不骗人，向来实话实说，所以听到接下来的话，我真的是被气到快要晕过去。他用平铺直叙的语气，解答了我的疑惑。

"父亲与你毕竟隔了一辈，再有身份上的原因，总是不妥。于是父亲对幕僚们的说法是，你天生心智稚嫩，自小又失了父母，依赖他依赖得紧，见不到他便要伤心难过，哭闹不止。父亲不舍，便将你放在身边。"

我以为自己耳朵生病了，所以才听错了。

心智稚嫩？我吗？

依赖他？依赖程憕？

见不到他还要哭？

程憕就是这般和别人说的？

我似笑非笑，问程潜："真的？"

程潜点头，拨弄着算珠："真真切切，府中几个先生都是与我这般说的。"

好你个程憕！居然这般败坏我名声！真是小人得志，恬不知耻！

我一时不知说什么好，真是气笑了，等反应过来，心里的怒火已经蹿到了颅顶。本想立刻去找他算账，又想起，他在外出征，根本不在府中。我愤怒又憋屈，眼泪开始自作主张在眼眶里打转，我气得站起来，绕着石桌转圈圈。

程潘见我气哄哄的，低下头用手捂了捂嘴。

我眼神如刀："你笑话我？"

程潘抬头，仍旧严肃着脸："并未。"

我收回视线，狐疑：我看错了？

不对！我立刻转头，捕捉到了程潘还没来得及弯下去的唇角。

他真在笑话我！

"程希明！"我的脸面挂不住，声音发抖，"……不准笑我！"说着，眼泪就掉了下来。我更觉丢脸，索性又在石桌前坐下，把脸埋在臂弯里。可我已经没有刚刚那么生气了，又想起程潘方才好像是笑了一下。这是我第一次看见他笑！

怒气暂时被封住，我想抬起头看他是不是还在笑，又觉得拉不下脸，心里痒痒的。于是我悄悄抬起右手捂住头，透过缝隙小心地去看他，不想却差点儿被他发现，我立马把头缩回来。

他真的在笑！

眼泪慢慢收住，等到嗓音恢复正常，我闷闷地说道："我才不幼稚呢。"

"嗯。"程潘回了我一声。

"我也不依赖他！"

"嗯。"

"我更不会见不到他还哭！"

"嗯。"

程潘声音平淡，我心里的难堪便烟消云散，终于露出眼睛看他。

"希明。"

"嗯？"

"你以后不要对我板着脸，好不好？"我又开始得寸进尺，"你笑起来，好看得很。"

程潜这次不回答"嗯"了，耳垂已经通红。我忍不住伸出一只手扯了扯，催促他："好不好嘛？"

最后，程潜可以说是落荒而逃，我心里的怒气终于完全散去，捂着肚子笑起来。那算珠也被我顺走，拿去给姨母看。

路上，我心里得意得很。

哼哼，我可是大了他三岁，总归是有法子欺负他的。

三十二

我本以为姨母定然会对这算珠感兴趣，可她听我提起艾思先生，反应却很平淡，我甚至感受到了她的排斥。

"姨姨，您是不是不喜欢艾思先生？"

若姨母说"是"，我就再也不玩他做的东西。可她微笑着摇头，对我说："只是因着很久之前的一些事情罢了，不值一提。"

姨母不愿说，我便不问。

我又将那算珠归还程潜。本来拿着它就是为了逗姨母欢喜，我自己又不喜欢算术，如今于我来说，它已没有什么用了，所以还不如还给程潜，让他钻研钻研。

程潜把门关着，不愿出来见我，叫私侍接过算珠，便让我回去。

我暗自腹诽："小气鬼，不就是捏了一下耳朵嘛，别人想让我碰，我都不碰呢！"

"哦"了一声,我转身离开,刚走几步,屋子里传来他的声音:"等等。"

我停下来。

"一百个字。"

"程希明!"

我跺着脚冲出去。真讨厌!

不过气归气,晚上我还是乖乖写完了一百个大字,第二天交给了他。

程潇还拿朱砂给我写上了日期,最后他矜持地点点头:"尚可。"

"不就是捏了捏耳垂嘛,小气鬼……"我叽叽咕咕地抱怨,没敢大声说。

"噤声。"

"……"

从那以后,程潇像是做夫子上了瘾,揪着我的小辫子便罚我写字。我都没意识到自己哪里错了,可他却能即刻发现并指出来:要么说我调皮捣蛋,要么说我贪睡、懒惰,再有就是娇里娇气,不肯走动。我倒不觉得冤枉,但是要让我承认,那是不可能的,谁不要面子?

还有一件事情便是,程潇说他近来上午忙碌得很,要我下午去他的院子。于是不偏心的我继续一碗水端平,每日上午去陪姨母,下午去寻程潇。不愧是我,把时间分配得如此合理,真是出色。

这样的日子一直持续了半个多月。

那日给姨母请晨安,程潇也在,我看见桌子上摆放着一只木匣,程潇说这是艾思先生赠予我的。我打开,发现里面是一双嵌着轮子的木屐,绑脚踝的不是绳子,而是柔软的布条。

我喜欢得不得了,没想到那天只是随口一提,艾思先生真的做了出来。我迫不及待地想要试一试。

姨母见我喜欢，也笑了："做这双木屐，希明还把手弄伤了，一大早就过来问我你穿多大的鞋子。"

我大吃一惊，万万没想到这竟是程潜做的！

"母亲！"他加重语气。

姨母这才恍然似的，抱歉地看着他。

我一听程潜手伤了，就要去抓他的手看，难怪这些天我在的时候，他都没有练字，可他不肯给我瞧，只说已经好了。

"我要看的！"我固执地看着他，"要看！"

程潜拿我没办法，只好摊开双手给我看。上面仍有一些细小的伤口未愈合，左手的食指上还有一处渗着浅浅的血红色。

我有些心疼，低头吹了吹："希明疼不疼？"

"不疼。"

"你骗人！"我反驳他，"疼。"

怎么可能不疼呢？从前我的手指也被月季的刺扎过，可疼了。他手上伤口这么多，肯定更疼了。

"有药吗？"我问旁边的侍女。

程潜拦住我："我有的，现在用了其他药材反而冲撞，你先试试这木屐。"说罢转过身，等我换上。

我脱下绣鞋，隔着罗袜穿不舒服，索性赤着脚穿进去。旁边的侍女为我系好带子。这木屐不大不小，合适得不得了，内里也被磨得十分光滑，脚上没有不适感。

"我穿好啦！"刚说完，程潜便转过身来，看见我的脚，他耳垂又红了。看他这样，我又想扯他的耳朵，不过还是忍下了，要是他又跑了，那可怎么办？

虽然穿上了，可我不大敢站起来，怕自己立不稳，摔了，便下意识地朝程潜伸出手。他走过来。

此时，姨母的声音响起："希明帮帮知弗，既是你做了这木屐，便要负责护着知弗，别让她摔倒了。"

程潏臂力奇大，我本想支撑着他站起来，可他直接把我提了起来。这木屐也不矮了，可我头顶仍是只到他肩膀。

脚下滑滑的，我有些不适应这样的鞋子，把程潏的手臂抓得紧紧的，生怕自己摔倒了，主要是穿着这鞋子摔倒了，那姿势得多丑呀，我才不要呢。

于是我和程潏呆站在那里。姨母见状，干脆来指挥我们："希明先走，知弗抓着他的手，不要自己发力。"

"慢慢地，希明走。"

"对，知弗稳住。"

我和程潏缓慢移动起来。姨母坐在上首，看着我们，脸上带着温柔的笑意。慢慢地，我稳住了，有些不满足这样的速度，催促他："希明，快一点点！"

程潏便走得快些，我又开始不稳。

"希明希明，太快了……再慢些！"

于是他又缓下来。

如此调整了好久，我才找到合适的速度。

接下来的日子里，我便沉迷于在程潏的帮助下练习用这双木屐走路。等我学会了，就这样直接滑到姨母和程潏的院子，又快又省力，还能强健身体，免得程潏说我惫懒、娇弱，风一吹便倒。

三十三

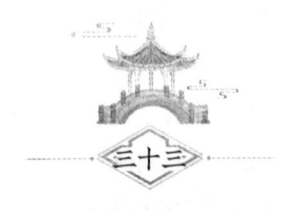

可世事难料，没等到我能自己穿着这木屐站稳，程憺回来了。我以为，他还要很久才回来，实际上我已经习惯了他不在府中的日子。可他突然回来了，连姨母和程潸事先都不知道。

彼时我正在程潸的院子里玩那双木屐。练了七八日，我只能勉强站一小会儿，更不用说自己走一段了。

程潸说，这是因为我知道他在旁边扶着，所以依赖他。这次他站在前面一点儿，让我自己滑过去。说完，他就真的放了手。

我看着他走到前面的美人蕉下，转身对着我说："来。"

他真的不管我了！还不许侍女们扶着我。坐在石凳上，我不敢起身，可怜巴巴地看着程潸。

"我不行……希明，我怕。"

程潸丝毫不为所动。

"你可以，我在这里等你。"

我只好试着撑着石桌站起来，还是不敢松手。

"不行不行！我不行……"

可是程潸坚持："我觉得你能做到。"

他眼里盛满对我的信任，我不想叫他失望："……那你要接住我。"

"好。"

程潸伸出双手。

我咬咬牙，手借着石桌的力一推，身体歪歪扭扭地滑过去，手忙脚乱的,刚好扑进程潜怀里,他稳稳地接住了。

"我做到了!"我兴奋地扯着他的袖子,"希明,我做到啦!"

程潜"嗯"了一声,微笑地看着我。

最近他对我总是很宽容,不再似之前那般老是绷着脸。

正是在此刻,门口传来程憎的声音。

"织织。"

我转头便看见了许久未归的程憎,他站在那里,不知是他何时回来的。

"该回去了。"他说着便朝我走过来。

我不想和他走,谁知道他会不会又要逼着我做我不喜欢的事情。所以我双手抱住程潜的手臂,躲在他身后,不肯让程憎碰我。

"我不!"我探出头又缩回去,"我不回去!"

程憎便强硬地想要拉住我。我还穿着那双木屐,不方便逃跑,只好死死地抓着程潜的衣服。

在程憎即将碰到我的瞬间,程潜伸出手制止了他。

"父亲。"

程憎声音里带着冷意:"希明,你僭越了。"

"她不想和您走。"程潜没有让步,"她不喜欢,请您不要逼她。"

原来程潜脾气刚直也是不分人的,他不是只对我一个人这般。

两人对视着,谁也不肯让步。

良久,程憎开口:"希明,你长大了,"他眼神深邃,"可我仍旧是你父亲。"

程潜也冷淡道:"所以父亲要亲自教训我吗?"

"您当然可以逼我做我不想做的事情。"说罢,他顿了顿,"可是她不行。"

我想起之前程潜曾被程憎打得皮开肉绽,虽没有亲眼看见,可想一想就开始心疼了。希明才不是不懂事的坏孩子，可为了程憺，他却受了这么多皮肉之苦，而他原本是不需要承受这些的。

我俯身，迅速解开木屐，赤着脚站在地上，张开双臂，把程潜护在身后，态度很坚决："你要打希明，先打我好了。"其实我想得很简单，程潜没有错，而身为阿姐，总是要和弟弟一起承担的。

或许是程憺被我的态度镇住，他伸出的手缓缓放下，在身侧捏成了拳头，看了我很久很久，最终留下一句"我等你回来"，转身大踏步离去。

他好像被我伤到了。而我只觉得荒诞，心里默念道："这就受不了了吗？比起你对我所做过的事情，这才哪儿到哪儿！"

等程憺离开，我才放下护着程潜的双臂，转身看他。

可程潜却伸出手指，弹了一下我的额头。他一点儿都不领情！

"以后不要再站在我身前。"

程潜唤来捧着绣鞋的侍女，背过身，等她们给我穿好。

我不服："可是他要打你！"

"习惯了——"程潜声音淡淡。

"可是我不准！"出声打断他，我偏头，"我不想你被他打。"继而又觉得委屈，"我护着你，你还说我！"

程潜一直等到我收拾好了才转过身来："……不是怪你，但我更希望你护好自己。"

我看着他，心里偷笑，果然他还是偏心我的。

"知道了，我又不傻。"我站起身。

到去姨母那里蹭午食的时候了。

"我去姨姨那里了！"说完，我提着裙子脚步轻快地跳了两下，"……走了！"

我刚走到门口，程潜的声音从背后传来。

"你明天还来吗……阿弗?"

我顿住,阿弗……是我吗?转身看着后面的郎君:"为何不是阿姐?"

他的脸透出淡淡的血色,我眼尖地看到他耳垂红得快要滴血,怎么,他又害羞了吗?

"你来吗?"

程潜不回答我刚刚的问题,继续追问。

我歪歪头,弯起嘴角:"来,为何不来?我还没学会滑这木屐呢!"

程潜脸上突然绽开浅笑,意识到后又迅速转身掩饰。他不回头,只是说:"那我等阿弗。"

悄悄走到他背后,我踮起脚凑近他,大声答道:"好呀!"也不等他转身,喊完便笑着跑了。

嗯……阿弗?也真难为他,他是怎么想出来的,若是叫"阿姐"该多好。不过,"阿弗"便"阿弗"吧,细枝末节而已,他想这般唤我,唤就是了。我知道,程潜又开始别扭了。不过我也理解,谁还没有点儿小脾气?

我有,程潜自然也能有。

三十四

等我在姨母那里睡了香甜的一觉,又蹭过晚食,回到自己的院子时已经是傍晚时分了。

善善说,程憎在等我。

哦,他等便等吧。我又不曾逼他,不是吗?

不紧不慢地走进屋子里,吩咐侍女点了灯,转身我便看见站在阴影里的程憔。一看见他,我就觉得屋内闷得很。他不开口,周围便是一片寂静。侍女们极有眼色,鱼贯退出。善善呈了茶上来,眼神觑向程憔,我知道她敬畏程憔,可还是为着我进来了。

没等她放下茶盏,程憔便冷声道:"出去!"

许久没出现过的戾气又开始在我心里翻腾:"该出去的是你!"

"织织!"程憔声线带着压迫感,他是在警告我吗,叫我不要忤逆他?

我让善善离开,免得被连累。毕竟我已经做好了和程憔大吵一架的准备,万一程憔摔什么东西,伤到她怎么办?程憔不会心疼,可我会。

果然,白天的画面刺激到了程憔。他走到我身边,低下头看着我,声音极温柔:"织织以后别再去找希明了,听话,好吗?"

我觉得他白日疯魔了,干脆地答道:"不好。"

程憔捧住我的脸,声音平淡,眼神里带着冷意。

"不可以。"他看着我,"希明不可以。"

我觉得他这副姿态极其可笑,凭什么我不能亲近自己的阿弟?若不是他,我和希明应当是一起长大的,我们会比现在更加亲密、友爱。所以我一字一顿地拒绝他:"我——偏——不!"

他似乎很头疼,却又拿我没办法,又开始重复那些我听过无数次的话。

"织织要乖,这世上最疼爱你的人是我。程叔叔最疼你。"

"不!"我打断他,"你才不是!姨姨比你更爱我,希明也比你更疼我!他们只关心我欢不欢喜、快不快活。"

我也不在意程憔如何反应,只管把心里想的都说出来。

"你说你疼爱我,那你是怎么疼爱我的?

"你疼爱我的方式便是把我关了十二年,不许我出去,也不许旁人与我说话。从我很小的时候,你就说,外面全是恶人,只有你对我好。我害怕呀,我没有办法,只好每天把自己藏在屋子里。等着你有空了,来看我,和我说说话。

"从前我还是个孩子的时候,觉得程叔叔多好啊,对我这般爱护,所以我满心依赖你……可我长大了,我不是那个什么都不知道的阿织了!"

程憺的手抖了抖,他却坚定地看着我:"我亲手养大的女孩儿,应当属于我。"

"我是我自己的!"我心里的愤怒和戾气暴涨,"你从来只会逼我,逼着我做我不喜欢的事情!我只是你关在笼子里的小玩意儿!"

程憺的眼神深不见底:"你不是小玩意儿,你是我的珍宝,你是我的织织……我后悔了,或许我不该把你带到程氏,否则你不会用现在这般抗拒的眼神恨着我。"

我的眼泪蓄积在眼眶里,声音已经开始颤抖,喉咙酸痛。

"是啊。

"原本……原本我可以一直待在笼子里的,可是你把我放出来了,不是吗?

"是你亲手把我放出来的。"

所以在我感受过这短暂却深刻的自由和温暖之后,休想再让我回到笼子里,回到那个冰冷又寂寞的地方。

程憺捂住我的眼睛,我的泪水便透过他的指缝流下去。他喃喃道:"或许……或许我可以……"

可他终究没有说出来,只是深深地看了我一眼,便匆匆地离开了。

他很忙,有很多很多的事情要做。

我不知程憺在做什么,可只要不来烦我,他做什么都无所谓。

三十五

第二天,我仍照常去找程潜玩,完全把程憺的话当作耳旁风。

他说什么就是什么吗?凭什么!

今天我没有练习滑木展,而是跟着程潜认认真真地抄策论。其实是他在看,我在抄。我老是忍不住逗惹他,所以他找出一本策论,又罚我写大字,我不认真的话,惩罚还要加倍。

"希明,你为什么要学习这些策论呀?"上面全是些治国理政之道,字太多,我的手都酸了。

"阿弗希望大齐换一个主人吗?"程潜问我。

换一个主人吗?

我想起我的父亲——曾经的颍阳令。

宋洹,宋行川,人人都说他秦庭朗镜,是骨鲠之臣,当属清流。可颍阳宋郎早在十几年前便自刎于朝堂之上——他死于齐帝的昏聩、残酷。

从前没有人和我说过我的父亲是如何惹怒了齐帝。

我问姨母,他是个怎样的人。姨母说,父亲是个清醒的人,他年少时便已做好了血溅华表的准备。所以颍阳大旱三年,父亲年年上谏请求赈灾,此举打碎了齐帝治理之下歌舞升平的假象。

天子一怒,伏尸百里。

我的父亲,于百姓来说,是个好官员。即便在生命的最后一刻,他心心念念的仍是他的城民有没有等到救济的米粮。所以在他死后,仍有百姓记得他,为他点起长明灯,祈福他来生美满、安康。

文死谏，武死战。父亲也算是得偿所愿。

善善告诉我的时候，我应该为自己的父亲骄傲，应该感到欣慰，可我却觉得满满的难过。他心里装的人那么多，为什么……偏偏装不下一个我呢？

父亲忘了，他也是我的阿爹。

母亲抱着我，对我说了好多句"对不起"。

她说："阿娘没有你阿爹，活不下去的。对不起，对不起，知弗，我做不到。我知道我太自私了……可阿娘实在不是个坚强的人。"

所以父亲母亲永远在一起了，而我只能在寥寥几次的梦里见到他们。

我不想再去想这些，仇恨于我来说太沉重了，一个程憯便已让我心神俱疲。可大齐能换一个主人也是好的。或许天真可爱的小女郎们便能不再失去自己的父亲。

所以我看着程潜，问他："换一个主人，会更好吗？"

"会。"

程潜说了"会"，那便一定会。他从不骗我，我信他。

我隐隐猜到程氏现在走的是一条怎样的路。一个正直、仁慈、忠而不愚的将军，百姓都爱戴他，拥护他。那么他讨伐暴君，坐上皇位，不就是顺理成章的事情吗？

程憯如今这般忙，或许也快了。

我不知道别人会这样，但希明一定会是个仁爱之君。而这个未来的贤明君主的十八岁生辰就快要到了。

三十六

程潽会有一场盛大的生辰礼，身为程氏的小郎主，这生辰礼不仅仅是为了庆贺他的扶冠礼。

我不管他们想做什么，是想放出什么讯号，抑或是想得到什么消息，都不重要。于我来说，最重要的事情是为我的阿弟刻一枚龄章。再有两个月，他就要成为一个真正的大人了。

大齐郎君，十八扶冠，得龄章。

我不能为他扶冠，因为这是程憯要做的事情，但为他刻一枚龄章是可以的。他会收到很多枚龄章，再当着众人的面选出自己最中意的那一枚，以此作为自己的贴身信鉴。

我对着石料左挑右选，总觉得不甚满意。直到侍女呈上一块云南粉冻，才定下了龄章的石料。

石料选好了，可我没有刻刀。侍女们不肯寻给我，她们怕程憯降罪。这些尖锐的东西从来不会出现在我眼前，甚至我所有的珠钗簪摇尾尖都被磨得钝钝的。

我不为难她们，拿着粉冻原石去了程潽的院子。他那里什么都有。

其实程潽一开始得知我要亲自动手刻一枚龄章的时候是不大赞同的。我这双手，画过丹青，摹过碑帖，也抹得脂粉，描得弯眉，却偏偏不曾感受过使刃为笔，刀走凌云。

"我就只刻'希明'二字，废得了多少心神呢？"

程潽不语。我知道，他不想我伤到自己，可我也知道，最后他总会妥协。

"你想要我为你刻的章吗?"我趴在书桌上,侧头看他。

程潜诚实地点头:"想。"

"瞧,你想要,我想刻。"我振振有词,"这就叫心有灵犀。你在旁边看着我,我保证不会伤着自己。"说罢便一直缠着他,"好不好呀?"

意料之中的是,程潜被我说服,找出了他之前学习篆刻的工具。这是我第一次接触这些刀具,所幸我曾练过两年篆书,还记得一些字法,不必再详细学习。

程潜给我讲了讲类别和用途,又教了我一些简单的基础刀法。他说,薄刃锐刀比之厚刃钝刀更加锋利,平口刀刃也比斜口和锥形用得更频繁。他还教我用哪种刀法可以更容易表现出笔墨和金石之意。我听得有些迷糊,程潜便让我按照自己的心意刻,不必讲究什么章法。

程潜唤来匠人。

原石被切割开以后,露出娇嫩的粉意。

他没想到,我会选这么娇俏的颜色。事实上,我自己也没想到,这块原石切开后会这般惊艳。

原本我不懂这些,只是觉着它的名字好听,又听说是粉色的,便选了它。它确实好看,四四方方一枚,粉得晶莹剔透,又蔓延着几缕血红色的纹路。

"……这是你为我选的龄章颜色吗?"程潜沉默了很久,才缓缓问出一句。

我却是喜欢得紧,这个颜色真的好美呀,又甜又俏。

"希明,你看,这个红色的地方像不像一朵海棠花?本来我打算在顶上让人刻一朵的,如今有了现成的,再如此反而累赘了。"

程潜拿着看了很久,才勉强吐出了一个字:"像……"

我看着他的模样,噘嘴:"你以为我不知道你嫌它太粉艳了?可送龄章的人那么多那么多,"我张开手臂,比了个大大的圆圈,"你若是认不出我的,选错了怎么办呀?我自然要选个显眼的颜色,好叫你认出来。"

程潾眼里的无奈快要凝成实质,我怕他不依,扯着他的衣袖摇啊摇,又开始磨他。

"好希明,乖希明,你就选我的龄章,好不好嘛?你忍心我辛辛苦苦刻好的章被弃如敝屣吗?"虽然我连初稿都还没有打好,可一想到那个场景,心里就已经开始生闷气了。磨到最后,我见他还是要应不应的,转脸换上凶巴巴的模样:"我不管!你就要选我的,就要就要!"

程潾终于有了反应:"……阿弗讲不讲理?"

我软了语气,可怜巴巴的。

"不讲……"

程潾早就料到我会如此,放下那块粉冻,轻轻叹了口气,似有些头疼,却又拿我没办法。

"……好。"他还是被我缠得妥协了。

我忍不住露出一副小人得志的笑脸,使劲儿奉承他:"我就知道,希明你一直都是极有眼光的!这般与众不同的龄章,只有你才配得上!"好听话不要钱一般,不住地往他身上扔。

我心里开始琢磨,是刻朱文,还是刻白文呢?白文刻起来要简单一些,可……我觉得朱文更好看一些。不过转瞬间,我还是选了朱文。难就难吧,谁叫它好看呢!希明也一定喜欢,我悄悄看了看旁边的程潾,他还在看那块粉冻。既然大家都没有意见,那就这样愉快地定下了。

三十七

刻这枚龄章，其实没有用上多长时间。

我每日都去程湉的院子里刻上半个时辰，也就十几天的事罢了。程湉一直看着我，免得我心浮气躁弄伤手指。这些天我确实刻得又慢又稳，手上除了有些酸痛感，别的什么小伤口是一点儿都没有的。还剩最后几刀时，他就夸我做得不错。

"其实也就是比别人多了一点儿天赋罢了，都没有认真学，凭感觉而已。"我嘴上谦虚，心里却自满，想着自己肯定要比程湉刚学篆刻的时候厉害多了。

话音刚落，手上便是一滑，接着传来一阵麻痛。

我愣了几瞬，还未反应过来，程湉已经托起我的手指吹了吹，用干净的棉帕裹住了。他皱眉："怎的这般经不住夸……才说你稳，接着便伤了手指。"

这时我才感受到传来的疼意，撇撇嘴，觉得好丢脸。眼里的泪水转转悠悠，还是倔强地掉了下来。

"痛……"我颤着声音，仍然不忘和程湉强调，"你看！希明，你看，我都流血了，不许不选我的……"

"选选选，"程湉哭笑不得，无奈极了，"一定选。"

我知道，他答应我的事情，一定会做到。可我还是不放心地加了一句："不选我的，以后我再不和你玩儿了！"

程湉看血已经止住了，不知从哪里拿出一瓶伤药，轻轻洒在我的伤口上。

我委屈地哭起来："疼……"

程潏便轻轻地边吹边上药。

等我哭完，抽抽搭搭地看到帕子上那两点血渍——其实好像也不是很严重……

程潏许久才说了一句："……不必担心，明日大概就会愈合了。"

我脸上升起一阵阵热气，伸手捂脸。

最后，这枚龄章是由程潏收了尾。成品实在算不得规整。我的篆书笔画本就偏圆钝，又太久未曾练习，龄章上的"希明"二字也显得笨拙得很。不过，姨母说，这才叫质纯自然，返璞归真。我便不再去想它好不好看，反正我是不会再刻第二枚印章了。可以说，这枚龄章算是我的收山之作。虽然我没什么名气，可我有傲气，不是随随便便谁都可以得到我的篆刻作品的。

姨母得知我弄伤了手，也颇赞同我的决定："……篆刻伤手，若以后再想要印章，叫希明刻一个便是了。"

是呀，有现成的，为什么还要自己耗费心神呢？

于是我乖乖挑选衣料。

姨母唤来裁衣侍女，量了我的尺寸。最近我长胖了好多，不过也长高了一点点，不至于心里太难受。我这么爱美的人，自然是要想办法变回原来那么纤细。

可程潏说变胖是错觉，他觉得我并没有胖，应该再多吃一点儿饭食。

"人本就娇弱，还挑食得很。"

他总是训我，又训得有理有据，我狡辩不得。每次他一说我，我便端端正正地认错，但是下次用饭仍旧我行我素，挑肥拣瘦。后来他放弃了，再不训我，只是仍逼着我吃素菜。

就这般轻轻快快地闹到了一个多月后，离程潏的生辰礼只有三日了。

  我的衣裙,姨母早已为我备好,是一套粉色的破裙。挑选衣料时,我一眼就相中了它,或许是因为它和龄章的颜色太近,一样娇丽,我觉得可美了。姨母没有不依我的,亲自绘出了粉梨海棠的花样,命绣衣侍女赶制。成衣一出,我就爱得不得了——粉而不艳,娇而不妖。程湝和姨母都说我穿着好看,虽然不管我穿什么,他们都会说好看。但是,显然,这套破裙最合他们心意。

  "只是阿弗本就幼嫩,如此越发显得小了。"程湝老气横秋地总结道,没有半分把我当作阿姐的觉悟,他还不是大人呢,就已经说大人话了。

  不过,我不和他计较,这几日我都让他翻来覆去看了不知多少遍龄章,好让他印象深刻些。

  "这与送给我有何区别呢?"程湝表示很不理解。

  我从他手里抢回龄章:"这怎么能一样?!竟是半分庄重的感觉都没有了!"

  "好吧。"程湝无奈极了,"不过无须再看了,我选得出。"

  "不行不行,万一别人也有粉色的呢?"我拒绝。

  程湝一时语塞,然后说:"不会的,不会有一样的。"

  我还是坚持:"万一呢?"说着又递给他,让他接着看。

  程湝似乎想说什么,最终叹了口气,无奈地继续看下一遍。

  这才对嘛!

  我点点头,总算是满意了。

三十八

三日时间转瞬即逝，程潜的生辰礼是在晚上，程憺匆匆地赶了回来。他毕竟是程潜的父亲，不论多忙，都不能忘了为程潜扶冠。而我一整天都乖乖地和姨母待在一起，看着她游刃有余地处理内务。

姨母怕我困，陪着我睡了一个午觉才唤来侍女为我梳妆打扮。为了配这粉色襦裙，姨母特意吩咐司珍侍女为我打制了一整套的珍珠佩饰，还给我梳了一个活泼俏丽的发式。打理妥帖后，我便跟着姨母动身前往布置好的水榭。

其实我不是很想和一群人待在一起。

我不知道该如何与不相熟的人相处，更不想理会本就对我有偏见的人。

姨母看我走得越来越慢，便伸手拉住我。她的手心温暖、干燥，我喜欢她拉着我。

"知弗不喜欢吵闹，一会儿看完希明挑选龄章，不必逼着自己留下，想离开，走便是了。"

"可以吗？"我不想别人因为我而指责姨母。

姨母只是笑了笑，不以为意："我们倒是不怕暗箭难防……可她们敢做开弓之人吗？不要怕，孩子。谁都不能伤害你。"

我看着姨母玄色冕服的裙摆镶着金色丝线编就的精致纹路，庄严又大气。

是啊，我怕什么呢？

抬眼看去，面前是长长的廊桥。接下来的路，我要走得很稳。

和姨母到水榭的时候，各家的妇人女郎们早已坐好，旁边侍女们伺候得极妥帖，此刻妇人们都在互相寒暄。

一水之隔，对岸便是郎君们聚集的水榭。

姨母拉着我，坐上各自的位置。我的座位仅次于她的首位。一落座，便有侍女为我净手。姨母微笑着看我擦干手，才转头与众人打招呼，竟没人问起我是谁。我乐得自在，只等侍女夹菜舀汤，为我剔骨挑刺，再乖乖吃掉。

桌几上的食肴明显与别人的不同，我知是姨母特意嘱咐过的，她的心意，我从不辜负。

这般场合确实无聊得很，我坐在那里，只等宴会行半。扶冠礼一过，便是挑选龄章的环节，届时女郎们也可一同观看。只要看着程湉选了我刻的龄章，我便去花园透气，再不回筵席。

左等右等总算是等到挑选龄章了。姨母拉着我，妇人女郎们也起身，各自的侍女随行左右。一群人浩浩荡荡，去了对岸。

最后，一行人在水榭旁的阔亭里站定。毕竟男女不同席，大家过来，只是看个热闹罢了。

那么多人里，我一眼就望见了程湉。

我第一次见他穿淡色的衣裳。程氏尚黑，他平时总是玄色深衣，像个大人似的。今日换了身衣裳，他可算有了些鲜活气。他今日与平常也不相同，头发全束，扶了冠——黑玉所制，简洁、质朴，与他甚是相衬。

程湉越发清俊了。今日他不同于往日，以前他虽也沉稳持重，却是不得已而为之，我看得出来，所以总把他当孩子。而今，他是自然而然地透出了这种气质。他的眼神告诉我，我的阿弟是大人了，他已经成为一个可以依赖、信任的成年郎君了。

长大不是件好事，也不是件坏事。

有的人是真的长大了；而有的人，看着长大了，其实已然失去了长大的机会，就如一朵花，未曾绽开便已枯萎了。

于我来说，稚嫩和苍老其实是一样的，身处迷雾，茫然不解，不知道盛放是什么感觉，索性浑浑噩噩地零落。

我好羡慕程潸啊。

纵使我觉得程憯千般不好、万般厌烦，可他还是在百忙之中抽出时间，亲自为程潸扶了冠。程憯不是程潸的慈父，但他总是在的，总是可以看见的，甚至摸得着嗅得到。我却是连父亲的脸都记不清了，只记得，我的阿爹在家里的时候总穿着那件皂色的衣服。即便我的阿爹不喜爱我，不在意我，可我还是忍不住想他，想对他撒娇，告诉他我的委屈。虽然我说不清楚自己受了什么委屈，可一想起他，便觉得满心酸楚。

程潸和我总归是不一样的，他有父亲，大家都知道他的父亲名字叫程憯，这是摆在面前的事实。

阿弟，扶冠礼成，事事如意。

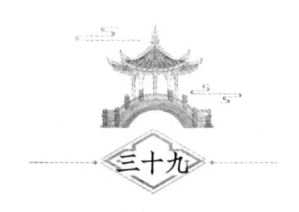

三十九

程潸说得不错，果然只有我的龄章是块明艳的粉冻。

大大小小二十几枚，几乎全部是青黑浓翠，还有好几块玄玉，最浅也是淡水色。唯独我的龄章霸道地放在中间，惹眼得紧。龄章是姨母吩咐她的贴身侍女放的，想来是这个原因，位置才那么显眼。不过，就冲着这个颜色，不显眼都不行。

程潸开始挑选龄章。显然，他看到了我的，手故意从旁边那枚玄玉上拂过。我睁大眼睛，生怕他手滑，却看到了他嘴角似有若无的笑意。下一瞬他坚定地挑起粉冻的绳扣。我放下心来，绽开笑脸。那枚龄章躺在他掌心，配着他今天的衣裳颜色，竟也算相合。

旁边有位妇人笑道："小郎主选的这枚龄章果真独特，虽说颜色有些女气，不承想，小郎主倒是压制得住。"

大家附和着，一片夸赞声。只有我自己知道下方的篆文刻得多么拙劣。

程潽选定了龄章，装作不经意地看了我一眼，见我快乐，他也露出笑意。上首两道强烈的视线扫在我身上，不必去猜，我知是程憺。想必他心里正恼怒着，他叫我不要再去找程潽，可我偏偏去找，他要我听话，我却偏偏要忤逆他。可是又如何呢？我不想看见他，只把自己的脸转过去，却不经意地瞥见了远处的一树海棠。我还未来过小榭这边的花园，毕竟我每日都忙得不得了，哪里有什么时间走这么远。

康西的海棠娇气，仗着自己好看，开个十来天便觉得委屈，不肯再露面。京陵的海棠却顽强得不行，硬是要撑到初冬，才依依不舍地离去。我既错过了康西的海棠花，赏一赏这边的海棠也是不错的。

反正程潽的龄章已经选定，接下来大家都能松泛了，我也不用再待下去。我扯了扯姨母的衣袖，眨眨眼。姨母溺爱我，自然知道我这是想溜走，便趁别人不注意，竟也顽皮地朝我眨眨眼。我心里惊奇，不承想，原来姨母也有这般活泼的一面。真的是……好可爱呀。刚刚因为程憺而有些烦躁的情绪，一下被抚平。

趁大家散开，我随着几个小侍女，悄悄地绕进了花园。

宴饮正酣，这里不会有什么人进来。我挥散侍女，只想一个人坐在台阶上歇一歇。

其实我是在等程潽，即便他并没有表露要来找我的意思，可我下意识地觉得他一定会来，因为我看见他座位上有我没见过的新奇玩意儿。

果然，在我仰头找最艳丽的那朵海棠的时候，程潜来了，手里捧着一件物什。

"这是什么呀？"

看外皮好像是树上结的果子。可我长这么大，还真没见过什么树的果实里会结宝石。

程潜在我身旁坐下，先是摘了一颗小宝石放在我手里，示意我尝一尝。

这能吃吗？……我放入口中，牙齿轻轻研磨，一股甜津津的滋味顺着喉咙流下去。

好甜好甜！

程潜看我喜欢，便使劲儿把手上的果子掰得大开，弄干净上面的薄膜，同时淡声解释："西川令托人送来的，是西蕃的水果，叫石榴。我尝着太甜蜜，是女郎喜欢的东西。"

我只看他手里的东西，不住点头。

他一手捧着，递到我面前。好看是真好看，红灿灿的，排列得整整齐齐。我攒了一把，啊呜一口塞满了口腔，汁水在口中迸溅开来，甜蜜又清爽。可它是有籽的，我含着剩下的果籽不知道吐哪儿，我可不愿意用姨母送我的帕子接着。

程潜见我没有继续吃，嘴巴又鼓鼓的，一猜就知道是怎么回事。

我正犹豫是不是吞下去算了，程潜的大手便出现在我眼前。我有些蒙，霎时反应过来他是什么意思，便有些嫌弃。倒不是嫌弃自己，而是嫌弃往别人手里吐籽实在不雅观，可顿了几息，我还是吐在他手上。反正程潜自己都不嫌，那我纠结什么呢？还是继续吃石榴好了。

于是，我和程潜，一个吐，一个接，竟然把整颗石榴吃完了，倒是不撑，毕竟汁水不多。

"甜吗？"

"甜。"

我舔舔唇，有些意犹未尽。

程潜把籽捏在手里，也不嫌上面有我的口水，起身交代了我几句便要离开。他是这场宴会的主角，不能缺席太久。

正当他转身，准备离开的时候，身后传来了一道男声："小郎主。"

我听着，清朗中似有些熟悉。

四十

我从未想过，有朝一日，我还能再见到两年前的谭小郎君。

在昌延街的那两个时辰是我离自由最近的时候。现在想起来，那些画面也是温暖明亮的。如今再见他，竟有种故友相逢的欣喜。他扶着身旁的女郎走过来，看得出来，她已有身孕。当年引得中书令家两个掌珠大打出手的小郎君，如今也是要做父亲的人了。这就好，月亮总是有圆满的时候的。

两人朝我与程潜行一礼，我避开，也俯了俯身，算是回礼。

谭飨这才看着我微笑："女郎，好久不见。"

我也真心地露出一个笑："谭郎君安好。"

或许谭飨已经知道我是谁，毕竟他与程潜看起来关系不错，也可能他已是程潜的幕僚。他成熟了许多，眼神却仍然澄澈。他身旁那位女郎一直微笑着，看起来才十六七，却要当阿娘了。

谭飨适时为我们引见："这是我妻，袁氏长乐。"

我看着她，问："是长久安乐的意思吗？"

她果真和谭飨一样,是个极包容的人,我于她来说明明是个陌生人,可她点点头,温声答道:"是的,这是妾的母亲赐予的。"

长乐,真是巧了。

知福常乐,念着怪顺口的。

程潸是真的要走了。谭飨本就是送长乐来花园透气,见我们聊得投机,索性随程潸一同离去,好叫我们聊得尽兴。

女郎凑在一起聊天,果然快活得多。

我与长乐一见如故,总觉得有说不完的话。看着她的小腹,我好奇得不得了,问她:"我可以摸摸吗?"

长乐看着我小心翼翼的样子,大方极了:"当然可以了。"

我轻轻地把手覆上去,真是不可思议,这里面已经有了一个小郎君,又或者是个小女郎。

"他有名字了吗?"

"未曾想过呢。"长乐也轻轻地抚摸,"要等他生下来,看看是小郎君还是小女郎。"继而又说悄悄话似的,"不过我已经想好了小名儿。"

"不管是男是女,都叫他'阿瑜'。"

我看着长乐充满爱意地看着自己的肚子,脸上的神情满足又幸福,这形象忽然就与母亲和姨母重叠。难道只要女郎们做了阿娘,就会变成这般温柔的人吗?我会不会也变成这样呢?可我想了想,还是算了,我并不想做母亲。

于娘子的小儿郎好烦人的,且我更不愿生下程憸的孩儿。本来我们的关系就已经够乱了,再来一个小娃娃,岂不是更乱?想想就头疼。

可长乐好像并不知我是谁,她甚至以为我是程潸的未婚妻子。她打趣我:"以后你和小郎主的孩子一定长得很好看。"

我慌乱地摆手,想要否认。

可她却继续逗我:"刚刚我站在旁边,一眼便看出小郎主的龄章是你送的。"

有这么明显吗?我呆住。那别人发现了吗?我不说话了,只听得她在旁边笑着继续说:"刚刚进来又看见你们,我就知道了……你一定是小郎主未过门的妻子。"

见她笃定的模样,我知她是真的误会了。

"不是的,我与他并不是那种关系。"我有些无奈,想要告诉她我是程潘的阿姐。

可她却以为是我怕羞,揶揄道:"有情人间自是不同,不管这个女郎平日里多持重,可看心悦之人的眼神总与看他人不同。"

心悦之人?

长乐一副过来人的模样,凑近我,说:"你心悦他。"

简简单单的四个字,却振聋发聩,令我几乎有些站立不稳。

我像是被掀掉壳的篆愁君,磕磕绊绊,到处找自己的壳子。

"不不不……不是的!我才没有心悦他!"

长乐好整以暇地看着我眼神闪躲、手足无措,悠悠地再次丢下一句:"你脸红了。"

我立刻用双手捂住脸,颇有掩耳盗铃的意味。可只要一想到她说我喜欢程潘,便觉得心跳如鼓。怎么可能呢?我怎么会喜欢程潘呢?他只是我的阿弟!可我心里却回荡着一阵又一阵的涟漪,像是有人一直在逼问我:"你真的只是把他当阿弟吗?你真的不喜欢他吗?"我就大声反驳:"我不喜欢,我不喜欢他。"可是那个声音只是淡淡道:"不,你喜欢他。"于是我被击溃,心里涌起一股说不清的感觉,似喜又似悲。

我喜欢他。

我心悦程潘。

终究还是看清了自己的心意,但我宁愿不知道自己喜欢他。

我问自己,怎么能喜欢上程潜呢,怎么能呢?

可偏偏就是喜欢了。

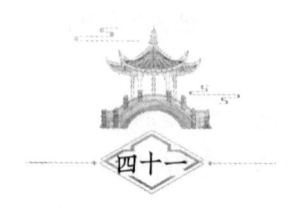

四十一

我不再每日都去找程潜了,自那晚起,我像突然开了窍,尝到了之前我从来不曾有过的情绪。

这样不好。

我不喜欢这样的自己。

明明知道我和他是不可能的,他终究会娶妻生子,成为别人的夫君、父亲,和他的妻子白头偕老、儿孙满堂,死后长眠共枕于棺椁之中。一想到这些,我心里就泛出一股股酸痛。这种感觉太难受了,我想变回从前那个我,不知情爱滋味,也就不用忍受这种苦楚。

我渐渐减少去找程潜的次数,也很少去姨母那里了,我下意识地觉得这是一件很不光彩的事情,姨母待我这般好,我不知该如何面对她。

我想同程潜待在一起,可长乐说,心悦一个人时,眼神是藏不住的。我藏不好,那就只有避开。

程潜是个敏锐的人,在我隔了好几天再去找他的时候,他皱着眉,终于忍不住了。

"阿弗,你在难过。"

他是用了陈述的语气。我知道他看出来了,可是还是嘴硬道:"没有!"

"自我扶冠之后,你再不似之前一般日日寻我,为何?"

我编不出来理由,索性破罐子破摔:"没有为什么,就是懒得走了呀!而且我和善善在一起,也有很多好玩的事情。"

其实我已经很久没有和善善在一起玩了,善善说她要做一件很重要的事情,我便不去打扰她。

这些天里,我很寂寞,没了可以说话的人,像是回到了在以前的府邸里的日子。这大概是对我的惩罚,罚我没有管住自己的心。可情窦初开的滋味一点儿都不像话本子里面说的那么美好、有趣,我只觉得满满的难过。这些,我都不能告诉程潏。

母亲说,爱是霸占,是独享,容不得他人一丝觊觎。

可是父亲爱她。我知道,虽然父亲不喜欢我,但是他是真真切切地爱着母亲。程潏与我,终究不是两情相悦。从前我想着,若我喜欢一个人,当然是要不顾一切地霸占他,可真遇上了那个人,却又迟疑了。

程潏啊,他不只是我的阿弟、姨母的儿子,他也是程氏的小郎主,更是未来的贤明君主。他答应过我,要做一个好皇帝的。不过一个人的落花有意,他这么好的人,我怎么能够让自己成为他本纪上的一团墨渍呢?况且……我有那么多不好的地方,比如喜怒无常、娇纵、暴戾、动不动还要掉眼泪。

算啦,说好要当他一辈子的姐姐,我就不去想其他的了。

程憎总说我没有心,那我肯定会好起来的,很快我就能不喜欢程潏了。所以我打断程潏想要说出口的话,问起姨母的生辰:"……不知道送她什么才好。"

我有些苦恼,再过一个多月就是姨母的生辰,我却不知道要送她什么礼物。

说来也巧,程潏、姨母和我的生辰隔得还挺近的,我与姨母只隔了一个月,这是我第一次有了对生辰的期待。

还有两个多月，我就要二十一岁了，我竟已这么大了，真是不可思议。有的时候，我觉得自己还是牢房里的那个小女郎。可我又记得很清楚，父亲母亲离开我十三年了。

我想他们，我爱他们，也怨着他们。为什么他们就抛下我了呢？

一想起这些，胸口就一阵阵地疼，我是他们的女儿，可竟连他们的埋骨处都不知，这么多年，我从未去看过他们。我最听阿娘的话，阿娘最听阿爹的话，她叫我不要问，要我听程憺的话，就是阿爹要我不问，要我听程憺的话。

程憺要我不出去，我便不出去。

虽然我不想，可我若是不听话，阿爹会更不喜欢我，所以我一直乖乖地待在不同的笼子里。就算有的时候想要出去，我也按捺住了。除了有些时候会忤逆程憺，我一直都是最听话的孩子。

所以，下一世，父亲一定要最喜欢我，好不好？

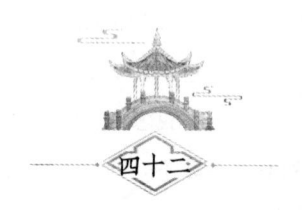

四十二

我想了好久，可还是不知道要送给姨母什么礼物。她什么都不缺。

送礼物要送姨母喜欢的，所以我直接跑去问姨母。可姨母说她什么都不要，叫我多去陪陪她，她就快乐。是我的错，一定是之前我不再每日都去看她，惹得她伤心了。

我本来还想自己绣个锦囊帕子的，可姨母不许，她说我是她的心肝宝贝，我弄伤了手，她会心疼。也是，我实在不擅长穿针引线，遂放弃了。既然姨母说要我陪陪她，那我就多和她在一起，好叫她再不寂寞。于是我又如同刚来程氏时一般赖着姨母,每日连午睡都要黏着她。

原本我午睡一直要到申时过了一半才起身。可今日,我才躺下不过半个时辰便醒了。我做了极可怕的噩梦,等到清醒才发现自己流了一身的汗,内衫都湿透了。往日姨母都会哄我的,今日却没有。

我爬起来,发现屋子里静悄悄的,没有姨母的身影,便撇撇嘴,有点儿想哭。赤脚下了床,也不管自己披散着头发,只想去找姨母,告诉她我做了个不好的梦,我害怕那些东西。绕过拔步床,见一个小侍女正倚在外间的门上睡得正香,我没有叫醒她,自己出去了。

姨母不在寝屋,难道在正厅吗?

于是我朝正厅的方向走去。经过长长的回廊,我直接从后面的小门进去了,刚走到屏风后面就听到了程憺的声音。

他不是很忙吗?为何现在回来了?难道是知道我在姨母这里,想要捉我回去?

屏风刚巧遮住了我,却又留了一道缝隙让我做墙下君子。想了想,我还是没有走出去。等他走了,我再去找姨母。

程憺似乎也是刚来不久,一身铠甲还未换下,风尘仆仆,比起以前,整个人更冷硬、肃杀了,可惹人生气的本事还是一如既往地厉害。他刚开口就是一句:"劳烦姐姐带着织织,她调皮得紧,以后还是我亲自教养。"

听着就生气,我差点儿就没忍住,冲出去。

可是姨母很平静,她只说:"郎主在怕什么?是怕希明抢走知弗的心吗?"

程憺眼瞳缩了缩,剑眉微皱。

"姐姐多想,只是毕竟孩子们大了,自有一番规矩。"

我听得想打他,他不许我去找程潜与我自己不想去找程潜是两码事,他竟还想要逼姨母拘着我。

"真的吗？"姨母弯了弯嘴角，却没有半分笑模样，"那为何不许他们待在一起？本就该他们两个最要好的，不是吗？"

程憺沉默了很久，才缓缓开口："自姐姐成为程氏母主以来，没有一件事是不妥帖的，晏清向来敬重您。相信这件事，姐姐也会一如既往地有分寸。"

姨母似乎轻笑了一声。可我听得出来，她很伤心。

程憺他竟敢这般对姨母！我捏紧拳头，刚想冲进去与他理论，可姨母接下来的话却叫我停住了脚步。她说："可知弗本该是希明的妻子啊……郎主，是你背诺了。你明明答应了颍阳令，会把知弗交给我，让两个孩子凑成一对，不是吗？"

"是。"程憺沉声答道，"我是答应了把她交给姐姐，可那时局势变化，她不可以待在程家。"

姨母只是难过，她忍着眼泪。

"知弗的父亲哪里对不起程氏？还有知弗的母亲——我的呢哝，她死的时候，才二十六岁。她从来不欠程氏什么，她的母家为何覆族？将军，程氏的郎主，你难道真不知吗？"

乍听到父亲母亲的名字，我有些错愕，可是短短几句话却包含着好多我不知道的事情。父亲问程憺要了一个承诺，而这个承诺是关于我的。

姨母眼里含着的泪水落了下来，像是砸在我的心上，我的眼前也开始模糊，站在那里，不知如何是好。我从未想过父亲会为我做些什么，小的时候，他待我极其冷淡，我只知道他不喜欢我。

越是得不到他的目光，我便越是难过。

我以为他总会给我留下些什么，可直到最后一次见他那一天，他都不曾看过我一眼，也不曾给我留下只言片语。我此生最意难平的事情便是阿爹不爱我。可就在我已经死心承认这个事实的时候却猛然发现，我阿爹心里是有我的。

我阿爹……他心里是有我的！是有我的！

如今发现从前求而不得的东西本就属于我，我除了喜悦，更多的是局促。我还怨过父亲，是我不乖，父亲要是知道，会不会被我伤了心？然后我慢慢意识到，姨母说父亲要的承诺是我成为程憯的妻子。

可我现在呢？

我现在的身份却是程憯的侧夫人。他既没有把我交给姨母，也没有把我嫁给程潜，而是把我关在笼子里，又叫我成了他的外室。

"我是答应过的，可颍阳令也说过，若织织不喜欢希明，也莫要强求。"程憯不觉得自己做错了，他淡漠得可怕，所以当初理所当然地替我做了决定，"……他只是忧心无人照顾织织罢了，既如此，为何那个人不能是我呢？"

不曾问过我，也不曾放过我。

真叫人伤心，世间最难过的事情莫过于，从前得不到，如今已失去。体内开始撕心裂肺地疼，我捂住胸口，只觉呼吸困难，腿也失去了力气，支撑不住自己。我伸出手撑在屏风上，却弄出了声响。不等他们反应过来，我已强撑着走了出来，泪眼婆娑，哽咽不能成语。

姨母失了往日端丽的仪态，急忙跑到我身边抱住我。他们都没有想到本该在寝屋之中安眠的我会出现在这里。我顺势靠在姨母身上，大口喘息，攥着姨母的袖子，这才安心些，此刻我已然站立不稳。眼泪大颗大颗地顺着脸颊掉落，喉咙里堵着颗尖锐的石子，磨得我生疼。我逼着自己发出声音，我要质问程憯，质问他凭什么替我选择了人生。可我拼尽了力气，挤出来的却是一句又一句喑哑的"我阿爹心里有我的……阿爹心里是有我的，阿爹他"。

此刻我变成了十三年前的小女郎，得偿所愿却又与父爱错肩而过。父亲留给我的唯一能证明他心里有我的这个承诺，被狠狠地背弃。真是讽刺，看清了自己的心意，又忍痛决定放弃，才知道我本就该是程潏的妻。

可如今，我与希明，绝无可能。

二十年的人生里全是遗憾。我想再说些什么，可巨大的痛意袭击了我，像是要碾碎我的心。眼前一黑，我合上眼睛，从姨母身上滑落。

失去神志的前一刻，是前所未有的疲累。

错过了，都错过了。

此生我再不会快活了。

四十三

侍女们在到处找我。

可我根本不想从衣柜里出来，虽然里面黑暗又狭小，我却很喜欢。我躲在里面，就没有人可以找到我。我只想把自己藏住。

姨母来看过我。她抱着我，看着我消瘦的脸，心疼得掉眼泪。

"知弗，我的知弗，是姨姨不好。"她声音里满是自责，"姨姨不该任由他们抢走你。"

哪里是您的错呢？

那些眼泪叫我知道，这些年姨母过得并不快意，她念着母亲，念着我。做程氏的母主，她未尝不煎熬、寂寞，可她等了我一年又一年，还给她的却是所谓的"织织"。

我怎么舍得她难过呀？

"姨姨，我做了个噩梦，好多脏东西追着我跑，我害怕。"

姨母把我抱紧，用手轻拍我的背，像以前那样安慰我："不怕不怕，知弗不怕，姨姨抱着你。"

"嗯。"我点头，"我知道，所以我会很乖的，我只是心里有些难过……再让我自己待一段时间，很快，很快我就会好起来的。"

很快我就会好起来吗？

我不知道，可我只有姨母了。

再等等我吧。

于是姨母答应了不再来寻我，而是等我快快好起来，去找她玩耍。她总是不忍心叫我做我不想做的事情，程湉也一样。

第二天，他站在我门外，唤我："阿弗。"

我差点儿就要伸出手了，可我看见镜子里的自己憔悴、凄惶，脸色苍白，眼神暗沉。不好看，不漂亮了。

我不想让他看见这样的我，于是我对他说："再等等我吧，希明。不要问，也不要去想。"

一个人烦恼、难过就够了，不必拉着别人，万一……万一程湉知道了这些，觉得尴尬，怎么办啊？

我还想能看见他呢，能当他的姐姐，总是好的。如今我要做的就是忍住我的不甘，忘掉不断在心底回响的那一句"而我本该是他的妻"，所以还是不要看见他了，我怕，见了他，我的忌妒与心痛便会疯长。

程湉轻轻地说："好。"

他从来不骗我，我信他。

我想，等我学会掩饰自己的眼神了，我就去见姨母和程湉。可学了好几天，我只学会藏进柜子，把自己埋在一堆华美的衣裙里。

侍女们找不到我，可善善找得到。好久没有看到善善了，真好，她还在。她似乎有很多话要对我说，可还是忍住了。

一瞬间，我觑见了她眼睛里的伤感。

她为什么不开心呢？是因为我不开心了吗？

我任由善善扶着自己出了衣柜。她好像又长大了许多，是个大女郎了，怎么不等等我呢？

满屋的侍女看见我时总算松了一口气，鱼贯退下，屋子里只留下善善和我。她用手轻轻替我梳好凌乱的头发。

天色暗下来，善善轻声问："善善给夫人煮甜水面好不好？"

真奇怪，明明善善没有做阿娘，可为什么变得这般温柔了呢？全然不似之前活泼、跳脱。

我点头，讷讷道："好。"

善善停下手上的动作，不知从哪里变出一条发带。

"这是你做的吗？"我仰起头看她。

"嗯。"善善笑着点头，"送给夫人的生辰礼。"

大概她是见我太难过，想着哄我开心，才这么早就给我了。

善善去做甜水面了，我哪里也不去，就坐在屋子里等她。不过一盏茶的时间，善善便回来了。

面线漂浮在清澈的糖水里，尝起来是一股甜蜜的滋味。

善善坐在我旁边。看着我吃到一半，她有些难过："善善知道夫人不爱吃面，可善善手笨，只会做甜水面。"

我正用勺子舀起一口糖水待咽下，我看着她，摇摇头说："善善做的，我都喜欢。"不管是发带，还是甜水面。

善善忽然哭了。

我有些无措，我很久很久没有看见她哭了，除了那一年观灯节，她从未哭得这般伤心，不出声，只是落泪，眼睛里泛着绝望的悲意。而我仍旧没有学会如何去安慰她，只能如同当年，一句又一句地重复："你不要哭……不要哭呀！"

善善这次说："好，善善不哭。"她走过来，把头趴在我的腿上，我看不清她的脸，只能听到她在说话。

善善说:"好夫人,善善骗了你。善善不叫善荔,善善不是汾阳令的嫡亲女郎,而是他的妾生女……善善本名善禾。"

我一点儿都不生气,才不管什么善荔、善禾。

"没关系,你只是我的善善。"

叫什么名字、身份如何都没有关系的,我只认当年被送到我身边的小女郎,她叫善善,最是可爱。不论是出于什么原因,她在我最寂寞的时候来了,十四岁的善善陪着我,变成了今天将满十七岁的善善。她比我小好几岁,可我总觉得我们是一同长大的。她虽然比我小,却总是她照顾我。

善善告诉我,她小时候过得很辛苦,汾阳令有太多太多的妾室,她阿娘只是其中一个,她们被扔在远僻的偏室自生自灭,艰辛度日。她本以为这辈子不是被许给别的家族做妾室,便是被当作礼物送去各个官员身边。可没想到汾阳城破,一夕之间铺满了白骨。

原本该进那个地窖的是汾阳令的嫡女郎善荔。可当逃到地窖入口时,一群人死得只剩她们三个,眼看着叛贼就要追上来,善善的阿娘从身后狠狠地推了善善一把,将她推到了地窖里,于是进去的不是善荔,而是善禾。

善善顺着力道跌了进去。她错愕地回头望了一眼,只见她的阿娘一手抱过善荔,一手死死捂住她的嘴,原本尊贵娇纵的嫡女郎此刻花容失色,狼狈不堪。

她听见阿娘说:"对不起,对不起,我的命来赔你。"地窖的入口关上,几息后传来刀剑插入血肉的声音。

善善再也没有见过母亲。

似是怀念,又像是心痛,她掉了眼泪:"我十岁那年,阿娘不知从哪里弄到了蜂蜜和细糖,说是我的生辰到了,要给我煮一碗甜水面。真甜啊,那是我从小到大吃过的最好的东西。"抬起头,善善看着我,

"阿娘说，吃了甜水面，以后的日子再不吃苦。好夫人……女郎，善善愿你以后的日子再不吃苦。"

我的头脑开始不听使唤，沉沉地想要闭上眼睛，摇摇头，不行，我还没有吃完善善给我做的甜水面呢。

可善善把我扶到床上躺下，我听见她说："女郎，时间到了，善善要走了。"

不，不要走，你别离开我。

"这快快活活的三年本就是我偷来的，我偷了善荔的身份，便要替她做该做的事情。这一切由不得善善，我回不了头了。"

你要去哪里？不要走好不好？

汹涌的睡意席卷，我开始睁不开眼睛。只听得她最后一句："本来答应了再不骗你，可我还是背诺了……女郎，万事胜意，长命百岁。"

善善，回来呀，还有好多好多好玩的事情我们都没有做过呢。

你再等等我好不好？我就来。

别走，我这就来——

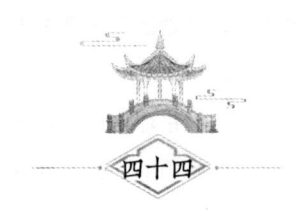

四十四

善善去找她阿娘了。

三年前，她们不得不分开；三年后，她们终于可以团聚了。

可我的善善离开的方式太过惨烈。这般可爱手巧的小女郎，在京陵最繁华的昌延街，在那高高的胜寒楼上，大声说道："我乃汾阳令嫡女郎善荔，今日立于此处，实因齐帝所迫！"

一桩桩一件件，她把皇帝的罪行与昏聩控诉了个彻底，竟没人上去拦着她……当然不会有人去阻止她。她站在上面是早就计划好的事情。最后,她凄厉又愤怒的声音传荡:"残暴之君,人人得而诛之!程将军!看看这些无辜百姓,你到底要愚忠到几时?!"

其实都是安排好的,善善的命运已经被安排好了。她义无反顾地从胜寒楼上一跃而下,温热的鲜血迸溅,染红了灰白色石板。

百姓们先是迷茫,然后是滔天的愤怒,天下苦大齐久矣。

程憺如梦初醒般,不再效忠于昏君乱政,当晚便攻占了齐宫,砍下了齐帝的头颅。

我一觉醒来便发现自己身处金瓦玉柱之下。而程憺散着发坐在床边看着我。我问他,善善在哪里。他也不瞒我,一五一十地和盘托出。已没有必要再讳莫如深,他如今是大齐的新主人,还用忌惮什么呢?

我不愿意相信善善已经没了,难过的情绪还未袭来,心里空荡荡的,我只能木然地发呆。

程憺见我失神,一把把我抱起,薄唇轻轻蹭我额头:"织织别难过,程叔叔送给你好多侍女,她们再不会走的。"

我大喊:"不一样,不一样的!我要善善,我只要善善!"我用手推开他胸膛,想要跑出去找善善。

姨母和程潜又在哪里呢?他们可不可以把我的善善还回来呢?

可程憺手臂紧紧缠着我,不要我出去。他抱起我,在屋子里四处走动,叫我看见这里是多么华丽。

"程叔叔送的娇娃馆,织织可还欢喜?"

娇娃馆?就是那个齐帝踩着百姓的白骨和鲜血,为他宠妃所建的娇娃馆吗?我竟不敢细想这里一开始到底是为谁建的。

"程叔叔知道,我的织织从来不要别人碰过的东西。"他微笑地看着我,眼睛里全是溺爱,"所以那人病死在半个月前。谁也抢不走织织的东西。"

他走到桌子前,抱着我坐下。这里果然是个白玉为墙金作瓦的地方,连盛燕窝的碗、配套的汤匙都是剔透的粉玉做的,嵌着上好的红宝石。舀起一勺燕窝,程憎送到我嘴边,这般的他像是回到了以前在京郊府邸的时候。

我心里突然平静下来,转过头看着他,轻声问:"姨姨和希明知不知道我在这里?"

他脸上的笑意顿了顿,可下一刻,他又立刻温声回答我:"织织生病了,等你好了,再出去见他们,好不好?"

我觉得很荒谬,告诉他:"我没有生病。"

可程憎坚持。

"不,织织病了。程叔叔也病了。"他眼睛微微泛着红意,"织织好了,程叔叔也就好了。"

我见他这个样子,只觉得厌弃。又是这样,又是这样!从来都是他自以为是,叫我喘不过气。心里涌起一股又一股戾气,我手一扬,把他的手狠狠推开。

"我没有生病!我说了!我说了,我没有生病!"

我受够了被关起来的日子,大声尖叫着,企图通过这种方式发泄我的郁气。精致的汤匙掉在地毯上,完好无损,碗里的燕窝顺着惯性泼洒出来,洇湿了我的衣裙,留下一摊污渍。无暇顾及其他,我心里的压抑和暴躁来得猝不及防。

可程憎仍极其包容地看着我,如同看着一个不懂事的孩子,正在蛮横地发脾气。

我的眼泪掉了下来,只觉得深深的疲倦,我所做的一切都是徒劳。

程憎疯了,他疯魔了。

"从前程叔叔忙,织织一个人总觉得寂寞,是程叔叔的错,该罚。"细密的吻落在我额头上,他喃喃地说,"以后再不叫织织等我,夫君每天都来陪着你,可好?"

夫君?谁的夫君?

我冷冷地看着他,良久才开口:"……既然你知道我不要别人碰过的东西,怎么就会要你呢?"

这话似是触到了他的痛处,程憺忽然抱紧了我,把头埋进我颈窝,他呼吸急促:"别这样对我,好织织,别这样对程叔叔。程叔叔爱你,程叔叔疼你。织织,我是你的夫君,你要爱的人是我。"

凭什么呢?我又不欠他的。

我看着他这般难过,心里生起扭曲的快意,不能只有我一个人痛苦,既然他要抓着我不肯放手,那么他也尝尝求而不得的滋味吧。于是我带着满满的恶意,不管他想不想听,只把自己憋了很久的心里话说出来。

"我不爱你,你不是我的夫君,我的夫君,应该是希明。

"你看,你有那么多的妾室,程叔叔,我觉得你好脏,你不干净。

"我不喜欢不干净的东西。

"不。"我弯弯嘴角,声音满是厌恶,"我是,不喜欢你。"

程憺好像被刺激到了,他抬起眼,眼中布满了血丝,有些瘆人。

我痴痴地笑了。

"程叔叔猜,我喜欢谁呀?"

程憺硬扯出笑容,脸色狰狞,却极力维持着镇定:"没关系,织织喜欢谁都不要紧,你只是我的。"

他又在骗自己了。

我偏不让他好过,笑嘻嘻地凑到他耳边:"我啊,我喜欢希明。"随即又否定自己,"不不不,我不喜欢他。"

在程憺面色有些缓和的时候,我又继续开口:"我是爱他。"

"我爱希明。我爱希明呀,程叔叔。"说完,我便推开他,看着他笑。在心里藏了好久的话，肆无忌惮地说了出来，真是快活。

程憺被我逼得狼狈不堪，他甚至有些哀求地看着我，抱着我的双臂颤抖着，喉间泄出痛苦的呻吟，沉沉地喘息。

我没有想到，原来他真这么爱我，可惜我不是阿织啦，他再也哄不住我啦。

程憺把我的手捉住，放在他胸膛上。我从未见他如此卑微过，像个乞人般求我怜惜。

"织织……"他讷讷道，"这里，真是痛极了。"

可不等我出声讥讽，他脸上又泛出奇异的神色。程憺得了失心疯一般，微笑起来。

"织织不乖，总是想惹程叔叔生气。不过没关系，不论织织做了什么，都是夫君的心肝宝贝，夫君怎么舍得罚你呢！"

疯子！程憺这个疯子！

我抵住他凑过来的唇，却被他困在怀抱之中，动弹不得。

"我有些忌妒，可是没关系，以后这偌大的娇娃馆，织织再也见不到旁人。"

他变回了程氏家主、大齐新帝该有的模样。

"我们还有很长很长的一生。"

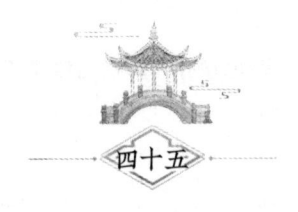

四十五

我不知道还要被关在这里多久，一想到这个答案可能是我的余生，便觉得前途暗淡。

何必呢？

得不到的东西，程憷又何必强求呢？我越来越不懂他了，他从来不是囿于儿女私情的人，却偏偏要紧抓着我痴缠。程憷费尽心思，一路踩着无数尸骨，在黎民百姓的赞颂中诛杀了君王，登上了帝位，却如此深情？

他日日来看我，陪我说话，带着我在娇娃馆四处玩耍，好像真的把自己当成了我的夫君。

我不愿意与他在一起，他便强行抱着我出去。一开始我还挣扎，甚至刻薄地诅咒他、讽笑他，可他只是微笑，甚至顺着我说。

像是被蛛丝缠住，我无力极了。后来我索性不再理他，不管他说什么，我都不再给予任何回应，彻彻底底地无视他。可心里的郁意越发浓烈，我以肉眼可见的速度瘦了下去，身子骨越发单薄。镜子里的女郎瘦得眼窝凹陷，双眼大大地睁着，眼神却是一片死寂，如同死水一般，看着便觉得瘆人。

这是……我吗？

我怎么变成这个样子了呢？

一只手覆上我的眼睛。

"织织该出去散步了。"

所谓的散步，不过是在屋子外面走一走罢了，都是在笼子里面，有什么区别呢？可程憷不随我的意，我想不想去不重要，他觉得我需要去散步，觉得我只是懒得走，他可以抱我去。

这次我被他抱出了院子。娇娃馆果然阔大，走了好久好久，他抱着我到了一条长长的巷道。

"织织猜猜，这是何处？"

看向程憷，我不知道他想做些什么。他温柔地贴了贴我的脸："不是巷，是门。"

我隔得远远的，看见了暗红色的大门，那大门映在我眼中，小得可怜。

"这里是娇娃馆的门。"程憎低沉的声音,稳稳地穿进我耳里,"等织织病好了,就可以从这里出去了。"

"若我好不了呢?"

我连自己生了什么病都不知道,大概在程憎眼中,我不爱他,便是恶疾。

"没关系,程叔叔永远陪着你。"

他眼里的偏执叫人害怕,我的呼吸开始急促。我还能保持多久的清醒呢?或许几年后我就疯了,或许明天就会疯。可我不愿意妥协,我绝对绝对不会向他低头服软!

我藏不住对程憎的憎厌,就如同我藏不住对程潜的喜欢。

总有一天,我要跑出大门,跑出这娇娃馆,跑得远远的,再不回头。可我知道我如今逃不掉,所以即便大门就在眼前,直到程憎抱着我离开,我仍旧未曾多看一眼。我现在要做的就是等姨母和程潜找到我,我要乖乖地等着他们,等他们来接我回家。

幸好程憎不是时时与我在一处,我得以喘息片刻。他为我寻来了许多活泼的侍女,她们身上都有善善的影子。可她们都不是善善。

善善走了,只留给我一条发带。

小骗子,又帮着程憎哄了我,可只要你回来,我就马上原谅你,绝不同你赌气。所以你要回来了吗?我在心里问了一次又一次,但没人回答我。

"夫人,奴婢来给您梳头好吗?"一个侍女凑到我身边,想要讨我欢喜。

另一个侍女也凑过来:"那奴婢给您读话本子!"

娇娃馆里的侍女,不同于以前府邸里面的侍女,把自己装成聋子哑巴,程憎不在的时候,她们总是变着花样与我说话逗乐。若是以前,我怕是会快乐得不行,可我如今太累了,已经没有心力再和她们玩耍了。可因着善善,我愿意多给她们两分包容。

我不说话,看了她们一眼,回头继续望着窗外,没说拒绝。两人便试探着开始动作。梳头侍女小心地解下我的发带,把它放进我手中,我立刻缠在手上,紧紧抓住。这是善善送给我的生辰礼物,是我的宝贝,不能弄丢了。

耳边响起读书侍女轻柔的嗓音。

一听到开头,我就猜到是贫寒小郎君与富贵小女郎私奔的故事,和以前看的一样。我甚至可以猜到,结尾定然是郎君做了官,同女郎甜甜蜜蜜地在一起。

书中的郎君,名唤明郎。

倒是巧也不巧。

"那明郎三魂失了两魄,寄居圣庙,只道专心做文章,却不想料见玉人月下吹箫罢,才知颜如玉何为眉黛鬓鸦,腰柳颊霞……

"莫生妄念,想我这穷贫书生,庄农人家,怎配得他!

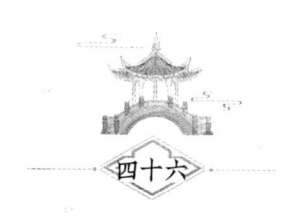

"……"

四十六

时间如白驹过隙。

程憎的登基大礼定在八月十三,大礼三日后便是我的生辰。我错过了姨母的生辰,说好要多陪陪她,可我终究背诺了。程憎向我许诺,等到了我的生辰,他就拟令以告天下,叫我做他唯一的昭仪,位视丞相,爵比诸侯。

"除了后位，织织要什么都给。"

我心里无一丝波澜，他要给什么都与我无关，我更不会因此感激涕零。后位上坐的是姨母还是我，又怎么样呢？谁稀求呢？

大礼将至，程憺每日在娇娃馆待的时间越来越短。即便我被囚禁在这里，可能够不看见他也是好的。这娇娃馆外，由程憺亲兵把守，外面的人进不来，里面的人也出不去。姨母他们……应该知道我在里面吧？

我按捺住不稳的心绪，拿起手边的话本子，不要侍女读，自己往下看。

"月照残花，珠帘未挂。妾身莹娘，南都渔溪人也，父亲吴浚者，前渔溪县令，为奸人所害，妾自八岁，充入教坊，守着那萧琴笛瑟，争忍的虚白昼……"

这话本子倒是与之前的不同，也不知那明郎与莹娘是个什么结果。不着急，光阴漫长，我清闲得紧，慢慢看。

"呀呀飘过海棠汀，孤燕儿飞不了青鸟城。寺庙中寒榻冷清清，画檐间琵琶怨泠泠，潇潇雨打芭蕉声，烛暗长门静……"

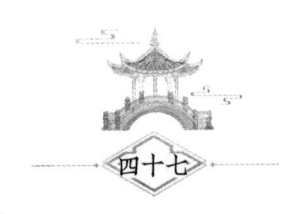

四十七

自古以来，王朝倾覆，史官笔下大多是因那红颜祸水秽乱朝纲。不管美人是不是真的迷惑了君王，可最后人们都习惯于把所有的罪孽与美人那纤细的腰肢锁在一起。

就如同那齐帝的宠妃。我不知道她是个怎样的女郎，可我知道，一个王朝的衰落绝不是一朝一夕的事情，更不能责怪美人太过美丽。

美丽从来不是错，错的是人心，这世间太多恶意与污浊，人心泡在脏水里，日复一日，便沾染上了。或许他们知道，其实怪不得旁人，只是总得寻一块遮羞布，好叫自己脸皮过得去。

那帝王虽亡了朝，可毕竟是一国之君，总要留些脸面，若现在便对着他狠狠踩上一脚，岂不是显得这刚登基的新帝小气？不成，不成！不若怪那柔美的女娇娥，谁教她长得媚人，定是她勾得帝王失魂落魄，引得百姓怨声载道，落得个国破家亡！

妙极，妙极……后世有人笑，有人骂，有人摇头，有人侧目。

承蒙厚爱，我竟也做了一回祸乱君主之人。

彼时我坐在窗边，正读到那莹娘与明郎诀别——既不是因为夜奔被捉，也不是他人阻拦。这话本子写得有趣，明郎与莹娘顺理成章地相爱，教坊的妈妈与姐妹也都善良，愿成人之美。明郎的父母从地里挖出了千两黄金，恰逢天下大赦，为莹娘赎了身。两人原本是要做对和和美美的小夫妻，谁料天意弄人，莹娘突发恶疾，自此与明郎阴阳相隔。

我看到的地方便是莹娘临死时对着明郎剖白心意，只可惜还没看到明郎的结局，便冲进来好大一群人，拘住了侍女们。我还未反应过来，有人便喂我喝下了一杯甜苦混杂的酒水。

错愕看去，是个不曾见过的老妪。她不发一言，轻摁我下颌，腻得令人作呕的酒水便顺着喉管流进我肚腹。

她是怎么进来的，我不知道。

面前这个老妪慈眉善目，带着和蔼的笑意。

"女郎，您得走了。"

走？去哪里？

"再有半炷香的时间便是登基大礼了，此刻娇娃馆外什么人都没有……您想出去看看吗？"

"……你是谁？"

"我是谁已经不要紧了，要紧的是，您只有半炷香的时间了。"

"那杯酒——"

"是酒，也是毒药。"

我有些茫然，竟是毒药吗？

"您是信林宋氏最后的骨血。老妪有愧，等您去了，我自当谢罪。但请不要责怪我的主人，她等这一天，已等了五十七年。"

"信林宋氏？"

心内哀戚，我如何也不敢想，自己竟是宋氏的人。那是……宋氏啊，辅佐高祖开国，三代宋相为大齐殚精竭虑，救程氏于水火之中，却落得全族覆灭的下场。

宋氏清直百年，我是唯一的污点。

眼神开始聚拢，我看向那老妪："所以……我是要死了吗？"

"我知女郎无辜，可哪里有父子反目的道理？程氏永远感念宋氏的恩德，可女郎，您不能活着。"

老妪沉沉地叹气，脸上带着悲悯。

我以为我还有很多很多的光阴可以挥霍，可如今……果然世事无常，由不得我。那就跑！跑出这娇娃馆！跑出这帝宫！

即便是死……我也不要死在笼子里！

不知从哪里来的力气，我站起来，提着裙子跑出了寝屋，一直跑一直跑，此刻我内心只回荡着一句话："不要死在这里……不要死在笼子里……"

在母亲自困的笼子里出生，又在程憺打造的笼子里长大，我这一生都活在笼子里，像只雀儿。如今我要死了，我不要，不要死在笼子里。

只要我跑出了大门，至少让我跑出大门……就能平静地死去了吗？

眼泪还是流了出来，我不甘心！我好不甘心！为什么所有的苦水都要注入我心中？我明明不欠任何人，我也没有做错任何事，可偏偏承担这苦果的人是我。

我不想就这么死了，我还没有见到姨母，还没有见到希明……我还有好多话想和他们说，我日日都在想他们，想得掉眼泪。让我再看他们一眼吧，把他们的脸记住，这样孤零零地走了，我舍不得呀。

大门太远，腹中的毒酒开始起作用，肚子隐隐地胀痛，可是不能停，我怕我一停下就再也跑不动了。

姨母说，我永远都不会等不到希明。

他会来吗？

喉间涌起一阵腥甜，我的时间……好像不多了。

眼前渐渐昏暗，我看向暗红色的大门，它关得紧紧的，我的喉咙似是被堵住，火燎般疼痛。五感渐失，不知道自己还能撑多久，怕是……等不到希明了。

可下一瞬我觉得自己好像是在做梦，暗红色的大门被推开，那个人穿着玄色礼服朝我奔过来。

是谁呀……

"阿弗！"

希明？是希明！

我还是等到他了，我等到他了……提起一口气，我在他来到我身边那一刻，跌跌撞撞地扑进他怀里，倦鸟归林般安心。这般场景，竟然与脑海里我学木屐时扑进他怀里的场景重叠，可是我已经没有力气再站起来了。

我不受控制地从他身上滑下去。他抱着我坐在地上，一只手捧着我的脸颊，失去了平日里清冷、平静的模样，急切地唤我。

"阿弗归来！阿弗归来！"

他的眼睛红了。

不要哭呀，希明，我心疼的。可我已经不能说话了，想要再叫一声他的名字，喉咙里却只能发出血肉涌动的模糊声音，我只好用眼睛看着他，不愿意眨眼，也不知道我有没有流眼泪。

会不会很丑？

腹内一阵绞痛，嘴角溢出温热的液体，滑过脸颊，好像是呕血了。

突然，我好想哭。我想起没有学完滑木屐，还有书房里没有抄完的大字、承诺给他的画像、龄章的坠子、火红的石榴、康西的海棠、黄胖……好多好多的东西，我还没有收到过姨母和希明送的生辰礼呢。

好多好多悄悄话，我还没有同希明说，甚至没来得及开口说我心悦他。

我真的很喜欢很喜欢他啊，若是一开始我就来到姨母身边，该多好啊……恍惚间，我想起了莹娘，终于懂得了她的心绪，真真假假，如梦似幻，这一刻我好像成了莹娘。用尽最后的力气，指甲在他的手背上狠狠地掐下去，这是我唯一能留给他的痕迹。

姨母不要哭，希明也不要哭，知弗先去找阿爹阿娘，我等你们好不好？

希明一定会是个好皇帝的，对吗？

神志陷入黑暗之中，再怎么不愿，我还是合上了双眼，只能带着不舍和遗憾离开……还是没能跑出大门啊。

那话本子，我还没有看完呢。

可我的一生太短，故事只能讲到这里。

番外一

宋洇提着桂花糕回家。

寝屋里午睡的小人儿怕是早已醒了。今日他原本是要休沐的，只是今秋多事，故而耽搁了半天。她在家里本就寂寞，更何况……如今做了阿娘。不知她会不会躲在被子里掉眼泪。

宋洇心里思绪万千，面上却丝毫不显。他推开门走进去，果然见床上鼓起一团，留一只娇气的小脚在外面，粉色的脚趾可怜地蜷着。

"阿浓。"

被子下的人动了动，不肯出来。

宋洇把桂花糕放在一旁，在床边坐下，轻轻扯开被子。那人抱着自己离去时换下的中衣紧紧闭着眼睛，鼻头眼圈都透着红意，睫毛濡湿。

"阿浓，我回来了。"

阿浓觉得很委屈，可夫君唤她，她还是睁开了眼睛。宋洇看着那双漂亮的眼睛里映着水意，显然它们的主人已经哭过一场了。娇艳纯稚的女郎眨眨眼睛，又掉下了泪珠。

宋洇眉目清冷，手却伸到阿浓腋下，把她抱进自己怀里："……莫哭。"

阿浓揪住宋洇官服的衣领，把脸贴在他的脖颈儿上，鼻子紧紧挨着他脖子蹭来蹭去，深深地吸气，脸上泛起潮红，依恋又娇怯地唤他：

"夫君……"

良久，阿浓仍嫌不够，小手扯开冷面郎君的官服，头垂下去，微微张嘴，露出两颗莹白可爱的犬齿，藏在齿下的粉舌沾着水迹。

宋洹不语，嘴唇微抿着，也不阻止怀中的小女郎，只是伸出手护着她腰腹，任由她放肆。

等到阿浓亲近完，两人的衣衫都已凌乱不堪，宋洹胸口布满了红痕和牙印。他伸手扶稳她，也不管自己还裸着的胸膛，骨节分明的大手替阿浓把中衣理好。

阿浓娇娇地唤他："夫君……"

"嗯。"

"夫君……"

"嗯。"

阿浓捉住宋洹要整理官服的手。

"不准，阿浓想看。"

宋洹没说"好"，也没说"不好"，只是手上的动作停了下来，转而去拿桂花糕，递给阿浓。其实阿浓不甚喜欢这桂花糕，可宋洹找遍了颍阳，都没有找到卖桃酥的店铺，那是什么糕点都无所谓了。

"夫君，阿浓手软……"

宋洹知道她是在撒娇痴缠，不想太过惯着她，只是对上那双湿漉漉的眼睛，他心里一软，最终淡淡一句："下不为例。"

阿浓看着夫君冷凝的脸，并不放在心上，这句"下不为例"不知说了多少次，她现在都只当没听见。她靠在宋洹身上，就着他的手吃完一块糕点。看见宋洹修长的手指上沾了碎屑，她还伸出小舌头帮他舔了个干干净净。她喜欢与自己的郎君亲密无间，也喜欢在他的身上留下印记，她本就是霸道的性子，又娇气。

宋洹低眉，看着赖在自己身上的小精怪。

阿浓知道，他又觉得不成体统，要叫自己下去了，索性伸手抱住他脖子，脸在自家夫君身上磨蹭着。

"夫君爱我……"似是哀求，似是陈述。

宋洇听着她的呢喃，刚抬起的手又放到她腰间。

阿浓抬脸看他，正对上宋洇冷肃的双眼，忽然痴痴地笑了。每次看到宋洇这般禁欲的模样，她就忍不住想要扯开他的衣裳，叫他脸上露出别的表情。

可显然，宋洇的耐力极好。

他静静地看着怀里的人，她睁着泪汪汪的眼望着他，又纯又媚，像化成人形的狸奴精，下意识地勾引自己的主人，直白又热烈。其实她在第一次笨拙地勾引他时便成功了，只是他不动声色地藏住了欲念，却引得她越发痴缠。

"今日乖不乖？"

阿浓原本放肆的动作顿住，她把脸藏起来。

"乖的乖的……"

宋洇知她心虚，可她尚在安胎，他自然不会多计较什么，只不过是例行问话。

"里面的小人儿乖不乖？"

阿浓使劲儿点头："小人儿也乖的！他最乖了！"小手却悄悄把自己肚腹护住。

心下暗叹一声，宋洇知道她是被吓着了。

这个孩子本不该存于这世上，可他偏偏来了，发现的时候，他已经四个月了。宋洇无父无母，阿浓年少失怙，两人又不许家里有侍女，都不大懂得这些，还是雇来做饭的使婆注意到阿浓最近口味变得厉害，请了郎中，才知她有了身孕。

宋洇从小在颖阳的济慈院长大，管事的人见他在读书上有点儿天分，便一直供着他，这是对外的说辞。无人知济慈院的背后立着程氏，他在程氏的荫蔽下求知问学，成了颍阳最负盛名的郎君，又经过郎选，一层一层地被推到颍阳令的位置。

他是程氏最满意的作品之一，气卓然，美姿言，通晓民生，能力出众，是人人赞爱的颍阳令宋郎，若是为民请命，死在齐帝的暴政之下，百姓们会如何心痛呢？

宋洹知道自己要走的是一条怎样的路，但他的确是心甘情愿，虽千万人，吾往矣。

四代政昏，百姓贫苦，天下本就是有能者居之，他要做的是做好颍阳令该做的事情，再在合适的时机血溅朝堂。

报程氏恩，是为义。为百姓死，是为仁。

他早已把自己的人生计划好，不曾有娶妻生子的念头，既是孤身只影地来，也要无牵无挂地走。

可他清心寡欲了三十年，程氏偏偏给他送来一个小娇娃，迷了他的神志，乱了他的心魄，叫他三十年来的自持力几近崩溃。宋洹看着那小娇女在自己身边一日日长成，她眼睛里的痴黏越发明显，他的欲念也越发浓重。他想，是时候把她送走了。

她幸运地在覆族之祸中顽强地活了下来，既如此，余生合该得遇良人，相夫教子。

他见不到她，便能斩了这荒谬的情结。

可就在他要把她送走前一晚，那小狸奴机敏地察觉了，于是她轻盈地跳进书房，跳进他的怀里，求他怜惜。宋洹看着她抱着自己的脖子，笨拙地引诱，水润的眼睛无意识地散发媚意，嗓间发出娇软的轻吟，唤他："郎君……郎君爱我……"

他一张冷淡的脸却染上薄红，该推开她的，该把她远远地送走，叫他再不生欲念。

可当那樊素口轻轻地贴上他的薄唇，又伸出小舌顽皮试探时，他所有的意志霎时瓦解。所有的事情开始失去控制，汹涌的情欲似拦不住的猛虎，只能任由爱念冲撞。

他的阿浓是他的劫数，小精怪学了摄人术法，把他逼得无处可逃，只消看她一眼，心里的冷静便溃不成军。

宋洹只能喟叹，事到如今，那便……如她所愿。

于是阿浓得偿所愿，宋洹的身心都被她霸占，她不许别的女郎沾染分毫。宋洹从不瞒着她什么，一五一十地与她讲清楚，最后他问她："可后悔了？"

阿浓看着他微拧的长眉，有什么好后悔的？本就是她强求来的结果，她欢喜还来不及。

只是谁也没想到，肚子里的小娃娃慌慌张张地就要来找阿爹阿娘。

宋洹从来没有想过自己会有孩子。他迟早是要走的，有了阿浓本就是个意外，再来一个孩子，若他真到了那一天，她们该如何自处？

思及她们将来会吃的苦，宋洹心里一痛。

这个孩子不该来，不该来这世上吃苦。可阿浓手捧着肚子，打翻了那碗落子汤，她流着眼泪，把宋洹的手放在自己小腹上，哭着哀求："夫君……夫君，我舍不得……他动了，他动了呀……他也不想走！"

这是阿浓和宋洹的小娃娃呀，阿浓舍不得，在得知自己要做阿娘那一刻，她先是迷茫，可随即而来的便是莫大的勇气。她要做阿娘了，这世上多了一个与她血脉相连的小东西，她感受到了他的小脚在轻轻踢着，叫她怎么狠得下心？

于是宋洹又一次妥协了，世上叫他心软的人又多了一个。

再有两个月，他就要来了，可阿浓太害怕失去这个孩子了，每每宋洹问他乖不乖，她都会下意识地护住他。这是一个母亲的本能。

小人儿出生那一刻，阿浓哭了，其实她心里满满的快活，可眼泪不听使唤。她的母亲在她出生后不久便离开了她,从小陪着她的是乳母。即便乳母爱着她,可那爱隔了一层。父亲很忙,虽然不是裴氏的家主,可身为裴氏子,他有自己的责任。

裴氏清流,家风甚严,她小时候从未出过家门,后来遇到了阿姐,与她最是要好,才有人可亲近。现在,她有了夫君,还有了女儿,可以亲近的人又多了两个。阿姐知道了,一定会为她高兴的。

侧头看着身旁的小女郎,阿浓只想把世上最好的东西都捧到她面前。这是她的小娃娃,是她的心肝宝贝。

这小人儿哭得上气不接下气,阿浓有些不知所措,她知道自己这辈子怕是都无法对这个小女郎狠下心了,只希望她对自己有些耐心,好让自己慢慢学会如何做一个好母亲。同样不知所措的,还有双手抱起孩子的宋洹。

他没有父亲,不知道如何去做父亲,更何况还是一个小女郎的父亲。

她那么小,那么软,干净得不可思议。

这是他的女儿,是阿浓和他的女儿。

巨大的幸福和痛苦一齐袭来,他在犹豫要不要把她送走,让她在别处快活地长大。可阿浓似乎瞧出了他的意图,求着他不要:"夫君怜惜阿浓,没有她我活不下去的……夫君不能对阿浓这般残忍……"

他看着那小女郎挥着幼嫩的小手咿咿呀呀哭得伤心,心里一阵闷痛,怀里是他的儿,旁边是他的妻,他怎么甘心舍得呢?

阿浓扯住宋洹的衣角,几乎快要绝望,她猛然间想起,阿姐!她还有阿姐!

"夫君!夫君,不要把她送走……我还有阿姐,阿姐是程氏未来的母主,她一定有办法的!她一定会帮我们的……求你,求求你,夫君……别带走她……"

宋洄背过身，他看不得阿浓悲痛欲绝的模样。可那一声声"夫君"，似是一刀一刀扎在他的心上。他看着怀里的小女郎，她已经止住了哭声，只是扭动着小身子，小人儿绵软，还睁不开眼睛。

他心软得一塌糊涂，良久才轻轻开口："好。"

"'知者弗言'，以后你的名字就叫知弗，好吗？"

于是小人儿有了名字，叫作知弗。阿浓守着她长大，除了几次给阿姐去信，绝不带她出宅邸一步。每当小女郎眼巴巴地看着父亲，阿浓便心疼得紧，可她不知该如何解释，只能越发疼爱她。

宋洄知道知弗总是看着他离去时的背影，他也知道知弗以为自己不喜爱她。可他更知道，自己陪不了她多久。

爱比恨长久，得到了又失去才是最残酷的事情，不如一开始就未曾拥有。他不知道该怎样去做阿爹，但他能给她的实在太少，只知道自己不能成为知弗的牵挂。

于是，每当知弗在身后，他总是默念着"不能回头，不能回头"。晚间到家，他只敢在她睡下后摸摸她的头，再坐着陪她一会儿。有的时候，宋洄会帮她把小手小脚长长的指甲剪短，免得她不小心伤了自己。

知弗每个生辰都有他送的礼物，但他从来不以自己的名义送给她，而是叫阿浓带给她。知弗七岁的生辰礼是想要阿爹抱抱，宋洄知她眼里满是期待，终是忍不住，回了头。下一瞬他反应过来，于是装作自己很忙，面上不耐烦极了。此时他看到知弗眼里的光熄灭了，立刻转身就走，心里却疼到窒息。

他在街上走了好久，看见有人卖布老虎，当即买了一个，想要叫阿浓送给知弗，哄她开心。

那货郎认出他，想要送一个给他。宋洄坚持付了钱，那货郎不好意思，于是教他，这布老虎有个暗层，里头可以放平安符。

宋洇把那布老虎带回家。他想要给知弗写一封信，藏在里面，即便她永远都不会看见。一想起白天她难过的模样，宋洇心里就又软又痛。

提笔良久，宋洇竟不知道该写些什么，平生第一次这般局促。

他能写辞作赋，也能撰文著策，却不知道该如何给自己的女儿写一封信。想了又想，他最终纸上落下了几字。

"知弗囡女，一生顺遂，长命无忧。父，宋洇亲笔。"

他不是个好父亲，可他希望自己的女儿不要吃苦，平淡、快乐地走完一生。

今晚阿浓陪着知弗睡。宋洇放轻脚步，来到床边，俯身亲了亲他的妻，又亲了亲他的儿，然后把布老虎放在知弗的枕头旁，又悄悄地离开。

"做个美梦，我的阿浓。"

"做个美梦，我的知弗。"

番外二

程憺抱着小女郎离开了牢房。

外面下着雨,子时将近,夜色正浓。他不太能理解,为何会有人明明能活下来,却还是选择了自戕。

活下来,休养生息,伺机反扑,斩尽杀绝。这是他从小受到的教导。

那裴氏女追随夫君而去,却丢下了自己的女儿。程憺并不为她的痴情感动,相反,他觉得她软弱又愚蠢。想起溅在墙上的血迹,他心里无波无澜,美则美矣,却太过脆弱。

把怀里的小女郎放进马车,他跟着坐上去。这是他第一次抱孩子。程憺冷情,就连希明,他都未曾太过亲近。

马车外的人低声询问:"郎主,去往何处?"

程憺顿了一息,沉沉开口:"京郊。"

下一刻,马车辘辘驶离。其实原本是要把这孩子送到程氏,放在母主身边,对外宣称她是王氏的远亲。可他离开前,府中的艾思先生冒雨赶到书房,劝阻了此事。

"……虽说颍阳令舍生取义,可他女儿刚夭折,程氏便多出一个小女郎,不太妥当。郎主,谨慎些总不是坏事。"

程憺被说动,虽说一切都已打点好,但程氏走到今天离不得一个"稳"字。就如白艾思所言,换个地方将她养大,待局势明朗时再接回来，替她找个贴心郎君，也不算违背颍阳令的期盼。

突然改了决定，程憺也不知道把这小女郎放在哪里。

远僻些，但不能离开京陵……京郊那处府邸是个不错的选择。

"程叔叔……"稚嫩的嗓音把程憺从思绪中拉了出来，那孩子似乎在发抖，不知是因为寒冷还是恐惧。

"知弗，是吗？"即便马车里漆黑一片，程憺还是挂起亲和的笑脸，这是他的面具之一，"想对程叔叔说什么呢？"

只要程憺想，他温和的姿态可以骗过所有人。

"我阿娘……"刚颤着声音开口，接着她又摇头，"没什么……"

直到抵达府邸，她都没有再说什么。程憺无暇顾及一个小女郎的想法，他肯亲自送她过来已经破例了。把那孩子抱下马车，程憺温柔地摸了摸她的头。

"从今以后，你就叫阿织，世上再也没有宋知弗了，要乖乖听话，知道吗？"

小女郎抬起眼看他。夜色昏暗，程憺看不清她的脸，可这双眼睛却在灯笼下发着晶莹的光，大概是她没有掉下的眼泪。

小女郎终于开口了："……那我可以去看我阿爹阿娘吗？"

程憺听得出，她在拼命忍着哭腔。

他面上带着浅浅的遗憾，表情极柔和，心里却十分平静，对她的悲痛无动于衷。

"好孩子，如今外面都是在找你的恶人，乖乖待在府邸里。"

思及还在等着自己把这孩子带回去的妻子，程憺想，身为程氏的母主，自然是要以大局为重，且这孩子不是不回去，只是晚些回去，又有什么区别呢？

果然，听他说完原因，虽然失落，但王氏女还是退了一步，她表示自己愿意等。

王氏女进退有度,把内务打理得井井有条,但还远远未到能与他平起平坐的程度。程憺尊称她一声"姐姐",也愿意给她体面,可这不代表他会因为她,改变自己的决定。程氏与王氏联姻是一回事,王氏实力不如程氏是另一回事。王氏女也知道,所以她即便愤怒、失望,仍旧会选择忍耐。

程憺不欲多说,他忙得很。如果不是后来私侍呈上一只布老虎,他是不会想起那双眼睛的。

京郊的管家来密信说,那孩子把自己关在屋子里,不肯说话,害怕别人的触碰。程憺皱眉,他不想把人养废,至少接她回程氏的时候,她的神志得是正常的。

于是,时隔多日,程憺又踏上了去京郊的路。那只布老虎被随意扔在暗格里,她既成了阿织,便没有必要留着从前的东西。

那孩子见到他时很高兴。程憺看清了她的脸,可爱、娇嫩,带着稚气,即便经历过那些不好的事情,她的眼神依旧柔软。在她心里,程憺已然成了她最亲近、信任的人。她叫他"程叔叔",同他说好多话,好像要把这些天没有说的话全说出来。

程憺尽心扮演着一个温和、包容的长辈角色,临走的时候,她殷切地看着他,小心翼翼地开口,问他还会来看她吗。受过伤的雏鸟会对第一个伸出手帮助它的人感激涕零,产生信赖。

他可以感受到那孩子对他的依赖。

这戏既然开了头,就得一直演下去,半途而废不是程憺的行事风格。于是他答应她,轻轻说:"好。只要你乖乖听话,程叔叔就会来看你。"

程憺遵守他的承诺,只要有机会,就会去看那小女郎,甚至会教她识字作画,听管家禀报她在府中的一举一动。听到那孩子只愿意亲近他一个人时,程憺心里居然生出奇异的满足感。

为了维持这种感觉，隔上一段时间，府中的侍女便要换一批，同那孩子玩耍，却不同她说话。

七年过去，在她面前，那面具像是变成了他的脸，浑然天成，连他自己都习惯了纵容、宠爱这个孩子，忍不住把最好的东西都捧来送给她。和她在一起，让他有一种将自己从高楼地基下抽离出来的感觉。

习惯真是个可怕的事情，明明他从前不是这样的。

程憯一出生，所有的东西都是早已准备好的，无所谓他喜不喜欢，也无所谓别人喜不喜欢他，毕竟这些都是无关紧要的事情。

从祖辈起，程氏人的心中就埋下了仇恨的种子。倾覆大齐的江山，告慰先人的在天之灵，这便是程憯承担的责任，也是他活着的意义。为了这个目标，程憯的曾祖父、祖母、婶娘和他那坐了一辈子木轮椅的父亲，可以不惜一切代价。程氏所有人心中都只有一个信念在支撑着，那就是复仇。父亲这一生最遗憾的便是没能亲手砍下齐帝的头颅。

"晏清，你要记住，一定要亲手杀了齐帝……亲手杀了他！"

程憯知道，其实父亲已经神志不清了，可人之将死，就让他说出自己的心里话吧，他不想再让父亲忍着。

"父亲……大兄，二兄……杀了他！杀……"

四十五年前，程栢只是个七岁的孩子，可就在母亲和嫂嫂们被关在门外的那个雨夜，他亲眼看着祖父掐死大兄刚出世的孩子，砍下父亲和两位兄长的头颅，然后拿着那把刀朝自己走来。

最后，被冒着雨呈给齐帝的盒子里，除了一具婴儿尸体、三颗头颅，还有一双孩子的小腿。

程栢再也没能站起来。只要一想起当年的事情，他便觉胸中郁痛异常。

齐帝昏庸，却执意妄想靠自己集权，第一个祭刀的便是掌军权的程氏。他以私通西蛮谋逆之罪大做文章，那不知从哪里寻来的信纸上盖着他大兄、二兄的龄章私印。

程氏百口莫辩，却不甘愿就此被斩尽杀绝。

在那个雨夜，盒子里的人死了，盒子外的程氏也死了，活下来的是仇恨。这滔天的怒火熊熊燃烧了四十几年，燃烧到了今天，并将一直燃烧到未来。血不流干，誓不罢休。

不怪祖父。程栖知道，祖父是绝望、痛苦的，可他是真的没有办法了，只有做出大义灭亲的姿态，打乱齐帝的计划，叫他无可指摘，才能保住程氏的一线生机。

可笑程氏，忠于大齐一百五十年，却落得家破人亡的下场。

程栖不曾怨过祖父，能活下来、娶妻生子已是莫大的运气。比起九族皆诛，壁虎断尾又算得了什么？可他恨哪，他恨了齐帝一辈子。老齐帝死了，他接着恨新齐帝。

从小他便不爱刀枪，一心只读圣贤书，曾立志要去齐地最艰苦的地方做官，为大齐死而后已。只可惜，他辜负了孔孟，成了那噬不见齿、袖里藏刀之人。可原本他是那个立志要成为光的人呀！

怎么……就什么都没有了呢？

"阿清……"

程憎知道父亲口中的阿清是谁。

其实与王氏有婚约的人是父亲，只可惜婚期将近，那王氏女郎却失足溺水，死在宫宴上。到底是失足溺水还是自尽而亡，世人不得而知，只是曾有侍女看见齐帝在那边的花园里命人端来醒酒汤。

三年后，父亲娶了母亲。在两个嫡子接连死去后，父亲才留住他的性命。

或许是为了弥补自己的遗憾，父亲把程氏与王氏的婚约落到他身上。父亲从小就坐在轮椅上，身体羸弱，病痛缠身，能坚持着活到五十几岁已经是奇迹，死亡也算是一种解脱。

既然要娶王氏女，娶就是了，儿女私情不是程憺应该放在心上的事情，比起程氏的复仇之路，实在是微不足道。

所以当程憺惊觉自己对那孩子太过在意的时候，他觉得不可思议。他不允许自己有弱点。

小女郎十五岁及笄，程憺出征燕山，没有赶上她的生辰。燕山盛产胭脂，色泽如血，十分艳丽。他骑马走在回京陵的路上，想着那孩子一定喜欢。

十五岁的女郎，长大了，可以嫁人了。

他记起之前问她想要嫁给一个怎样的人。那孩子沉默了，敛起笑容，干净的眼神泛起悲伤，良久，才轻轻说道："要嫁给像阿爹一样的人。"

那话语柔软却又坚定。

当时他觉得这种孩子气好笑，可如今想到该为她寻一个郎君时，心里却下意识地抗拒，甚至产生其他的情绪。那般干净可爱的小女郎，被他从八岁娇养到十五岁，怎么能任由其他人玷污？别人能把世间最好的珍宝都留给她吗？她还那么小，那么幼弱，如今已经长成纯稚娇艳的模样，眼睛生得勾人，却因为从小被关在笼子里，心里还住着个孩子。看着那双天真的眸子，谁会忍得住不去毁了她呢？

程憺走过廊桥，原本正赤着脚快乐地荡秋千的小女郎雀跃地朝他奔过来，脸上带着因为荡秋千而泛起红意，远远地唤他："程叔叔！"

忘了穿鞋子的小脚丫，可爱又可怜。

程憺假装没有看见，从怀里拿出那盒胭脂。她果然欢喜得不得了。下一刻，她打开盒子，用嫩嫩的尾指蘸了一点儿，涂在自己的嘴唇上。因为看不见，那一抹红涂得不甚均匀，可她看向自己，问自己好不好看的时候，程憷突然就知道自己为什么会抗拒，又为什么会……忌妒。

她脸上的浅红与唇上的胭脂交映，竟透着一股情欲，无端地生出媚意，她却睁着一双水润无辜的眼睛望着他。

程憷没有哪一刻比此时更加清楚地意识到，这孩子是真的长大了，长成了一个连他都为之悸动的丽人，将她占有的欲望来得猝不及防。美丽、娇气、脆弱，程憷对这些一向是无动于衷的，可如今他却喜欢上了这样的一个小东西。

是啊，喜欢。

他无法控制自己，不可自拔地喜欢上了这个自己养了七年的孩子。而这会成为他致命的弱点。于是程憷在她午睡正香甜的时候来到她身边，左手掐住了她脆弱温热的脖颈儿。

弱点，便没有存在的必要。

可看着她毫无防备的睡颜，手上沾满鲜血的他竟迟迟下不了手。他从来不是一个心软的人，如今却尝到了不舍的滋味。不会被别人发现的弱点，还能称为弱点吗？

程憷被自己说服。是啊，只要不叫别人知道，又有什么关系呢？

宠爱了她七年，自己是这世上最了解她的人，她又那么依赖自己，这个女孩儿合该是属于自己的。他在最后关头忍住了毁灭她的欲望，再没有人比他更爱她了。他深深地看着床上的人，这府邸里如今住的是他的织织。

"从今以后，程叔叔做你的夫君。

"谁都别想伤害你，谁都别想抢走你。"

番外三

"阿姐！"

枯坐在阴暗室内的人似有所感，抬起头缓慢扫视四周。

刚刚……好像听到呢哝在唤她，还是她十六岁时的声音，清甜、娇俏，好听得紧。

她发呆了好一会儿。

怎么会是呢哝呢？她的呢哝早已死在十三年前那个昏暗的牢房里。低头看了看自己的手，她有一瞬间的恍惚，有些记不清呢哝的脸了……

她未出阁时，别人提起她，总会在后面加缀一句"程氏小郎主的未婚妻子"。后来，她嫁入程氏，别人唤她"程氏母主"。她嫁的不是某一个人，而是一个身份。她一出生便被刻上程氏的印记，这是家族之间的交易，即便她比那小郎主大了十岁，又如何呢？年龄从不是需要顾及的因素，利益才是。

其实她有自己的名字，只是好多年都没有人唤过了。

"彼女孟姜，德音不忘。"

她是王氏嫡女郎德音，是父亲母亲唯一的女儿，也是呢哝的阿音姐姐。

"阿音姐姐，我最喜欢你，以后你只和我要好，好不好？"

"明明是她们自己乱跑，却要罚你没有管教好她们，不讲道理！"

"阿姐，能和你待在一起，我就觉得快乐……"

"他们都不偏心你,就是这样,我才要最偏心你!"

稚气的、娇俏的、快活的、难过的,笑声、哭声、呓语声,生气时候鼓起的脸、在海棠树下的背影……那是她的呢哝啊。

从她记事起,母亲就教导她如何做好一个母主,要她知礼守节,要她循规蹈矩,忠于程氏无错,但也不要忘了身后的母族,这是她的倚仗,也是她的责任。最后,母亲告诉她:"德音,你要学会忍耐。"

德音知道,母亲都是为自己好。

程氏是隐在黑夜中的庞然大物,即使曾经自断其臂,反而更加强大可怖。程氏的人都是疯子,是一群为了复仇不择手段的疯子。

王氏与虎谋皮,已无路可退。

可……从什么时候开始的呢?她在想,到底是什么时候觉得失去呢哝了呢?

是她二十岁时,那个拥抱不过是普通的告别,她却为此战栗不已,几近眩晕。小女郎冲过来,扑到自己怀里,问她为什么突然要去外家省亲,一去还是两个月。德音感受着怀里的柔软,脸上布满红晕,呢哝第一次这般抱着她。

看着小女郎不舍又难过,她按捺住自己的心绪,柔声安慰她,再等两个月,她就回来了。

那两个月,她日日想着呢哝,想着早点儿回去。

如此煎熬过两个月,终于踏上了回程的路,德音心里很快乐,想尽快再见着那个小女郎,守在她身边。日夜兼程,她回到家中却被告知,再也没有裴氏了。她只觉得错愕,当夜便一病不起。

不过两个月,便物是人非。

父亲问心有愧,裴氏的覆族之祸,他们不曾推波助澜,却选择袖手旁观。见她实在伤心憔悴,父亲才愿意告诉她,呢哝被远远地送到了颍阳。德音喜极而泣,想要立刻去寻她,再看她一眼,可她忍住了。

是不能，也是不敢。

在她最痛苦的时候，自己竟远隔她千里，德音不知道该以何种面目去见她。

一年后，呢哝却托颖阳令的人给她寄来了书信。信中提到最多的便是宋洹宋行川，字字句句里全是呢哝对他的喜欢。她的呢哝，也变成了阿浓。

德音知道宋行川。在京陵，他也是久负盛名的郎君，是个极优秀的人，年近三十却仍未娶妻，是年轻女郎们仰慕的对象。

即便心里不满，可她不得不承认，宋洹才是那个能与呢哝相伴一生的人。

她的呢哝娇痴又霸道，偏心得不讲道理，偶尔还任性地发小脾气，可她仍是一个可爱的女郎，连她揪衣角的小习惯都是那么可爱。只要她好，就一切都好。

后来，呢哝又给她寄来三封书信。

第一封信里，呢哝告诉她，自己快要做阿娘。那时候她仍未出阁，得知这个消息，心酸又快乐，她的呢哝再也不是一个人了。德音借着学裁衣的名头，偷偷为那孩子做了许多小衣裳。不知那孩子是个小女郎还是个小郎君，所以她选了好些不同颜色的布料。即便这些小衣裳送不出去，只能藏起来，即便那孩子可能永远都不会知道自己的存在，可她愿意爱着他，只因为他是呢哝的孩子。

第二封信里，呢哝告诉她，知弗四岁了，是个健康可爱的小女郎，长大后最想嫁的人是阿爹那样的人。絮语许多，全是关于知弗。她看得出做了阿娘的呢哝有多快活，这就够了。她抱着一岁的希明，她自己也做了阿娘，她爱这孩子，却并不快乐。

不过，没有关系，德音早已习惯了忍耐。可若是呢哝早告诉她宋行川与程氏的关系，若她早知道宋行川早就被安排要死在朝堂上，她绝不会任由呢哝爱上他！她知道，呢哝一定会跟着宋行川离开。那知弗怎么办呢？还有……自己怎么办呢？

第三封信在知弗八岁的时候来了，那时候她已成了程氏的母主，终于能触到程氏的皮毛，但仅是皮毛。她没想到，这竟是呢哝的绝笔。

知弗被托付给了她。呢哝说，她早知是这般结果，可她不后悔，只是放心不下知弗。

这封信是宋洱亲自送来的。德音看信时，他在程憯的书房。她知道自己阻止不了这一切。

呢哝死的那一天，她没有哭，这是她从小受到的教导，在人前流泪是件不体面的事情，所以她极少哭。她只是带着希明，等着她的知弗。可直到晚上程憯回来，她都没有见到那孩子的身影。她没有资格要求程憯改变他的决定，即便她已是程氏的母主。所以她还要继续等。

德音想，自己等得起的。她当初妄想再次见到呢哝的时候，也是这样等的，就像她知道呢哝已经死去，不会回来了，可她仍在等一样。呢哝没能尝到的桃酥，知弗一定要尝到。

等了又等，这一等就是十几年。可她等回来的却是阿织。她看着那孩子对程憯抗拒又依赖，如同伤痕累累的小兽，敏感，惊惶。

这是她的知弗，是她等了十二年的知弗。

看见那孩子的一瞬间，德音感觉心都要碎了，随之而来的是更汹涌的恨意。从前他们抢走了她的呢哝，把她变成了阿浓，如今同样的路数又在知弗身上用一遭，把她的知弗变成了阿织。或许从裴氏覆族那一刻，她就开始恨这个偌大的程氏，只是这些年越发憎恶，为了她的母族，为了孩子们的以后，她不得不忍下。

德音知道，知弗想要嫁给像她阿爹那样的人，所以她让希明读宋洹的策论文章，练宋洹的笔锋。能有一点点像就好了，一点点就够了。她会看着知弗和希明幸福地在一起，生儿育女，白头偕老。为此，德音十年如一日，付出了极大的心力架空祖老，终于成了程氏真正的母主。

可是她的知弗却被抢走了，她恨程憺，恨自私冷漠的程氏，原本说好了叫两个孩子在一起的，不是吗？

生平第一次，德音动了杀意。

不能急，要慢慢来，她最不缺的就是耐心。程氏可以算计别人，为何别人不能算计回去呢？凭什么别人要乖乖站着任由他们耍弄？！他们就真的以为她天生便是逆来顺受吗？只要自己能一直忍下去，总能找到机会的，总能让知弗和希明光明正大地站在一起。这好像已经成为她的执念。

可是一切结束得猝不及防，她的知弗死在登基大礼那一日，死在希明怀里，可原本……原本在她的计划里，她的知弗合该长命百岁，她的知弗会无忧无虑地活下去的……再有三天就是她的生辰，她本该迎来她的二十一岁，而不是永远地留在二十岁。

什么都没有了。她的知弗走了，她什么都没有了，她甚至不知道死去后该以何面目见呢哝。明明答应过呢哝，要让知弗快乐无忧、健康顺遂地过完一生，可是她都没做到，她背诺了。

是她太自以为是，忘了这五十七年来祖老一直是那个下棋的人，五十七年的光阴没有叫她混沌，反而越发独断。

为了母族所谓的体面，德音忍了一辈子，到头来不过是镜花水月，苦涩击碎了最后的甜梦幻影。突然，她就不想再忍耐下去了。

程憺的胸口多了一道三寸长的伤疤。德音被软禁在慈元殿。被关在皇后的居所，是程氏给她最后的体面。

他们竟以为她自己稀罕吗？希明已经成了储君，她没什么好顾忌的。德音唯独惋惜那支金钗不够锋利，只伤了程憺皮肉。

她不年轻了，昨日梳头又发现自己多了几缕白发。不过，没关系，她会一直念着呢哝和知弗，慢慢熬着。因果循环，她已经为自己的愚蠢与软弱，日日遭受愧疚的折磨，其他人也别想心安理得地站在日光之下。她会熬到所有人都付出代价。

"呢哝，呢哝……阿姐去后，就不来找你了。

"只盼下辈子，守着你长命百岁、儿孙满堂。"

番外四

章炘十四岁便做了皇帝的御前御史,算一算,如今已有三十七年。

他每日要做的便是帮皇帝整理大大小小的事务,将重要的消息挑拣出来告知他,今日也是一样。两鬓斑白的帝王仍在擦拭那枚龄章。章炘放下笔,默默地等候。每日这个时辰,皇帝都要用上好的白茶油养护这枚龄章,细细地在手上涂满清油,摩挲把玩。

他见过那枚龄章,石料用的是美艳的粉冻石,价值并不高,且极易开裂,需要随时温柔养护着,琐碎得很。可是皇帝极珍惜它,即便已是天下之主,不再需要龄章作为私印,他也从不让它离身。

等待良久,终于,年老的帝王放下了手中的龄章,轻轻放在盒子里,抬头看向他。

"今日启奏何事?"皇帝声音苍老。

章炘行了礼,低声述职。

"百越国派来使臣,详谈借路之事……

"河西数日降雨,恐发水祸……

"两月后,先太后忌辰……"

一件一件,说给他听。

最后皇帝点点头,看了看天时。

"天色暗了,长赤啊,回去吧。"

章炘一揖:"陛下,还有一事。"

"嗯？"

"娇娃馆的大门塌了。"

四十七年没开过的门确实到了需要修缮的时候，只是这么多年那里一直是宫廷禁地。

皇帝沉默了，不知过了多久，才开口："你回吧，朕去看看。"

章炳退下，走到宫门口，又远远看了一眼承清殿的烛火，似乎还能看到老迈的帝王孤零零地批改奏折的身影。

古时皇帝称自己"寡人"是谦称，可他们的这位皇帝真的是个孤家寡人——无父无母，无妻无子。

其实皇帝不是不能有孩子。当年皇帝也被群臣劝谏立后纳妃，可他说皇帝不该囿于私情，先帝好几个妾生子都当爷爷了，他仍旧不肯娶妻。

皇帝无后，这简直是匪夷所思的事情。被劝谏得多了，皇帝索性从族中过继了一个嗣子，立为储君。只是储君到死都是储君，皇帝又把储君最小的儿子立为储君，带在身边教养。

章炳在皇帝身边这么多年，隐隐约约能猜到一些缘由，但他只是个小小的御史，天家的事，他无从置喙。章炳回头，继续深一脚浅一脚，趁着天还未黑，离开了宫门。

程潘今晚罕见地没有处理政事。他已经六十五岁了，还算精神。在各朝皇帝中，他当真称得上长寿。此刻他穿戴好大氅。外边有风，人老了，身上总是会有些小毛病，他也不例外。

"去娇娃馆。"上了轿椅，程潘轻咳两声，对着内侍们吩咐。

他手中捏着龄章，心里悄悄泛起一阵疼，又隐下去。

"阿弗，你是不是在怪我这么多年不去看你？"

没人回答他，轿椅路过一排又一排的石榴树。

程潘是二十八岁继位的。

阿弗去后不久，祖老得了暴疾，不治身亡。那时候母亲已经被幽禁在慈元殿，按理说，她是不可能再伸出手的。可是她成功了，在父亲的默许之下。

当初遣散娇娃馆亲兵拿的私印和父亲的一模一样，这是祖父留给祖老的最后一颗棋子。

程氏防备着外人，也防备着自己。

父亲连年征战，征服一个又一个邦国，每回归来总会带着几个女子，可他只是把她们养在宫里，却从未碰她们。

程湉见过她们，她们身上……都有阿弗的影子。

后来，父亲出征北蛮中了毒箭，伤及神志，清醒的时候越来越少。他其实也不知道父亲是不是真的得了癔症，可是不重要了。早在自己偷偷烧了阿弗尸骨的时候，父亲就已经疯了。

她最想要自由，在她生前，他不能给她，在她身后给了不知算不算数。那只布老虎，父亲藏得紧，可还是被他找到，烧给了阿弗。

父亲走的时候是在深夜。那时候他已经变得像个孩子，委屈地喃喃着："若我碰了她们，她必定更不喜欢我了……"

第二日，他成了新帝。

母亲没有熬上几日，也跟着去了，这些年她的身体越发破败，却不肯医治，全靠一口气熬着。熬到父亲死了，她才肯咽下那口气。十年间，她未曾踏出慈元殿一步。其实早在祖老去后，禁足便形同虚设，母亲不出来，是她自己不肯。他守着母亲离开，就像他守着父亲离开一样。

合眼前，母亲愧疚地看着他，掉了眼泪。

"希明……"

他知道母亲为何愧疚，也知道她不曾后悔。他拉住她的手，他已不再是少年，可眼神仍然坚定。

"我是您的孩子，自然什么都像您。"

于是母亲走了。

这些年，他又陆陆续续地送走了几个庶弟，送走了自己的嗣子，后来，庶弟的孩子们也有好些都走了。

程潜一天天变老。他二十岁时，阿弗二十岁，他四十岁时，阿弗仍是二十岁，如今他六十五岁了，阿弗依旧是二十岁。

"陛下，娇娃馆到了。"

轿椅上的老人睁开眼睛，沉沉地"嗯"了一声，不要内侍搀扶，自己下去了。

他走得很慢，很稳。

娇娃馆的大门已经被卸下，入眼便是一堵倾塌的砖墙。

程潜绕过，干瘪的手指抚过尚算完好的墙壁，依稀可以看见苍老的手背几个浅浅的指甲印。

"丙寅，昭仪宋氏薨于长门之下，丁卯，追谥敬懿皇后。"

史书短短二十字，概括了宋知弗的一生。

程潜很小的时候便知道母亲不快乐。父亲不爱母亲，母亲也不爱父亲，他们的婚约仅仅代表两个家族的结合。母亲在等一个人，起先是一个，后来变成了两个。她说，那个小小的女孩子是她的阿姐，名字叫知弗。

其实他没有告诉她的是，父亲带着那个人进来时，他就藏在书架后。那人自称宋行川，问父亲要了一纸婚约，为他的孩儿求一个善终。

"其实我不愿让知弗嫁入氏族，可阿浓只信母主。"最后他肃沉的眼神柔软下来，似是想到了自己的孩子，"郎主，宋洹是颍阳令，也是个父亲。"

父亲答应了。

程潜想，不能让自己的妻子像母亲一样不快活，等以后她回来了，他愿意做阿姐的好夫君。

后来等了好久，再见到她时，她是父亲的侧夫人。扇于娘子耳光时，她是真的狠戾，趴在母亲怀里哭时又娇气得要命，汗湿的头发贴在额头上，看过来时，眼神像个委屈的孩子。

他不知道怎么面对她。十几年来，他以未婚夫君的身份等着她，现在似乎只能把她当作阿姐。可她又不像个阿姐，也不像个大人。和他在一起，她总是撒娇耍赖闹脾气，又偏心又不讲道理，有的时候调皮捣蛋被他训斥了，还要生气，掉眼泪。

情不知所起。

白艾思告诉他阿弗会死在长门之下时，他觉得荒谬。父亲把娇娃馆围得如铁桶一般，他和母亲都束手无策，怎么可能有人害她？可他不敢赌，即便他已经换好储君冕服，却还是转身跑向了娇娃馆。

只是晚了一步，他就眼睁睁看着她死在自己怀里。

程潜抱着她很久很久，就连母亲在他耳边撕心裂肺的哭声都听不见了。他没有哭，只是觉得茫然，好像这一刻自己才真的成了大人。

"我改变不了历史，也算错了人心……我甚至以为自己拯救了三个人，可是我错了……"

白艾思崩溃的神情仍历历在目。他被送到这个时代这个王朝，带着不属于这个时代人的高傲与鄙薄，假借未卜先知之能在程氏搅弄风云。那孩子被送走时，他还沾沾自喜，高高在上地怜悯她，以为自己救了她一条性命。

历史上，元帝程憺唯一的污点便是抢了自己儿子的未婚妻，父子成仇。而献帝将那女子立为元后，为她守了一辈子的节。这在封建社会简直是难以置信的事，几千年来，只有他如此。有关他们的野史，多如牛毛，他白艾思却妄想改变历史，抹去那女子存在的痕迹。

"历史……历史是改变不了的！我错了，我错了……我想回家……"

白艾思待得越久，越意识到，这不是游戏，也不是虚拟世界，而是切切实实的现实，那一条条都是人命，他内心怎能不受折磨？

程湑看着他，最后只问了一句："上一世，她可否等到谁？"

"没有……"

程湑心里一痛，快步离开。

白艾思又煎熬着活了十七年，死前挣扎着见了程湑最后一面，只为问一句："值得吗？"

程湑看着他形销骨立，默然良久，轻轻吐出四个字。

"甘之如饴。"

没有值不值得，只有愿不愿意。

阿弗离去后第三年，程湑坐在筵席上，看着面前西蕃使臣进献的红石榴，想着，若是阿弗在，她肯定喜欢。转头，他便拒绝了西蕃的和亲之请。阿弗说让自己等她，那他就等着她。

就这样，他等到了六十五岁。

"陛下，风大了……"内侍的声音传来。

程湑挥了挥手，继续向前走去。来都来了，他想去看看阿弗生前住过的地方。

娇娃馆乃前朝所建，封禁了几十年，却仍然看得出它的华贵与阔大。程湑凭着感觉来到正殿，觉得阿弗不会喜欢这个地方，便兜兜转转去了一个有秋千的院子，有石桌、海棠花，还摆着一口鱼缸。这才是她住的地方。

推开门，小内侍拿袖子拂了拂灰，想起皇帝最近咳得厉害，刚想劝离，皇帝却自己走了进去。

夜明珠散着幽幽的光，室内亮如白昼。屋子里蒙了厚厚一层灰，还保留着当年主人离开时的模样。

"你先出去。"

小内侍看着皇帝轻轻抚摸着一面铜镜，识相地出去了。只是他在门口等了许久，星星都挂上了天幕，皇帝还没出来，正焦急时，屋内传来一阵异响。他急忙冲进去，却看见老迈的帝王手掌无声地摩挲着一本书，他明明微笑着，大颗大颗的眼泪却顺着他满是皱纹的脸掉下来。小内侍被吓得跪在地上，只是皇帝没有理他，兀自轻声呢喃："我不知道，叫你等了我这么久……我太笨了，阿弗，我是个笨蛋……"

声音温柔又满是愧疚，还带着遗憾与快乐。

程湝专注地看着那个话本子。他这一生极少流泪，阿弗魂消，父母俱去，他都只是红了眼眶，这一刻却哭得不能自已。

第二天，程湝在朝堂上宣布他要立后。众臣茫然。直到他亲手拿出诏书，甚至给自己想好了谥号，一群人才回过神来。

"诸位爱卿，朕自即位，至今已三十七载，自问蚤朝晏退，不负臣民，唯独亏欠吾妻宋氏一人而已。

"自今日起，驳去元帝昭仪宋氏谥号，改正史：丙寅，献帝元后端明皇后宋氏崩于长门之下。"

久等了，阿弗。

…………

"和光啊，你先出去玩儿吧……"

程砾今年才十岁，他的大哥三十四了，是个储君，他的父亲也是储君，他父亲的父亲，嗯……还是储君。今日皇祖父考教他功课，可是圣贤书读起来实在是毫无趣味，他反倒更喜欢看那些志怪奇说，幸好今天皇祖父不曾怪他。

"皇祖父，我能玩儿皇祖母的秋千吗？"他最喜欢皇祖母留下的秋千啦，荡得高高的，特别有意思。

"可以……别折你皇祖母的海棠花。"

程潇看着那孩子欢快地跑出去,笑着摇摇头。他已经八十一岁了,须发皆白,老得不能再老了。即便手已经开始颤抖,眼睛也迷糊了,可他仍然坚持亲自批改奏疏。

不知过了多久,一阵风吹过来,女郎的声音在耳边乍然响起。

"我的话本子呢?"

程潇愣愣地抬起头,不由自主地把话本子从暗格里拿出来,翻到最后两页。他有些不敢相信自己的眼睛。

阿弗?

任由那女郎看完后面两页,程潇才缓缓低声开口:"阿弗归来否?"

那女郎头趴在桌子上看他,忽然就生气了:"希明是个大傻瓜!"

"嗯,我是傻瓜。"

"还是笨蛋!"

"嗯,我是笨蛋。"

闷闷地自己生了一会儿气,她拉起他的手:"我心悦你。"

"我也是。"程潇深深地看着她,"阿弗还和当年一样好看,可我已经老了,不好看了……"

"好看的。"女郎歪头,"你瞧。"

程潇看向旁边的铜镜,镜子里的他回到了十七八岁时的模样,实在是隔得太久了,看见自己年轻时的脸,他甚至有些恍惚。

"我来接你了,希明。"女郎弯了弯眼睛,"再不叫你等我。"

程潇看看那只紧紧拉住自己的手,终是等到了。

他微笑着开口。

"好。"

…………

程砾蹑手蹑脚地走进来，自己又没忍住，摘了一朵皇祖母的海棠花。他刚想开口认错，却发现皇祖父面色安详，好像……睡着了？悄悄走过去，程砾拿起手旁的大氅盖在皇祖父身上。他刚准备离开，却发现皇祖父御案上摆着个翻开的话本。

皇祖父也喜欢？难怪他老人家从来不斥责自己看闲书，程砾一看就知道，这话本确实有些年头，纸页都起毛边了。他忍不住拿起来细看——

莹娘浑身疼痛，自是知晓命不久矣，泪眼切切看向明郎。

"郎君，莹娘对你不住，先去也。"

又觉天意弄人，这般好的郎君，自己有缘无分，成不了他的妻。心中哀戚，泣泣难语。既盼他忘了自己，又盼他千万记着自己，一时百感交集，索性硬下心肠，狠狠在心爱郎君那手背上刮了几道血印儿。

扑棱棱昏鸦叫，正是那美娇娘落了气，痴情郎断了肠。可怜一双有情儿，不见红袍加身，只见白幡未亡人。

明郎爱痛了她，只觉魂魄也随她一同去了。

"莹娘吾妻，待我报得父母，尽孝送终，便也来寻你，望你慢慢地走，等一等落魄夫君！"

…………

竟是女郎们爱读的话本，程砾憋着笑意，忘了皇祖父正睡着，忍不住摇了摇他的手。

"皇祖父，您……"

那只苍老的手落了下来。

"皇祖父！"

番外五

陶陶捏着手里的泥坯。

那个爷爷今年怎么没有来呢？他年纪大了，或许已经……烦躁地摇头，她不愿意继续想了。

"陶陶，你又偷拿阿爹的泥坯了？！"

小女郎赶忙藏好泥坯，心虚地回应："陶陶没拿！是……是阿源拿的！"

"你个小崽子，阿源！你给我过来！"

紧接着院子里鸡飞狗跳，传来阿源哭爹喊娘的求饶声。

"阿爹阿爹！别打了！我错了……哎哟！阿爹！别别别……"

陶陶听着声音远去。刚刚她确实看见阿源偷了泥坯，不算冤枉了他吧？

晚间吃饭，阿爹叹了口气，对着阿娘说："城中布告上说，那位……去了。"

一时间饭桌上默然无语。

陶陶有些难过，她知道，那是位好皇帝。

第二日，陶陶实在忍不住，跑去问了阿爹。

"阿爹，那位爷爷还来吗？"

可阿爹捏着泥坯，只是摇头："阿爹也不清楚，毕竟年纪那么大了……"

陶陶心里有些急，他再不来，康西的海棠花就要过季了……可是急也没办法。这个爷爷每年都会来康西折海棠，再来自己家买一套黄胖。

阿爹说，应该有几十年了，反正阿爹的阿爹小的时候，那个爷爷就每年都来。他很和蔼，之前还给陶陶买过糖。

"爷爷，您年年都来买黄胖，是送给谁的啊？"

那老人一愣，温声道："送给我那早夭的小妻子，她很喜欢这些。"

陶陶想起当时他脸上的神情，明明微笑着，却叫见着的人难过极了。早夭……大概是爷爷的未婚妻子还是孩子时就没了。阿茵的妹妹八岁得病去了，大人们就说她是夭折。爷爷应该很想她吧。

她摇摇头，不再去想这些。

"阿源！你是不是又偷我的泥坯了？！"

"阿爹，啊……嗷……阿爹听我解释……阿爹！"

"你还敢跑！给我滚回来！"

阿源又挨打了，陶陶开窗，看见阿爹拿着竹条满院子撵他。

算了，爷爷不来也没关系。这么多年都来了，今年不来，明年来也是一样的。

康西的海棠花明年会继续开，陶陶家的黄胖也一直在。

图书在版编目（CIP）数据

盈盈满 / 樱胡柰朱著. —— 南京：江苏凤凰文艺出版社，2024.1

ISBN 978-7-5594-6302-9

Ⅰ.①盈… Ⅱ.①樱… Ⅲ.①长篇小说 – 中国 – 当代 Ⅳ.① I247.5

中国国家版本馆 CIP 数据核字（2023）第 204871 号

盈盈满

樱胡柰朱 著

责任编辑	白　涵
特约编辑	丛龙艳
装帧设计	@Recns
责任印制	赵　明　赵　聪
出版发行	江苏凤凰文艺出版社
	南京市中央路 165 号，邮编：210009
网　　址	http://www.jswenyi.com
印　　刷	万卷书坊印刷（天津）有限公司印刷
开　　本	880 毫米 × 1230 毫米 1/32
印　　张	9.25
字　　数	235 千字
版　　次	2024 年 1 月第 1 版
印　　次	2024 年 1 月第 1 次印刷
书　　号	ISBN 978-7-5594-6302-9
定　　价	49.80 元

江苏凤凰文艺版图书凡印刷、装订错误，可向出版社调换，联系电话：025-83280257